# ARAGUS
©

## L. S. Noble

# ARAGUS©

**Edición electrónica**

---

*Las dimensiones de nuestros sentidos, nos ciegan.*
*Las voces de nuestros sueños, hacen eco en el alma.*
*Misteriosos seres viven en un universo distinto.*
*Son vecinos desconocidos.*
*Se preparan para la batalla final... En aquel lugar*
*donde solo la imaginación tiene presencia.*
*Llamado...*
*Aragus.*

∞ ∞ ∞ ∞ ∞

# SINOPSIS

*Nikolaus Bremman "Niko", un joven intrépido, misteriosamente poseedor de extraordinarias cualidades de percepción, desaparece inexplicablemente cuarenta y tres años atrás en los intrincados túneles de la pirámide perdida de Abu Rawash, en Egipto.*

*Su hijo Klaus, apasionadamente relata los detalles de su insólita historia. A través de su diario, describe una formidable y épica saga en donde los protagonistas entrelazan fortuitamente sus vidas en la búsqueda de un asesino en serie, quien está envuelto en un enigmático mundo proveniente de una dimensión donde existen entes inimaginables que prometen desafiar los confines de la realidad.*

*Los entrañables personajes encuentran un universo oculto, incoherente, de donde se avecina una silenciosa batalla que inexorablemente se proponen detener a cualquier costo, en aquel lugar donde solo la imaginación tiene presencia, llamado:*

*"Aragus".*

# Contenido

∞ ∞ ∞ ∞ ∞

# 1
## La muerte de Steven Giley

DESPUÉS DE LA CENA DE ACCIÓN DE GRACIAS DEL AÑO 2013, al estar disfrutando de una copa de coñac, se encontraban el doctor Klaus N. Bremman, psiquiatra de profesión, y su hijo Clayton de dieciocho años, en su casa de vacaciones localizada en Fairbanks, Alaska, donde solían pasar estas fechas acompañados de su familia.

Ardía un fuego débil en la chimenea mientras que afuera, las temperaturas se desplomaban estrepitosamente. Clayton le preguntó a su padre:

—¿Qué fue lo que en realidad le sucedió a mi abuelo?, me prometiste que me contarías su historia con lujo de detalles. ¿No crees que ya es hora papá?

—Está bien… es larga de contar, ¿en verdad quieres oírla?

—Los primos están en cama durmiendo, mi novia platica con mamá, así que tenemos toda la noche.

—De acuerdo, escucha cuidadosamente. Algunas veces parece que la vida es simple, tratamos de acoger lo que podemos apreciar con nuestros sentidos, pero afuera, en el frío y la sombra, existe un mundo oculto, algo que va mucho más allá de todo eso.

»Lo que voy a narrar sucedió hace ya más de cuarenta años, trataré de relatarlo tal y como transcurrieron los eventos, que son tan misteriosos, como el mismo amanecer de cada mañana.

*Estará en ti creerlo, o no.*

»*"Existe otro lugar, tan distante y a la vez tan cercano, tan frágil, que un solo murmullo... puede romper su magia", decía tu abuelo — Leyendo un desgastado libro de notas, tomó un puro del humidificador, encendiéndolo, empezó a narrar la historia apasionadamente. Clayton, por su parte, lo miraba con anticipación ante una historia que seguramente cambiaría su vida.*»

Eran las siete de la tarde del 24 de noviembre de 1970 en la sala de operaciones del Hospital General de Anchorage, cuando el cirujano encargado del área de traumatología, ese martes por la tarde, se preparaba a entrar al sombrío quirófano donde ya se encontraba sobre la mesa de operaciones un joven de veintidós años, a quien se le había admitido a través de urgencias después de haberlo encontrado inconsciente, sangrando profusamente, a solo unos pasos del hospital.

Presentaba múltiple traumatismos, entre ellos, lo que parecía un golpe ciego en el esternón y múltiples laceraciones en sus extremidades. Una de las heridas era de apariencia singular, teniendo la forma de 'Y' invertida, con sus ápices llegando un poco antes del área inguinal, empezando en el apéndice xifoides. El doctor Kyle Sartê, al lavarse las manos en preparación para cirugía, pensaba en silencio:

«¿Por qué tenía que ser hoy?, espero visita en casa».

Al entrar al quirófano se dirigió  al médico residente de guardia, quién le había llamado solo treinta minutos antes explicándole la urgencia del caso:

—¿Cuál es el estado hemodinámico del paciente,

Charles?

—Hipotenso y taquicárdico doctor Sartê. Le hemos administrado ya cinco unidades de sangre, me temo tenga sangrando interno de alguna arteria importante en la cavidad peritoneal.

—No observo áreas de punción en el abdomen que pudiesen explicar tu teoría, la herida en 'Y' invertida es relativamente superficial, ¿qué significa esto?

—No lo sabemos, es posible que él mismo se la haya infligido.

—¿Con esa precisión?, lo dudo muchísimo Charles. Bien, creo que alguien ya empezó el procedimiento por nosotros, —diciéndolo sarcásticamente.

El doctor Sartê inspeccionó el pecho del paciente antes de hacer la incisión abdominal y, al observar el monitor cardiaco, se percató que el corazón del joven se encontraba en *"disociación electromecánica"* una forma de arritmia que le hizo sospechar que pudiese haber acumulación de sangre entre el corazón y su delicada membrana adyacente, llamada pericardio, por lo que se dirigió a su enfermera circulante diciéndole:

—Me notificaron que tenía una fractura en el esternón.

—Así es doctor, pero su corazón no se veía crecido en la radiografía.

—Es muy posible que tenga una hematopericardio, ¡necesito una jeringa y una aguja espinal inmediatamente!

Sartê drenó aproximadamente doscientos mililitros de sangre acumulada en el pericardio, le indicó a la enfermera que llamara inmediatamente al equipo de cirugía cardiotorácica y, sin perder un instante, realizó una incisión entre los espacios intercostales exponiendo el corazón. Al observarlo, encontró múltiples punciones en el ventrículo izquierdo y la aorta descendente, asociados con sangrado profuso en la caja torácica. Al tratar de detener el origen del dicho sangrado, el corazón del joven se detuvo y a pesar de los exhaustivos esfuerzos de resucitación, fue pronunciado muerto solo unos minutos pasadas las  ocho de la noche.

Las enfermeras cubrieron su cuerpo con una sábana. El doctor Sartê se dirigió al anestesiólogo y por curiosidad descubrió la cara del joven, la cual no había visto pues rutinariamente está bajo una pequeña "carpa" que el anestesiólogo coloca después de iniciar la cirugía. Al mirarlo, su semblante cambió, sintiéndose desvanecer, pues esta persona, a quien declaró sin vida hacía solo unos instantes, era su sobrino, al que esperaba impacientemente  para las celebraciones del día de acción de gracias que serían solo unos días después.

Steven, era el nombre del joven, hijo menor de su hermana Sara, quién había llegado a Anchorage proveniente de Nueva York esa misma tarde, con la intención de sorprenderlo llegando un día antes de lo esperado. Se encontraba durante el arduo proceso de aplicaciones para la escuela de medicina y buscaba que lo orientara, pues le tenía muchísimo aprecio.

El doctor Michel, anestesiólogo asignado al procedimiento, notó la palidez en el rostro del doctor Sartê y le dijo:

—Hiciste todo lo posible por salvarlo Kyle, desgraciadamente, era un caso perdido.

—No es eso... —Sentándose en el suelo con lágrimas en sus ojos.

—¿Qué pasa? ¿Por qué te encuentras así?

—Este joven, es mi sobrino... hijo de Sara mi hermana, lo esperaba mañana por la noche, vino de Nueva York a visitarme. Probablemente quiso sorprenderme al llegar antes.

—¿Qué dices?, ¿tu sobrino?

— Así es.

—Seguramente estás en un error. —Dirigiéndose a las enfermeras quienes guardaban sus pertenencias, para comprobar su identidad. Sujetando su licencia de conducir habló en voz alta—: Steven Giley veintidós años de edad, fecha de nacimiento... —Sartê lo interrumpió diciéndole:

—Veintisiete de septiembre de 1948.

—Es... correcto —contestó el doctor Michel titubeando—. Lo siento Kyle. Notificaré al médico forense y a la policía para que comiencen una investigación. ¿Quieres que sea yo quien notifique a tu hermana de lo ocurrido?

—No... muchas gracias doctor Michel, yo lo haré.

Al salir de sala de operaciones, Sartê llamó a su hermana Sara, explicándole los desafortunados acontecimientos de esa noche, y le pidió los detalles del viaje de Steven. Le comentó que esperara una llamada del departamento de policía de Anchorage para aclarar los detalles e iniciar una investigación a fondo sobre lo ocurrido. Sara se encontraba inconsolable por la noticia, y le fue imposible responder a las preguntas a las que Sartê, desesperadamente buscaba respuestas. Llegaría a Anchorage en el primer vuelo disponible del día siguiente.

Kyle Sartê, era un médico muy destacado en el ámbito de la cirugía general, en esa época, a sus cuarenta años, estaba casado con un matrimonio relativamente estable, dos hijos varones y había hecho la mayor parte de su entrenamiento en el hospital de *"Long Island College"*, en Nueva York, de donde era originario. Decidió emigrar a Alaska tras una excelente oferta de trabajo del Hospital de Anchorage, se enamoró del lugar y de la gente. Al pasar de los años parecía empezar a detestar los crudos inviernos. Su esposa Lucía era originaria de Anchorage, la conoció en las oficinas administrativas del hospital donde ella trabajaba. Su padre, fue un condecorado detective en Brooklyn. Inspirado por él, Sartê intentó ingresar al departamento de policía de Nueva York, sin lograrlo, por lo que decidió continuar estudiando y poco después, se volvió realidad su sueño de entrar a la escuela de medicina.

Sartê, tras lo ocurrido a su sobrino decidió dedicarse a investigar obsesivamente los sucesos que lo llevaron esa noche a su sala de operaciones y a su muerte. Completamente decidido a desenmascarar al asesino de Steven, se prometió seguir adelante, cualquiera que fuera el costo.

Al día siguiente se dirigió a la morgue, después de conversar ampliamente con su hermana Sara. Recorría los desolados pasillos del sótano del hospital, percibiéndolos como una antesala, a una pesadilla que apenas comenzaba. Al llegar a ese atenebre lugar, se encontraba el doctor Christian, patólogo forense del hospital, preparándose para realizar la autopsia. Para el doctor Sartê, no era común acudir a la morgue y, al llegar esa tarde, se sentía como un principiante. Le pidió al doctor Christian que por favor lo dejara observar la autopsia, por más dolorosa que fuera, a lo que le respondió:

—No deberías estar aquí Kyle.

—No importa, por favor continúe como si estuviera solo.

—Bien. —Comenzó la cruda disección del cuerpo desnudo de Steven —Hablaba en un micrófono grabando cada paso de la disección.

Nauseabundo, a punto de desfallecer con el prominente olor a formol y la crudeza de observar el cuerpo de su sobrino descuartizarse tras la autopsia, Sartê fingía serenidad, intentando estar lo más atento posible, mientras miraba el filo del bisturí cortar la piel del cuerpo inerte de Steven, quién se encontraba a solo unos pasos frente a él. Narrando pausadamente la autopsia, el doctor Christian decía:

—"Se identifica un traumatismo al esternón con una fractura lineal exponiendo el mediastino, el corazón presenta punciones diversas al igual que la aorta descendente causando un hematoma que se extendía hacia el pulmón izquierdo, colapsándolo".

—¿Doctor Christian, puede observar áreas de punción en la piel?

—Así es Kyle, son relativamente pequeñas, probablemente hechas con un algún instrumento punzante como un picahielos, una fracción más pequeño en diámetro. Como puedes ver, se encuentran entre los espacios intercostales. Estas lesiones produjeron el sangrado interno y muy probablemente su muerte. La incisión en el abdomen es extraordinariamente precisa, hecha con un bisturí o una navaja especializada. Tiene la forma de una 'Y' invertida... —hizo una pausa tomó una fotografía instantánea del abdomen y al mirarla detenidamente dijo en voz alta:

—¿Será posible?

—A qué se refiere doctor Christian.

—Parece la undécima letra del alfabeto griego.

—¿Lambda? —Respondió Sartê.

—Efectivamente, pero no estoy seguro si es la forma minúscula, debido a esta laceración en el xifoides —escribiendo el símbolo $\lambda$ sobre un trozo de papel en blanco.

—¿Qué significa todo esto?

— No lo sé Kyle... algún mensaje del asesino. Lo que puedo afirmar con certeza es que la causa de la muerte fue el sangrado interno, afectando órganos vitales en la caja torácica y no la incisión en su abdomen. Quien infligió estas heridas sabía perfectamente lo que estaba haciendo.

—La herida del abdomen era solo una forma de enmascarar el daño interno, para que perdiéramos tiempo y no hiciéramos el diagnóstico preciso.

—Es posible, pero ¿por qué dejarlo tan cerca del hospital?

—De nuevo, no lo sé, es posible que el asesino quisiera publicidad o ponernos a prueba.

El patólogo continuó su disección, obteniendo muestras de sangre para toxicología y finalizó la autopsia. Al quitarse la bata de laboratorio, le dijo a Sartê:

—El detective Francesco Groenning se encargará de la

investigación, seguramente estará aquí en unos momentos.

—Bien doctor Christian, le agradezco el haberme permitido estar presente en la autopsia.

Al cabo de una hora se presentó el detective Groenning al departamento de patología para revisar los hallazgos y entrevistar al doctor Sartê.

Se encontraban los dos en el cuarto esperándolo, cuando la puerta de la sala de autopsias se abrió forzadamente, golpeando la pared. El detective entró como un forastero a una taberna. Un hombre de cuarenta y cinco años, con amplia experiencia en casos de homicidio, de gran estatura, barba cerrada y pelo entrecano, ojos oscuros y expresión facial dura. Se acercó a Sartê invadiendo su espacio personal casi retándolo, diciéndole:

—Usted ya realizó su trabajo, ahora es mi turno, no quiero que interfiera con la investigación, actúe como un familiar y médico, no le pido más, ¿me entiende?

—De acuerdo —Sartê ardía de coraje al ver la actitud del detective.

—¿Dónde se encuentra su hermana, madre del muchacho?

—En el hotel.

—¿Y su padre?

—Falleció hace seis años, debido a un infarto fulminante.

—¿Cómo llegó Steven a Anchorage?

—De acuerdo a lo que me informó mi hermana, viajó por avión y llegó a las dos de la tarde de ayer.

—A qué venía a Anchorage.

—A visitarme, lo hace ocasionalmente en estas fechas,

estaba muy interesado en platicar conmigo acerca de sus intenciones de entrar a la escuela de medicina.

—¿Tenía enemigos?

—No lo creo, solo tenía veintidós años detective.

—¿Usaba drogas?

—No, siempre fue un chico muy sano.

—Era homosexual

—¿A qué se refiere con esa pregunta?

—¿Era homosexual o no? —Groenning subió su tono de voz.

—No lo creo.

—No me respondió a mi pregunta detective —Sartê lo miró a los ojos sin parpadear.

—La letra lambda en minúscula está siendo utilizada por activistas "gay" en Nueva York, solo busco respuestas doctor.

—De acuerdo.

Continuaron las preguntas incisivas por parte del detective por aproximadamente una hora. Sara, la madre de Steven fue interrogada de la misma forma, sin encontrar una razón o motivo específico del asesinato, todo parecía un callejón sin salida.

Pasaron los días y el reporte de toxicología demostró la presencia de poderosos barbitúricos al igual que éter en la muestra de sangre de Steven. No hubo rastros de otro tipo drogas. Definitivamente, alguien había administrado estas substancias en el cuerpo de Steven antes de infligir las heridas mortales. Los hallazgos de la investigación parecían haberse detenido por completo. Así pasaron varias semanas  sin encontrar respuestas, ni siquiera una pista del asesino.

Sartê desesperado, contactó al detective Groenning para informarse sobre los avances de la investigación. Cuando llegó al departamento de Policía de Anchorage, Groenning regresaba de Nueva York tras investigar la vida rutinaria de Steven en búsqueda de alguna pista que hubiera pasado desapercibida. Lo esperó en su oficina y al llegar Groenning pareció disgustarse al verlo  sentado esperándolo. Sartê le preguntó:

—Detective, ¿hay algún nuevo hallazgo en el caso?, ¿alguna pista?

—Creo que encontré el motivo por el cual lo asesinaron.

—¿De qué se trata? Le preguntó Sartê ansioso.

—La letra griega "lambda" en minúscula fue lo que me dio la clave como le expliqué anteriormente. En la ciudad de Nueva York, existe un movimiento activista del grupo "gay" y ellos utilizan esa letra para identificarse. Steven aunque no era homosexual, pertenecía a esta sociedad debido a que un amigo muy cercano le pidió que le ayudara con la propaganda escrita. Steven, al trabajar en una imprenta y pertenecer a  la sociedad de telecomunicaciones de la universidad, les facilitaba ayuda. Es muy posible que ése sea el motivo del asesinato. Seguramente infirieron que él era "gay", ya que promocionaba al grupo activista. Estamos en búsqueda de sospechosos que fuesen enemigos de esta sociedad, la lista desafortunadamente es enorme… desde políticos hasta estudiantes.

—No me parece lógico detective. ¿Por qué no lo asesinaron en Nueva York?, ¿por qué tomarse la molestia de seguirlo hasta Anchorage y no hacer publicidad del hecho? Este caso esconde algo mucho más profundo.

—Continuaremos investigando en ese ámbito, pero quiero aclararle que seguramente no encontraremos al culpable. Ya me comuniqué con el Buró Federal de Investigaciones para que me proporcionara una lista de grupos que antagonizaban con esta sociedad activista. Por lo pronto, cerraré la investigación.

—¿A qué se refiere con cerrar la investigación?

—El caso se pondrá en espera, no tenemos los recursos, ni el personal para seguir adelante.

—Es usted un... —Sartê guardó silencio.

—Ande dígalo —Groenning replicó con un tono sarcástico.

Sartê se retiró del despacho del detective golpeando la puerta detrás de él. El grupo de policías que se encontraba en esos momentos en la estación, lo miraba con asombro. Al salir del departamento de Policía, un joven prospecto se acercó a Sartê alcanzándolo poco antes que subiera a su automóvil, diciéndole:

—Estoy enterado del caso doctor.

—¡Me imagino!, por favor retírese —le dijo irritado.

—Mi hermano fue asesinado en Buffalo, Nueva York, existen muchas similitudes entre los dos, ¡tenemos que hablar! —Gritó el joven oficial al doctor Sartê al intentar salir del estacionamiento.

—¿Quién es usted?

—Mi nombre es Rupert.

—¿Rupert?

—Rupert Lewis, soy prospecto a oficial de policía. Podemos tomar un café si así lo desea.

Rupert Lewis de veintitrés años de edad era un joven de estatura media, complexión atlética, cabello rubio corto, ojos verdosos soñadores, y de un aspecto limpio y honesto. Había estudiado en Nueva York en el "Brooklyn College" graduándose con un título en sociología con un interés muy marcado en criminología, escuela que Sartê conocía bien ya que él atendió esa universidad antes de entrar a la escuela de medicina. También había formado parte de las fuerzas especiales del ejército estadunidense.

Sartê accedió a reunirse con Rupert para conversar acerca de los eventos asociados con la muerte de su hermano y de Steven, sobrino de Sartê.

∞ ∞ ∞ ∞ ∞

# 2

## Rupert y la búsqueda

*E*L DOCTOR BREMMAN HIZO UNA PAUSA Y SE LEVANTÓ
*a llenar su copa de coñac. Clayton intrigado le preguntó
a su padre:*
— *¿A qué viene todo esto?, ¿qué tiene que ver con mi abuelo?*
— *Es solo el principio, Clayton, pon atención, lo que sigue
es muy intrigante.*

Se encontraron Rupert y Sartê en un café cercano al
Departamento de Policía para discutir el caso de Steven.
Eran pasadas la ocho de la noche, nevaba sin parar y, misteriosamente, por un instante, se apagaron las luces del
pequeño comercio, quedando todo en la oscuridad, mientras los comensales encendían las antiguas veladoras localizadas en las paredes del lugar. Rupert conversaba con el
doctor Sartê acerca de la desaparición de su hermano mayor que había ocurrido cinco años atrás cuando, de pronto, regresó la corriente eléctrica reventando dos faroles
localizados en la entrada, produciendo un ruido similar a
la descarga de una arma, lo que produjo que Rupert salta-
ra sobresaltado de su silla, desenfundando su pistola.
Sartê tratando de calmarlo le pidió que continuara con su
relato.

Rupert le platicó que se encontraba en compañía de su
hermano pasando una temporada vacacional en una pe-

queña propiedad perteneciente a su tía, hermana de su fallecida madre, localizada a las afueras de Buffalo, Nueva York, cercana al Parque Nacional de "Letchworth", en un bosque denso, con múltiples riachuelos y cascadas contando con una vegetación conmovedora. Su hermano Laurence, había recientemente terminado sus estudios universitarios y ese preciso verano, se encontraban los dos solos en el aislamiento de esa casa, sumergida en el bosque.

Una  serena tarde, su hermano mayor decide tomar un paseo rumbo al río, que se encontraba localizado a dos kilómetros al sur de la propiedad, le informó a Rupert que se disponía a descansar y llevaba consigo equipo de pesca.

Laurence, nunca regresó de su paseo, y fue encontrado quince días después, ocho kilómetros río abajo por un grupo de pescadores que se disponían a cruzar cerca de una pequeña cascada. El cuerpo se encontraba anclado a la orilla del río cuando a los pescadores que lo encontraron, les llamó la atención la presencia de un oso que intentaba arrastrar un objeto pesado, al acercarse, encontraron el cuerpo de Laurence en estado de descomposición, asimismo, había sido presa de otros depredadores del bosque. Los resultados de la autopsia fueron inconclusos, debido al pobre estado del cuerpo.

El médico forense hizo hincapié en la presencia de una extraña incisión abdominal reminiscente a una 'Y' invertida, que finalmente se le adjudicó al roce del cuerpo con las rocas del río. El caso se determinó como, "muerte accidental". Rupert, por su parte, desde el primer momento, sospechó que había sido un homicidio, sin lograr comprobarlo.

Después de relatarle con lujo de detalles los eventos vinculados con la muerte de su hermano, le dijo:

—Al revisar el caso de Steven me interesaron mucho las similitudes entre los dos, doctor Sartê.

—Puedes llamarme Kyle si lo deseas. ¿Tu hermano estaba envuelto en algún grupo activista?

—No, en lo absoluto.

—¿Por qué no investigó más detalladamente su caso el detective Groenning?

—Porque... nunca se determinó ser un homicidio —dijo Rupert con tristeza.

—Ya entiendo. ¿Quién llevó el caso?

—Un detective en Buffalo, Nueva York, llamado Craig Bolton.

—Definitivamente puede haber una conexión entre los dos. ¿Estás dispuesto a ayudarme?

—Definitivamente... puede costarme mi trabajo, pero la verdad, no me importa.

—¿Por dónde empezamos, Rupert?

—Después de lo ocurrido investigué a fondo cada minuto de los eventos que transcurrieron antes de la muerte de mi hermano al igual que las pistas que se levantaron durante la investigación.

—¿A qué te refieres?

—Por ejemplo, la letra lambda en minúscula no únicamente representa al grupo activista "gay" como lo infirió el detective Groenning. Existen muchísimas otras derivaciones de su significado. Por ejemplo, en el ámbito matemático significa longitud de onda, es el símbolo de un microlitro, en criminología es la frecuencia de ofensas personales, en cartografía y navegación describe la longitud de una localización específica. Era el símbolo del rey Luis XIII. El signo lambda en ultrasonografía describe gemelos no idénticos. Pero lo que más me interesó fue que en experimentos científicos representa la razón de fallo en el sistema de confiabilidad, expresada en tiempo.

—¿Por qué te interesó ésa última?

—No lo sé con exactitud pero temo que el asesino es extremadamente veraz, y existe la posibilidad de que sea alguna forma de expresar su nivel de inteligencia, como un reto para los investigadores.

—Bien, por favor te pido que no comentes a nadie sobre nuestra conversación. Quisiera que nos veamos una vez por semana aquí en este café para discutir los hallazgos. ¿Existe alguna forma de comunicarme contigo?

—Ésta es mi línea directa en el Departamento de Policía —escribiendo su teléfono en un trozo de papel.

—De acuerdo.

Después de la conversación con Rupert, al salir del local, se encontraba confuso, decidió emprender su propia investigación dado que Groenning no mostraba interés en el caso. Esa noche, sentía el frío abrumador de un inverno en Alaska. Pero el frío más profundo, era el que provenía de su incertidumbre.

Pasaban los días y al sentirse perdido, deprimido, melancólico, decidió visitar a su joven colega para pedirle ayuda en su desdén, una brillante psiquiatra que estaba recién graduada de su entrenamiento. Se habían conocido en el Hospital General de Anchorage al llevar un caso juntos. Era una mujer dedicada y hermosa. Su cabello café oscuro con toques color oro, ojos azules profundos y su piel, casi perfecta. Se podía observar a la distancia, su mirada elegante, complaciente, alguien a quien, según describían sus pacientes, se le podían contar los secretos más íntimos. Vestía elegantemente, siempre profesional, tratando de ocultar sus encantos físicos lo más posible, para que sus pacientes no vieran a una bella mujer, sino a toda una profesionista. Su nombre era Julia Tommasi... tu abuela.

∞ ∞ ∞ ∞ ∞

# 3

## La doctora Tommasi y Niko

−¿*E* RA TAN BELLA ASÍ, PAPÁ?
— *Mucho más hermosa que las fotografías que has visto.*

— *¿Por qué no se dedicó a hacer alguna otra cosa?*

— *Desde joven, mostraba un interés en la psicología al igual que en la biología. Fue una estudiante brillante desde pequeña, mi abuelo, su padre, siempre la desanimaba a estudiar medicina, él afirmaba que era una carrera para hombres, pero debido a su determinación, el simple hecho de que su padre desaprobara sus intenciones, acrecentaba su arrojo de ver sus planes realizados. Durante su carrera, la cual realizó en Rochester, Minnesota, se dedicó a investigar a la corteza cerebral y la habilidad del cerebro humano de percibir eventos. Fue acreedora de dos premios nacionales durante su residencia, por sus descubrimientos en el ámbito neurosensorial, logrando determinar áreas ocultas en el cerebro que son responsables de la percepción visual y, más aún, las posibles interacciones con lo no visible.*

— *¿A qué te refieres con lo "no visible"?*

— *Ella siempre creyó que todos somos capaces de percibir eventos fuera de lo que los sentidos nos proveen. Después de conocer a tu abuelo, todo cambiaría.*

— *¿Y cómo sucedió?*

— *No seas impaciente, déjame seguir con la historia.*

Tenía un pequeño consultorio en el edificio adyacente al Hospital Psiquiátrico de Anchorage, con el número 223.

Sartê, quien guardaba silenciosamente una ira descomunal y que sigilosamente se volvió una entrañable depresión, logró colocarse como un paciente más, al día siguiente por la tarde, ya que la agenda de la doctora Tommasi estaba disponible, al ser recién graduada.

Curiosidades del destino, así parece, ese mismo día, por la mañana, la doctora Tommasi recibió a un misterioso paciente nuevo. La cita fue hecha bajo el diagnóstico de "ataques de ansiedad". Su secretaria la llamó por la línea privada diciéndole:

—Doctora, aquí está su paciente de las nueve de la mañana, no puede llenar las formas porque es invidente.

—Bien, llénalas tú por él, y hazle las preguntas necesarias.

—Ya lo hice, pero se rehúsa a contestarlas, sólo quiere conocerla y discutir su caso antes de hacer papelería.

—Bien… hazlo pasar.

El misterioso paciente era un joven apuesto, de gran estatura, complexión delgada, su pelo era negro como la noche, tez blanca y una presencia indescifrable. Portaba anteojos oscuros y un bastón para guiarse, pues se profesaba ciego. Al levantar su mirada, la doctora guardó silencio por unos segundos y con cierto nerviosismo le pidió que se sentara:

—¿Dónde me siento doctora?

—Disculpe mi falta de atención —le acercó una silla y le pidió que se sentara enfrente de su escritorio tomando su brazo para guiarlo.

—Se lo agradezco —el paciente suspiró profundamente al sentir el brazo de la doctora.

—Bien, empecemos, ¿cómo se llama?

—Niko.

—Solamente Niko, ¿cuál es su apellido?

—Preferiría no darle esa información por ahora.

—¿Se esconde de algo o de alguien... Niko?

—La verdad, no estoy seguro, si le molesta puedo retirarme, no es mi intención causarle problemas —al hacer una larga pausa y mirarlo detenidamente, notó algo peculiar en él, un misticismo que no podía describir, con cierta incertidumbre, le pidió que se quedara.

—No es de importancia, ¿en qué puedo serle útil?

—Por favor no me hable de usted, me hace sentir mayor de lo que soy.

—¿Qué edad tienes?

—Veintiocho años, recién cumplidos. ¿Usted también tiene veintiocho, verdad?

—Mi edad no es importante —dijo Julia disimulando su sorpresa de que supiera su edad sin siquiera haberla mirado.

—¿Quien te recomendó a venir conmigo?

—Charles Dawn, su vecino.

—¿Y cómo lo conociste?

—Es uno de mis clientes, me compra pieles de animales que yo preparo en mi cabaña localizada cerca del Parque Nacional de Chugach.

—Conozco bien el lugar. ¿Vives solo?

—Sí.

—Por qué vives en esa desolación, seguramente no

tienes vecinos.

—Efectivamente, me gusta estar solo, no interactúo bien con la personas.

—Por qué no te pones cómodo para empezar la sesión, detrás de ti hay un sillón para que te recuestes —La doctora guió a Niko al sillón.

El doctor Bremman hizo una pausa y levantándose de su cómoda silla le pidió a su hijo Clayton que lo esperara por unos minutos. Se dirigió a su antiguo ropero, de donde obtuvo un atesorado expediente de tamaño considerable, observaba a través de un ventanal próximo a la tormenta que desmesuradamente descargaba grandes cantidades de nieve. Lo sostuvo por un momento entre sus manos temblorosas y, sentándose de nuevo, leyó la primera página:

*Paciente número 107. Enero 2, 1970. Primera sesión*
*Doctora Tommasi y Niko:*
*"Fue una entrevista interesante y reveladora. Niko tiene veintiocho años de edad, lo encuentro sorprendentemente aislado, paranoico, inicialmente me parecía incoherente, ilusorio, pero al escucharlo más detalladamente despertó un interés muy adentrado en mí. Durante la entrevista me reveló que desde su traumático percance al tener dieciséis años, nada ha vuelto a ser igual. Sus padres y su hermano menor, fallecieron instantáneamente en un accidente automovilístico, el sufrió un traumatismo craneoencefálico, al parecer, en la parte posterior de la nuca su cráneo fue perforado por*

*debajo de la oreja derecha, la herida aparentemente llegó
hasta la corteza cerebral, la cual, fue causada por un pilar en el camino donde Niko se impactó al ser expulsado
violentamente del automóvil. Lo admitieron urgente-
mente en el hospital regional de Nueva York en condiciones críticas, donde hubo la necesidad de practicarle,
en repetidas ocasiones, reanimación cardiopulmonar
debido a múltiples paros cardiacos, donde se anticipaba
su inevitable muerte.*

*La resucitación fue exitosa, pero Niko se encontra-
ría en un coma profundo por tres meses.*

*Al despertar de su sueño ininterrumpido... todo fue
distinto, según me cuenta Niko. Solo recordaba fragmentos de su vida, y lo más interesante fue que su percepción visual se encontraba enormemente alterada. Me
confesó que no quedó ciego por el accidente, ha prefe-
rido no usar sus ojos cuando está en presencia de la
gente, utiliza lentes de contacto completamente oscuros, los cuales, fueron diseñados específicamente para
él, por un optometrista en Nueva York. No desea ver
absolutamente nada... es ciego por su propia voluntad. Padece de agorafobia, completamente aterrorizado
de la realidad.*

*Durante esta sesión se rehusó a darme los detalles
de sus visiones por las cuales se esconde en la oscuridad. Prometió regresar pronto a una segunda sesión.
Me parece estar finalmente frente a un paciente que parece haber adquirido una percepción extraordinaria a
raíz del traumatismo, un regalo, que en su caso, parece
ser un calvario.*

*PD: Encuentro su caso realmente sorprendente. Muy dentro de mí, me siento débil, entre nosotros existe una atracción que no puedo explicar, deseo que regrese pronto, pero al mismo tiempo, es de suma importancia tratar de controlar mis sentimientos lo más posible..."*

Ese mismo día por tarde la doctora Tommasi recibió en consulta a su colega el doctor Sartê, quien le narró con lujo de detalles los acontecimientos relacionados con el asesinato de su sobrino Steven, por el cual sufría una depresión profunda. Sorprendida, debido a la admiración que le tenía a Sartê, se puso a su disposición en todo momento. Le recetó antidepresivos y le pidió que regresara a terapia en los siguientes tres días. Lo impulsó a seguir adelante con la investigación para encontrar el cierre a su sufrimiento.

Durante una difícil tarde de tránsito pesado por el inclemente clima, no podía dejar de pensar en su primer paciente de la mañana. Al llegar a su modesto departamento, se dirigió a su armario donde guardaba una caja que se encontraba sellada desde su llegada a Anchorage. Se sentó cómodamente enfrente de la chimenea, y con cierta ansiedad, se puso a revisar sus notas sobre los estudios científicos que realizó durante su entrenamiento.

Al estudiar detenidamente los detalles de sus experimentos, sorpresivamente descubrió que coincidentemente, cuando ella produjo lesiones en la parte posterior de la corteza cerebral en sus ratas de laboratorio, con el propósito de estudiar la reparación de las células neuronales, días antes de sacrificarlas, para estudiar los cambios microscópicos en el cerebro, notaba que muchas de ellas habían cambiado radicalmente sus formas instintivas de actuar y, por encima de todo, de percibir sus alrededores. Algunas de ellas, percibían el horario de alimentación con extrema precisión y por momentos, parecía que claramente reconocían a las personas específicas del laboratorio, por ejemplo, a aquellos que limpiaban las cajas y, principalmente, a los que las alimentaban.

Debido al trauma cerebral en el área visual, algunas de ellas quedaron ciegas, y eran, sorprendentemente, las más perceptivas, como si hubieran desarrollado un misterioso sexto sentido. No se documentaron estos hallazgos debido a que no era el enfoque del estudio, pero al examinar sus documentos, logró determinar que las lesiones más significativas al respecto, fueron hechas en la parte no dominante del cerebro muy cercanas a la nuca. Las ratas que habían sufrido esas lesiones eran las que habían adquirido una mayor capacidad de percepción extrasensorial.

Al comparar sus notas de la reciente consulta con su paciente Niko, coincidentemente se percató que el había sufrido una lesión cerebral muy similar a sus ratas de laboratorio, por lo cual, empíricamente, era posible que hubiese adquirido esa cualidad de percepción extrasensorial. Fascinada por estos hallazgos, se sentía aún más inclinada, por su naturaleza inquisitiva, a encontrar respuestas.

∞ ∞ ∞ ∞ ∞

# 4

## Los hallazgos de Rupert

—¿*Q*UÉ VEÍA NIKO PAPÁ?
—*Está en las siguientes notas de tu abuela Clayton. Primero relataré lo que Rupert, el prospecto a oficial de policía encontró en Buffalo, Nueva York, al reabrir la investigación en relación a la muerte de su hermano.*

Se dirigió a Buffalo, que se encontraba a relativa proximidad de donde ocurrió la muerte de su hermano. Rentó un automóvil y se dirigió a la casa de su tía Euphigenia que se encontraba adentrada en el bosque cerca del Parque Nacional de "Letchworth". Se detuvo a comer en un pequeño pueblo llamado Batavia. Fue al restaurante llamado "Pok-a-dot" donde él y su hermano solían detenerse a comer, año con año, al empezar el verano en camino a casa de su tía. Uno de los meseros que los conocía bien, le preguntó que dónde se encontraba su hermano. Rupert, con voz entrecortada, le relató la tragedia que ocurrió hacía ya cinco años. El mesero lamentándose le contestó:

—De verdad, siento mucho la muerte de tu hermano Laurence.

—Muchas gracias.

—Sabes, casualmente ya son tres los jóvenes que han desaparecido en esta área, ahora cuatro contando a tu hermano.

—¿A qué te refieres? —Se iluminó la cara de Rupert.

—Dos de ellos fueron encontrados cerca del río, donde encontraron a tu hermano. El tercero sigue desaparecido. Todos eran jóvenes universitarios aproximadamente de la edad de Laurence cuando murió.

—¿Cuándo ocurrió todo esto?

—La última desaparición fue reciente, hace sólo una semana, los otros sucesos fueron casi simultáneos, hace un par de años.

—Está enterado el detective Bolton.

—Así es, él personalmente investigó los casos.

—¿Hay alguna pista del asesino?

—No están seguros que hayan sido asesinatos Rupert.

Dejó la comida casi intacta, pagó su cuenta y se dirigió inmediatamente a la pequeña Oficina de Policía en el pueblo de Batavia. Al llegar, estaba desolada, por lo que decidió dirigirse a la casa de su tía con la afanada intención de encontrar algún detalle que hubiese pasado desapercibido hacía cinco años, cuando el dolor de la muerte de su hermano lo cegaba.

Llamó a su tía Euphigenia para informarle que la visitaría esa tarde, ella le recomendó que manejara con cautela, debido a que esperaban una tormenta invernal con muy altas posibilidades de acumulación de nieve que harían los caminos difíciles de transitar.

Poco antes de llegar a la casa, forzosamente tenía que subir una pendiente con gran inclinación, en la cual, el camino era estrecho y ya se encontraba cubierto con nieve. Su automóvil rentado era pequeño, no apto para estas condiciones del clima, lo que hacía la travesía extraordinariamente difícil.

Al serle imposible subir por la cuesta después de múltiples intentos, Rupert extraordinariamente frustrado, decidió tomar su mochila y andar el resto del camino dejando el automóvil al pie de la cima. La nieve, mezclada con hielo caía aún con más fuerza con el pasar de los minutos, y las temperaturas comenzaban a descender rápidamente. Decidió tomar un atajo hacia el oeste de la casa, no había un solo automóvil circulando, y la cabaña más cercana estaba aproximadamente a tres kilómetros, perteneciéndole al profesor Quintesecnce W. Rike, un brillante investigador semi-retirado de la Universidad de Rochester, a quien conocía desde niño.

La casa de su tía Euphigenia se encontraba a un par de kilómetros al norte de la cabaña del profesor. Eran pasadas las cuatro de la tarde y parecía que la tormenta se había tragado la luz del día, el frío era estremecedor ocasionando que sus músculos se movieran rítmicamente. Caminó sin parar por casi una hora, y al acercarse a la pequeña cabaña del profesor, observó a la distancia salir humo de la chimenea. Era evidente que no estaba preparado para caminar hasta la casa de su tía en estas condiciones, por lo que decidió, pedirle ayuda. Al llegar, se encontraba tiritando, mareado, nauseabundo, síntomas de hipotermia. Tocó la puerta de la cabaña del profesor y él la atendió rápidamente dejándolo entrar acercándolo a la chimenea. Le pidió que se despojara de su ropa mojada y que se cubriera con una cobija mientras le preparaba un té caliente. Rupert, al sentir alivio frente al calor de la chimenea le dijo:

—Le agradezco infinitamente su ayuda profesor, hacía mucho tiempo que no nos veíamos.

—¿Qué hacías caminando sin botas y con esa chaqueta tan delgada en este clima?

—Me dirigía a la casa de mi tía, pero mi automóvil no logró subir por la cañada, debido al hielo.

—Ya entiendo. ¿Cómo está tu tía?, ¿sigue viviendo sola?

—Sí.

—Me pareció extraño que quisiera pasar el invierno aquí y no en su casa en Buffalo, imagino que vienes a visitarla.

—Así es, pero también quiero volver a revisar el caso de mi hermano.

—¿Por qué?, si no es indiscreción.

—Tengo la sospecha que no fue un accidente lo que le ocurrió aquella tarde.

—¿A qué te refieres?

—Hay muchos detalles que no encajan. Pienso llegar al fondo de todo esto —bebía su té sujetándolo con las dos manos.

—Cuando el detective Bolton cerró el caso, recuerdo que se determinó ser un accidente.

—Así es.

—No es mi lugar, ¿pero qué te hace sospechar lo contrario?

—No tengo evidencia concreta, por lo pronto preferiría no hablar de ello.

—De acuerdo, entiendo.

—¿Cómo va el trabajo en la universidad profesor?

— Bien, lo mismo de siempre.

— ¿En qué está trabajando?

— En neurofisiología, interacciones entre las células neuronales, nada interesante.

Continuaron conversando acaloradamente por un par de horas y debido a que la tormenta no cesaba, el profesor Rike invitó a Rupert a hospedarse por esa noche en su humilde cabaña, le ofreció que durmiera en su sofá, le informó que a primera luz, recogerían su automóvil y lo llevarían a la casa de su tía.

Temprano por la mañana, Rike se dirigió a donde se encontraba el deshabilitado automóvil, jalándolo con un tractor hasta colocarlo en el camino localizado enfrente de su casa. Rupert, exhausto durmió hasta pasadas las nueve de la mañana, al levantarse, encontró su ropa seca, doblada perfectamente sobre la mesa de la sala y sorpresivamente observó a su automóvil parado enfrente de la cabaña.

— No sé como agradecerle su ayuda profesor — Mientras preparaba el desayuno.

— No te preocupes Rupert, te observé durmiendo tan pacíficamente que decidí no levantarte; anda, tengo jugo de naranja para acompañar los huevos fritos y fruta, espero te guste.

— Le agradezco sus atenciones, profesor.

— No te preocupes, es un placer tener visitantes, como tú lo sabes, nadie se acerca por estos solitarios confines.

Rupert se dirigió al baño para cambiarse su ropa, y al pasar por la habitación del profesor, notó una multitud de libros y notas en el suelo, al igual que un armario lleno de químicos.

Poco después de desayunar se despidió y rápidamente se dirigió a casa de su tía Euphigenia, quien se encontraba preocupada por él. Al llegar, le explicó que ineludiblemente tuvo que pasar la noche en la cabaña del profesor debido al mal clima. Se abrazaron calurosamente y conversaron tendidamente por varias horas. Después del mediodía, ahora preparado con ropaje invernal, decidió hacer el mismo recorrido que su hermano seguramente realizó aquella tarde en la que perdió su vida, esa detestada vereda rumbo al río. Lo había hecho repetidas veces años atrás, pero en esta ocasión, buscaba pistas en el aire, en los alrededores, contaba el tiempo que transcurría con cada paso, trataba de negociar con el pasado para encontrar respuestas.

Al llegar a la orilla, el río estaba parcialmente congelado, decidió sentarse pacíficamente en una banca de madera que había sido labrada por ellos cuando niños, donde estaban sus iniciales plasmadas en el respaldo, "L&R Julio de 1959". Completamente abstraído, le daba vueltas a todos los sucesos ocurridos cinco años atrás, repitiendo en su pensamiento los eventos una y otra vez, tratando de arrancarle a su memoria ese vestigio, esa huella, que pudiese darle luz a su causa, pero las respuestas... no aparecían.

Al regresar a casa de su tía, decidió tomar un descanso en el cuarto donde su hermano solía dormir. Se dirigió al armario donde Laurence guardaba sus notas y las revisó detenidamente, una a una. Al intentar acomodar la caja donde se encontraban dichos documentos, en la parte superior del armario, accidentalmente cayó una delgada carpeta al suelo. Al levantarla, se percató que no había visto esa información previamente. Contenía una aplicación que Laurence había llenado para ser candidato a una posición temporal, un internado, en el departamento de investigación de "Greenwich", en Rochester, que aparentemente dependía de la universidad. Al leer el documento, mencionaba que los fondos monetarios provenían de una gran donación que la familia Greenwich realizó a la universidad para estudiar la enfermedad de Alzheimer. En la parte posterior, estaba una carta dirigida a Laurence, fechada quince días antes de su muerte, mencionándole que su entrevista había sido satisfactoria y esperaban el documento completo en dos semanas para poder procesar su nueva posición.

Al leer esto, planeó regresar a Batavia para tratar de encontrar alguna conexión entre este centro y las otras desapariciones. Se despidió de su tía Euphigenia, la cual, le pidió con todo su corazón que dejara descansar en paz a su hermano, a lo que Rupert le contestó:

—¡Nunca tía!, él fue víctima de un asesino y antes que haga más daño lo encontraré, te lo prometo.

—Por favor hijo, no te obsesiones, fue la voluntad de Dios.

—Lo sé tía, pero muy seguramente a mí me puso en su camino para atrapar a este monstruo.

—Déjalo ir, no te ofusques, no encontrarás nada.

—No me importa, será lo que tiene que ser. Te prometo que encontraré respuestas. Hay otros jóvenes que han sido víctimas y estoy colaborando con un familiar de una de ellas, el doctor Sartê que vive en Anchorage, quien perdió a su sobrino seguramente por la mano del mismo asesino.

—Bien, por favor ten cuidado, le prometí a tus padres que cuidaría de ti.

—Gracias tía, estaré bien.

Al llegar a Batavia, estaba determinado a investigar lo ocurrido con las otras dos víctimas. Al intentar revisar los datos, el detective Bolton, renuente se negó a mostrarle los reportes de las autopsias. Le explicaba que no tenía autorización de revisarlas. Atentamente, le explicó que los dos eventos fueron determinados muertes accidentales. En uno de ellos, el cuerpo del joven se encontró calcinado por un desafortunado accidente en un taller mecánico. En la otra instancia, la muerte se determinó por el médico forense como un suicidio. Le explicó que no había razón porque alarmarse. Rupert, decepcionado, se da la vuelta y al caminar, se detuvo repentinamente apoyándose en la pared, y sobre un papel escribió la letra lambda y su número telefónico, le entregó el papel al detective diciéndole:

— Revise las fotografías de las autopsias y comuníquese conmigo.

—¿Qué es esto?

—¡Es la marca que tenía mi hermano y la otra víctima en Anchorage!, ¿recuerda?

—No lo recuerdo Rupert.

Bolton era un detective rural, de buenos sentimientos, pero no parecía creer en una conexión entre los casos. Se quedó intrigado por lo que Rupert le presentó, pero por su naturaleza de postergar, perdió el interés y decidió no seguir adelante con la investigación. Rupert se comunicó con el doctor Sartê y le pidió que se reunieran de nuevo en el café de Anchorage para discutir sus nuevos hallazgos.

∞ ∞ ∞ ∞ ∞

# 5

## Las visiones de Niko

L A DOCTORA TOMMASI RECIBIÓ UNA LLAMADA DE
Niko, quien le imploraba que lo recibiera antes de
su siguiente cita, mencionándole que se encontraba desesperado.

La doctora no tardó en acceder a verlo al día siguiente por la mañana.

*El doctor Bremman tomó la gruesa carpeta de las notas de su madre y le dijo a Clayton:*

*—Ésta es la segunda consulta de tu abuela con Niko —leía en voz alta.*

*Segunda sesión: Paciente 107 "Niko" Enero 10, 1970:*

*"Niko se presentó en mi oficina poco antes de las nueve de la mañana, lo hice sentir cómodo a pesar que lo noté sumamente ansioso. Lo ayudé a recostarse en el sofá y le pedí que respirara profundamente para que lo ayudara a relajarse. Sutilmente lo cuestionaba acerca de los motivos de la consulta, que desesperadamente pidió el día anterior:*

*—De nuevo tengo esa sensación de que alguien me persigue —dijo Niko.*

*—¿De qué se trata?... toma tu tiempo, empieza en el momento que por primera vez tuviste esa sensación.*

*—Poco después de que recobré la conciencia a raíz*

*del accidente, empecé a tener visiones extrañas. Al abrir mis ojos por primera vez después de tres meses de estar en coma, me encontraba confuso, desorientado. En ese preciso momento me encontraba solo, acostado en una cama de hospital, conectado a variados monitores. Poco después, entró una de las enfermeras de turno, al mirarla, noté un halo brillante a su alrededor, era bellísimo, su rostro parecía angelical, alrededor de sus ojos podía observar un círculo azul y una sensación de paz me invadió inmediatamente. Recuerdo claramente su nombre, Berta, quien me había atendido casi desde que ingresé al hospital. Se notaba la felicidad de verme consciente de nuevo. Conversamos largo y tendido, y antes de retirarse para notificarle al médico encargado de mi progreso, tocó mi brazo. Al hacerlo, múltiples destellos vinieron a mi mente, detalles de su vida aparecían como un video en cámara rápida. Quedé intrigado, temeroso, pero al mismo tiempo, atribuía esa sensación a los efectos de las medicinas que me administraban.*

*»Ese mismo día por la tarde, llegó una de las enfermeras del turno de noche llamada Rachel, al mirarla, de nuevo volví a observar ese halo a su alrededor, esta vez, no era tan brillante, había sombras en él. Al acercarse y poder observar su rostro más de cerca, cambiaba constantemente, deformándose, notaba heridas entreabiertas en su frente, sus ojos cambiaban de un azul claro a negros en solo unos instantes, era como una batalla en su ser... entre la luz y la oscuridad. Al cerrar mis ojos esas visiones cesaban. Pasaron los días y al discutir estos síntomas con el médico encargado de mi cuidado, decidió*

enviarme a realizar una serie de pruebas entre las cuales
me ordenó una radiografía con una máquina novedosa,
le llamaban "TAC" o tomografía axial computarizada,
con el fin de obtener imágenes de mi cerebro, por aquel
golpe que sufrí en el accidente.

— ¿Y cuáles fueron los resultados? — Le pregunté
intrigada.

— Encontraron cambios de cicatrización en mi cerebro sin encontrar tumores, los hallazgos, de acuerdo a lo
que me notificaron, fueron completamente normales.
Poco después, realizaron una multitud de exámenes incluyendo un electro-encefalograma que fue extraordinariamente anormal.

— A qué te refieres con eso.

— De acuerdo a lo que me informaron, la actividad
eléctrica de mi cerebro era inusualmente activa, como si
tuviera convulsiones constantemente.

— ¿Las tuviste?

— Nunca.

— A raíz de los hallazgos, me administraron un anti-
convulsionante con el propósito de tratar de disminuir la
frecuencia de las visiones pero desgraciadamente las cosas
seguían igual. Continuaba observando esa di-sincronía
en las personas. Al pasar de los días se volvieron aún
más vívidas, más reales. Era como si tuviera la capacidad de ver el alma de las personas, su constante batalla
entre la luz y la oscuridad. Había algunas, en las cuales,
todo era sombra, sus rostros se tornaban horroríficos,
similar a una película de terror, lo que me forzaba a cerrar mis ojos para no continuar observándolos. Por otro

*lado, había quienes solo emanaban luz y tranquilidad.*

*Durante mi estancia, en una hermosa mañana, Berta decidió llevarme a un patio interno para apreciar la luz del día, lo hizo empujándome en una silla de ruedas antes de que mis músculos se reincorporaran por el prolongado coma y la inactividad. En el camino, pasamos por el área de terapia intensiva, le pedí que se detuviera por un momento, al observar a través de un ventanal, una preciosa luz, era mucho más brillante de la que veía en las personas, se encontraba a un lado de la cama de uno de los pacientes, estoy seguro que no era de este mundo, como si fuera...*

*— Por favor sigue — lágrimas corrían por las mejillas de Niko.*

*— Una silueta celestial, un ángel, no estoy seguro. Le pregunté a Berta que cual era la condición de ese paciente, mientras observaba que las enfermeras se encontraban ansiosas, mirando a los monitores y administrándole medicinas en su línea intravenosa. Ella me contestó que el paciente seguramente estaba a punto de fallecer, ya tenía tiempo hospitalizado y desgraciadamente su enfermedad no era curable. Al comentarle lo que veía junto a este paciente, mirándome a los ojos, me pidió que fuera muy cuidadoso al mencionar esas visiones, pues los médicos seguramente asumirían que se trataban de alucinaciones, y sin duda terminaría en el hospital psiquiátrico.*

*Así pasaron los días, sin sentir mejoría alguna. Recuperaba rápidamente la fuerza en mis músculos y muy pronto estaría listo para que me dieran de alta.*

Decidí seguir las recomendaciones de Berta y mentí acerca de mis síntomas, les comuniqué que todo iba mejorando.

— ¿Te dieron de alta poco después?

— Antes de hacerlo llamaron a un "experto" para que evaluara mi caso más a fondo, aparentemente no era un médico sino un investigador de eventos pos— traumáticos como el mío. Poco antes de que llegara a mi cuarto recuerdo sentir un miedo estremecedor, algo que no había experimentado anteriormente. Todo, de pronto, parecía sombrío, tenebroso, escuchaba voces graves. Al entrar, no pude observar claramente su rostro, solo una colosal sombra, parecía tener alas y una cara demoníaca. Cerré mis ojos sin poder dejar de verlo, sentí que sin duda intuía que yo contemplaba su verdadera identidad. Le pedí a esta persona con mis ojos cerrados, que me permitiera ir al baño, noté que revisaba mi expediente, al oírlo pasar las hojas, fue en ese momento que tomé la oportunidad de escapar del cuarto. Bajé por las escaleras un piso, me encontraba en el tercero. El segundo piso de ese hospital era el área de traumatología, al caminar, observé a un joven recostado, durmiendo. Era similar a mi estatura y peso, y al ver que su ropa estaba colgada en un anaquel junto a su cama, sin titubear la tomé y corrí hacia un cuarto vacío, cambiándome lo más rápido posible para poco después salir de ese hospital, con la intención de nunca volver. Podía sentir la malévola presencia de ese individuo al alejarme, acechándome. Finalmente... todo se detuvo.

— ¿Qué pasó después?

– Me dirigí a la casa de mi abuelo materno, el cual, había quedado viudo hacía ya diez años, su residencia estaba en Nueva Jersey. Me acogió con brazos abiertos.

Tiempo después, me puse en contacto con el doctor que me trató en el hospital para notificarle que me encontraba bien de salud, le agradecí sus atenciones, explicándole que trataría de rehacer mi vida.

Terminé la preparatoria en cursos nocturnos para evitar el bullicio de la muchedumbre. Trabajaba en una biblioteca por las noches acomodando libros y hacía la limpieza cuando todo estaba en calma, sin gente. Durante las largas veladas, buscaba incesantemente en libros de psicología, parapsicología, estudios en el ámbito de eventos paranormales, investigaciones. Desesperadamente trataba de encontrar algo o alguien que hubiera reportado estar en mi misma situación, sin encontrar... nada.

Dos años después, ingresé a la universidad para estudiar psicología, solo pude completar un par de semestres debido a mis problemas, me era imposible concentrarme. Había días en que mis visiones eran más vívidas y otros en los cuales todo era más llevadero. Era tal mi angustia que acudí a varias Iglesias, escuchaba los consejos de los sacerdotes, que al final, no entendían lo que me ocurría. Fue una tarde de verano que conocí a un bondadoso seminarista, contaba con un esplendido halo de luz, me dijo calmadamente que algunas veces, lo que parece abrumarnos, sin explicación lógica, envolvía un mensaje divino, un regalo que entendería en un futuro cercano. Su mensaje me llenó de esperanza a pesar de *que estos increíbles dotes de los que el hablaba, crecían inmensurablemente.*

*Mi abuelo falleció al yo tener veinticinco años, fue como un segundo padre para mí. Me heredó una pequeña fortuna debido a que el invertía en la bolsa de valores, y además tenía algunas propiedades de alquiler.*

*Con mi corto entrenamiento en psicología, logré conseguir trabajo en la "línea de emergencias", la cual, se encargaba de persuadir a pacientes suicidas. Fue un trabajo muy provocador e interesante, me encontraba relativamente contento, pagaban bien, y solo interactuaba con las personas a través del teléfono.*

*— ¿Por qué dejaste todo esto y te mudaste a Alaska? — Le dije intrigada.*

*— Fue una madrugada hace poco más de un año, cuando me dirigía a Nueva Jersey en el Metro. Recuerdo que eran pasadas las dos de la mañana cuando salía de mi trabajo. En una de las múltiples paradas, subió un misterioso individuo al tren. Éramos aproximadamente diez personas en ese vagón, cuando repentinamente volvió a mí, esa inexplicable sensación de terror, de oscuridad. Un hombre completamente extraño, volteaba hacia enfrente, noté que portaba un maletín del cual colgaba un gafete que no pude identificar con claridad, llevaba una bata de laboratorio colgada en su brazo. De pronto, noté aquella estremecedora sombra diabólica, la misma del hospital, me veía sin cesar, como implorando una respuesta. Lentamente cerré mis ojos, pero aún así, sentía que se aproximaba cada vez más. Su presencia me invadió como un escalofrío. Esperaba ansiosamente la*

siguiente parada, para salir lo antes posible, al estar sentado, oía constantemente su respiración, jadeando enfrente de mí. Finalmente abrí mis ojos para rápidamente
dirigirme a la puerta del tren que se abría con extrema
lentitud, la sombra, como enfurecida, me seguía constantemente, su rostro estaba malformado, ojos negros
como la noche, con un halo rojizo a su alrededor, dientes
carcomidos y puntiagudos, al mismo tiempo, notaba variadas heridas entreabiertas exponiendo la podredumbre
detrás de su piel. Me armé da valor y la miré detenidamente por unos segundos, pero desgraciadamente, me
venció el miedo, y en ese desasosiego cerré mis ojos de
nuevo.

Me llenó de inquietud que el individuo quien la portaba, nunca se percató de lo ocurrido. Eventos similares
me ocurrieron repetidas veces camino a casa, el último
de ellos, en ese mismo tren, fue algo semejante, pero a
diferencia de los anteriores aquel hombre no se encontraba presente en el vagón, era solo era aquella imagen,
la que el hombre acarreaba constantemente, que parecía
buscarme como deseando, casi suplicando que la viera
una vez más.

Unos días después, me dirigí a una óptica cercana a
casa y le pedí al optometrista que fabricara unos lentes de
contacto totalmente oscuros, impenetrables por la luz, para no ver más... El encargado del local me cuestionaba
sorprendido, que porque quería algo así, cegarme. Simplemente le contesté que me era imposible ver la luz, explicándole que me producía un dolor indescriptible.

Al poco tiempo, decidí mudarme lo más lejos posible

*de las grandes urbes. Alaska, me pareció un lugar ideal, por lo que compré con mis ahorros y un pagaré del seguro de vida de mis padres, la pequeña cabaña en la que vivo. Estoy en contacto con la naturaleza lo más posible, no con la gente. Es por eso que estoy aquí doctora, a pesar de mi aislamiento, me siento más seguro, sinceramente, no encuentro otra forma de controlar estas visiones.*

*– ¿Y qué te sucede ahora?, ¿por qué la urgencia de verme? – Le pregunté consternada.*

*– Hace solo unos meses sentí la presencia de ese demonio de nuevo, cerca de esta área. Pero esa no es la única razón.*

*– ¿Hay algo más?*

*– Así es, – Niko hizo una larga pausa y le dijo – Es usted... quería verla de nuevo, me da una increíble paz estar aquí. Nunca había sentido algo así por alguien.*

*– Ni siquiera me has visto Niko – le dije sonriendo.*

*– Su alma es bellísima doctora.*

*Por increíble que parezca, por un momento, no sabía cómo responderle, qué hacer, guardé silencio y le pedí que retirara sus gafas oscuras al igual que los pupilentes. Así lo hizo, al levantarse, me miró profundamente con esos bellísimos ojos verdes, sentí que me veía en lo más profundo de mi alma. Era tal la sensación de incomodidad, que parecía estar completamente desnuda enfrente de un completo extraño. Al mirarlo detenidamente, no parecía sorprendido, solo sonrió levemente como si me conociera desde hace mucho tiempo.*

— *¿Qué ves Niko?*

— *Es aún más bella de lo que imaginaba.*

— *Probablemente es lo mismo que debes de hacer con las demás personas, pensar positivamente y esas imáge-nes horroríficas desaparecerán.*

— *No funciona de esa forma. Inevitablemente, veo lo que la piel trata de ocultar.*

— *Tienes que enfocarte en los límites tus sentidos, ver con tus ojos, no más allá.*

— *Lo siento, me es imposible doctora.*

*De mi maletín, tomé una lámpara especializada para realizar un examen fundoscópico de la retina de Niko. Me acerqué a él y observaba detenidamente la red de ca-pilares de su globo ocular, tratando de encontrar alguna anormalidad. Todo parecía completamente... normal. Antes de terminar, sentí que mis labios instintivamente se acercaban a los de Niko y lo besé apasionadamente. Desde ese momento, sabía que las cosas jamás volverían a ser igual. No pude controlarme, como si la inevitabili-dad del destino inexplicablemente se hubiera apoderado de mí. Niko por su parte, correspondió mi beso cerrando sus ojos, me jalaba suavemente hacia el con su mano de-trás de mi cuello. Sentí una atracción indescriptible ha-cia él. Por un lado, sentía tristeza por sus vivencias, pero percibía un alma pura, sincera. Me preguntaba in-cesantemente si me estaba enamorando de él. De pronto, bruscamente me desligué del apasionado beso y le pedí mil disculpas por lo ocurrido a lo cual el respondió:*

— *Doctora, no se preocupe, yo siento lo mismo por usted.*

*— No puede ser esto Niko, tú eres mi paciente. Discúlpame, no pude evitarlo.*

*— Nunca había besado a alguien así.*

*Le pedí a Niko que termináramos la consulta y que lo vería de nuevo en una semana.*

*Sé que debo deshacerme de esta nota que escribí, pero muy dentro de mí... temo destruir la magia de este fascinante encuentro.*

*Cerrando la carpeta de consultas de su madre, el doctor Breman se dirigió a Clayton diciéndole:*

Al día siguiente, la doctora Tommasi contactó a uno de sus antiguos maestros universitarios, del cual, había sido ferviente admiradora durante su entrenamiento en el ámbito de la parapsicología, el afamado doctor Alfred Richardson, quien residía en Inglaterra. Estaba convencida de que si había alguien que pudiese ayudar a Niko, era sin duda él. A pesar de que sus prácticas eran controversiales, podría ver el caso desde un punto de vista distinto, fuera del entorno científico que la cegaba. Muy dentro de ella, se había negado a aceptar a la parapsicología como ciencia, pero estaba dispuesta a hacer lo que fuera por ayudar a Niko, siendo que sentía que había llegado a sus límites dentro del ámbito de la medicina tradicional.

La conferencia anual en Londres se avecinaba en solo una semana, era la oportunidad perfecta para visitar al doctor Richardson que se encontraba localizado en Brighton, una antigua ciudad sobre el canal de la mancha, al sur de Londres. Al comunicarle a Niko sobre sus intenciones, felizmente aceptó su invitación.

Planeó su itinerario con pretensión de llegar unos días antes a la conferencia, para darse la oportunidad de entrevistarse con el doctor Richardson.

∞ ∞ ∞ ∞ ∞

# 6

## Markus

SE LLEGÓ FINALMENTE LA FECHA DE LA CONFERENCIA, el viaje por avión fue difícil para los dos, Niko viajaba portando sus aditamentos para cegarse de la realidad, sentía una paz interna al estar a su lado, y no podía dejar de pensar en su bellísimo rostro.

Al llegar, Londres se encontraba bajo una torrencial tormenta y la lluvia caía inclementemente. Se transportaron lo antes posible a la central de trenes de "Waterloo" localizada en el corazón de la ciudad, el taxista hacía berrinches frecuentemente debido al pesado tránsito lo que a Niko y la doctora les pareció cómico. Siendo una de las estaciones de trenes con más tráfico en el mundo, estaba repleta de gente, los pasillos se encontraban casi intransitables.

Debido al mal clima y a diversas inundaciones en la ciudad, el tren que se dirigía a Brighton estaba retrasado por lo que forzosamente tendrían que esperar un par de horas antes de su salida. Eran pasadas las cinco de la tarde y se esperaba que el siguiente tren saliera hasta las ocho de la noche, por lo que decidieron tomar un café y sentarse pacientemente a esperarlo.

Niko, cegado de la realidad, rodeado por una multitud de gente, escuchaba indistintamente los incesantes murmullos provenientes de los presentes, que aunados con el aroma a humedad y monóxido de carbono caracte-

rísticos de Waterloo, le producían una sensación de desasosiego, de un abismal aislamiento que con cada momento crecía invadiéndolo profundamente. Se dirigió al baño
fingiendo una molestia en sus ojos para despojarse de sus
lentes de contacto. Al regresar, se encontraban pacíficamente sentados en un pequeño establecimiento en el corazón de la estación donde vendían refrescos y café.

Frente a ellos, se desplegaba una multitud de bancas
que se encontraban ocupadas por personas indistintas esperando impacientemente la salida de su siguiente tren.
Al despojarse de sus lentes oscuros, un sin fin de imágenes lo acosaban, destellos provenientes de la multitud de
gente donde observaba la transformación de sus rostros,
dependiendo de quién triunfara en esa batalla interna de
cada una, "luz y sombra" en las ventanas de sus almas, le
comentaba a la doctora. Tratando ansiosamente de habi-
tuarse, dejándose vencer por la infinidad de imágenes,
repentinamente observó un halo brillante entre dos de
ellas sentadas a relativa proximidad frente a él, de las
cuales, apreciaba esas típicas imágenes, pero ésta... era
distinta.

Observaba con asombro a un apuesto joven de complexión atlética, vestía una chamarra de piel oscura, pelo
largo de color cobrizo, y una mirada desinteresada. Con
incesante curiosidad lo contemplaba sin despegar su mirada de él, su peculiar silueta era transparente, sigilosa,
en contraste con las personas sentadas próximas a él,
quienes absortas en sus pensamientos, ignoraban su celestial presencia.

Por un instante, sus miradas se encontraron, cruzándose misteriosamente como si el destino hubiera detenido el tiempo, llevándolos de la mano a su magistral desenlace. Aquel misterioso muchacho, también sorprendido, miró a Niko fijamente a los ojos tratando de cerciorase que efectivamente lo observaba a él. Se levantó apresuradamente dirigiéndose a la mesa donde se encontraban sentados, Niko lo seguía con su mirada detenidamente y al sentir que se aproximaba cada vez más a ellos, temeroso, cerró sus ojos deseoso de que desapareciera, colocando rápidamente sus lentes oscuros enfrente de sus ojos, tomando un gran suspiro. La doctora Tommasi al notarlo le preguntó:

—¿Qué pasa Niko?, ¿te sientes bien?

—No es nada. —Le contestó con voz temblorosa.

—Te veo alterado, estoy segura que algo te molesta.

—Me pareció haber visto algo asombroso, muy distinto a las imágenes a las que estoy acostumbrado.

—¿De qué se trata?, por favor quítate los lentes y abre tus ojos, tienes que enfrentarte a la realidad.

Así lo hizo, separando los lentes de su cara con extrema lentitud. Aquella misteriosa silueta, había desaparecido. Momentos después, se levantó de la mesa observando a sus alrededores sin encontrarlo, quedándose inquieto, pensativo.

—¿Cómo te encuentras?

—Ya no veo esa imagen.

—Te lo dije, algunas veces la imaginación nos traiciona. Relájate, todavía falta un par de horas antes de que nuestro tren salga.

Pasaba el tiempo y Niko buscaba con incesante curiosidad a aquel joven que por unos momentos sintió, que con su penetrante mirada, había examinado en lo más profundo de su alma. Silenciosamente se cuestionaba, si ése era el mismo sentimiento que los demás percibían, cuando él los observaba.

El tren a Brighton finalmente estuvo listo para partir a su destino. Fue un viaje relativamente corto y los dos lo disfrutaron enormemente a pesar del cansancio que sentían después de un vuelo transatlántico. Frecuentemente reían burlándose sarcásticamente de las visiones de Niko.

— ¿Te parece que se ve más bella la muchacha del saco rojo después de que desnudas su alma Niko?

— No…, creo que es mejor dejarla así.

— Bien, ¿y aquel otro sentado leyendo el periódico?

— No lo creo — Reían constantemente.

Era evidente que la doctora Tommasi trataba de sacar a Niko de su total enclaustro, quería acercarlo lo más posible a la realidad que pasaba desapercibida enfrente de sus hermosos ojos, cubiertos por la oscuridad que voluntariamente había creado para sí mismo. Desde su punto de vista científico, no estaba convencida en lo absoluto de que Niko pudiera ver esas imágenes que profesaba.

El tren finalmente se detuvo en Brighton, al bajar, apreciaban el efluvio del mar y un cielo estrellado, habían dejado atrás ese tormentoso día. Niko llevaba consigo un nuevo descubrimiento, que lentamente, en su momento, borraría la oscuridad en la que vivía.

Se dirigieron al hotel donde planeaban hospedarse. Al descender del taxi, se detuvieron por un momento para apreciar la hermosa entrada. Era un edificio de la época "georgiana", edificado alrededor del año 1750, su nombre... "The Old Ship Hotel", situado frente a la costa acariciando al Canal de la Mancha. Mirándose detenidamente en la recepción, dudosos, finalmente decidieron tomar cuartos separados. La doctora Tommasi le comentó que sentía dolor en su espalda después del largo viaje, por lo que Niko decidió bajar a la recepción en busca de un analgésico, mientras ella se disponía a tomar un baño.

Apresuradamente se dirigió al ascensor y presionó el botón para bajar al primer piso. Al percatarse que no contaba con sus anteojos oscuros, decidió inmediatamente salir y descender por las escaleras de emergencia desde el séptimo piso hasta la recepción. Sentía un extraño presentimiento... como si alguien lo siguiera en la desolación de la escalinata.

Al llegar, abrió la puerta y encontró un largo y desierto pasillo que se dirigía hacia área de huéspedes, escuchaba el eco que la música producía a la distancia, rompiendo el abrumador silencio. Caminaba pausadamente buscando con cierta desesperación la pequeña tienda dentro del hotel donde le pudiesen vender lo que necesitaba. Se detuvo por un breve instante frente a un gran salón, donde observaba a una multitud de gente joven mover sus cabezas rítmicamente en respuesta a la melodía, que un grupo de rock ejecutaba sobre el escenario. Repentinamente, sintió un suave golpe en su hombro derecho, al voltear observó con asombro de nuevo a ése misterioso joven que había visto en la central de trenes en Londres. Su diáfana silueta le indicó que lo siguiera con un movimiento de su cabeza, dirigiéndose a un pequeño bar que se encontraba casi vacío en el centro de la recepción. Niko, inseguro, incrédulo, lo siguió hasta llegar a la barra. El joven sonreía y movía su cabeza en señal de aprobación, lo miraba con sus penetrantes ojos azules que contaban con un esplendoroso halo alrededor de sus pupilas, de apariencia angelical. Niko se sentó cautelosamente junto a él, asimismo, observando detenidamente a aquel misterioso fantasma, quien le decía:

—¡En verdad puedes verme! —Gritaba levantando sus manos en el aire.

—¿Quién eres?

—Disculpa mi malos modales... mi nombre es Markus.

—Soy Niko —le dijo extendiendo su mano para saludarlo, deslizándose en el aire sin lograr tocarlo como si fuera un espejismo.

—Disculpa de nuevo, anda, ponla ahí, ahora podrás tocarme.

Completamente confuso Niko volteaba a sus alrededores con escepticismo, al observarlo Markus le dijo:

—No te preocupes, los demás pueden verme ahora, hacía buen tiempo que no cruzaba a este plano físico, es en verdad un gusto conocerte —extendiendo su mano.

—¿De qué se trata todo esto?, ¿por qué me sigues?

—Me impresionó que pudieras verme en Londres, por esa razón estoy aquí.

—¿De qué me hablas?

—De tu cualidad de poder ver en nuestra dimensión.

—¿Cuál "dimensión"?

—Por un momento en la central de trenes me pareció

que eras uno de ellos... un *"daimōn"* —dijo Markus con una pronunciación relativamente inusual.

—¿Disculpa?

—Son "entes" que provienen de lo que llamamos el décimo portal.

—Markus... es que no entiendo nada de lo que me estás diciendo.

—No te preocupes, lo que me intriga es tu capacidad de ver como nosotros. ¿Quién eres en realidad?, ¿eres mortal?

—Eso creo —le contestó Niko sarcásticamente.

—¿Me permites tocar tu frente por un momento? —Marcus colocó su mano izquierda apretando un amuleto de forma triangular que colgaba de su cuello, sus ojos se tornaron aun más brillantes y, un momento después, tomó el brazo derecho de Niko subiendo la manga de su camisa.

—¿Qué buscas en mi brazo? —Le dijo Niko.

—En verdad eres mortal... ¡Sorprendente! —Comentó Markus.

—¿Y tú?, ¿eres mortal?

—No... —cerró sus ojos por un momento tocando la parte lateral de su cabeza con su dedos, al hacerlo accidentalmente se expuso su antebrazo, Niko observó un tatuaje muy peculiar de color negro entrelazado con tonos rojizos, en forma de 'Y' invertida —lo siento, tengo que ir a "Aragus", te prometo que me pondré en contacto contigo en un futuro cercano.

—¡Espera, tengo muchas preguntas!... ¿Qué es Aragus?

—En otra ocasión, tengo que retirarme.

La silueta de Markus se volvió transparente y en una fracción de segundo desapareció tras un gran reflejo de luz resplandeciente, forzando a Niko a cubrir sus ojos. La multitud que salía del concierto, lo miraba con curiosidad, siendo que momentos antes lo observaban conversar con alguien a quién no podían ver. Inmediatamente, se acercó al pequeño comercio dentro del hotel, compró un paquete de aspirinas y se dirigió a la habitación de la doctora Tommasi. Caminaba intranquilo, lleno de incertidumbre.

Al llegar al cuarto, tocó la puerta suavemente, la doctora lo atendió envuelta en una toalla, recién salida de la bañera, Niko colocó la botella de aspirinas en su mano, se deslizaron cayendo al suelo, sin ponerle atención, lo miraba a los ojos incesantemente, poco después sus labios se unieron besándose con pasión desenfrenada. Esa noche, el cuarto de Niko estuvo completamente vacío.

La mañana siguiente, durante el desayuno en el gran salón del hotel, eufórico, reseñaba con lujo de detalles su inusual experiencia con aquel misterioso joven llamado Markus. La doctora Tommasi trataba de convencerlo de que todo era posiblemente una fabricación de su imaginación, y le aseguró que muy pronto, sería parte de su pasado.

∞ ∞ ∞ ∞ ∞

# 7

## El doctor Richardson

PASADAS LAS DIEZ DE LA MAÑANA, SE DIRIGIERON a su esperada cita con el doctor Richardson. Su oficina se encontraba en el centro histórico de la ciudad. Niko esperaba ansiosamente conocer al afamado parapsicólogo.

El despacho estaba localizado en el séptimo piso de un edificio de principios del siglo pasado, marcado con el número 1717, resguardado por una monumental puerta de madera que al abrirse crujía constantemente. Al internarse en el edificio se dirigieron a un anticuado y lento ascensor transportándose a la entrada de la oficina. Se encontraron con una lúgubre recepción, similar a la antesala de una casa antigua, donde se desplegaban cuadros esotéricos con imágenes apenas distinguibles, un par de candelabros de cristal cortado colgaban de las paredes adyacentes a una gran biblioteca. En una de las esquinas del cuarto, se encontraba un escritorio, detrás de él, una mujer de la tercera edad que lentamente presionaba el teclado de una máquina de escribir.

La doctora Tommasi se acercó a la recepcionista y amablemente le pidió hablar con el doctor Richardson a solas, previo a su consulta con Niko. La frágil mujer abrió la puerta dejándola pasar a un largo pasillo donde le indicó que el segundo despacho era la oficina del doctor y le pidió a Niko que lo esperara en la sala de conferencias que se encontraba a solo unos cuantos pasos de la recepción. Al abrirse la puerta de la oficina del doctor Richard-son se escuchó una voz grave diciéndole, «por favor pasa Julia». La puerta se cerró detrás de ella y la recepcionista amablemente le ofreció a Niko asiento en la  sala de con-ferencias que contaba con un pequeño ventanal por el cual se observaba la avenida principal.

Esa mañana Niko portaba su rutinario caparazón vi-sual, cegándose de la realidad. Con una voz quebrada la recepcionista le dijo:

—Espero te encuentres cómodo aquí, solo serán unos minutos, yo misma vendré a indicarte donde está la ofici-na del doctor para que te entrevistes con él. En esta sala guarda  su preciada colección de libros.

—Se lo agradezco —contestó Niko dirigiéndose con su cabeza a donde provenía la voz de esta mujer.

—Mi nombre es Ingrid, llevo veinte años trabajando con el doctor Richardson.

—El mío es Nikolaus, es un gusto conocerla. Discúl-peme, ¿qué es ese aroma tan prominente en la oficina?

—Es parte del *"Ayurveda"* incienso traído de la India, el doctor está convencido que ayuda a mantener fuera a los infaustos espíritus, asimismo ayuda en la sanación es-piritual.

—Ya entiendo, ¿y en verdad funciona?

—Eso espero… en esta oficina vemos casos muy in-teresantes.

—¿Eres ciego de nacimiento?

—No, debido a un accidente.

—Ya entiendo.

—¿Deseas tomar té o café?

—Nada por lo pronto, muchas gracias, desayunamos hace solo una hora.

—Bien, me retiro, dejaré la puerta abierta, si necesitas algo, estoy a escasos pasos de aquí.

—Se lo agradezco.

Al salir Ingrid, rápidamente removió los lentes de contacto de sus ojos en preparación para su consulta, en ésta ocasión, sentía seguridad, y deseaba observar al doctor de cerca. Mientras esperaba la llamada de Ingrid, empezó cautelosamente a inspeccionar el cuarto donde se encontraba. Después de observar la transitada avenida, caminó pausadamente a una gran vitrina empotrada en la pared al final del cuarto, parecía invitarlo en silencio a través de sus pulcros cristales, donde logró observar una multiplicidad de libros antiguos, algunos escritos en latín y griego, al igual que múltiples ejemplares de libros originales, en verdad una colección fascinante. Leía los títulos en voz baja: «"El ocultismo en la edad media", "Detrás de la falsa promesa", "Poltergeist", "Divina comedia"», al llegar al final del tercer estante, se encontraba un pergamino forrado en piel, con letras desgastadas en color oro, apenas se distinguían, seguramente por el inevitable pasar del tiempo, el título decía… "*Aragus*". Lo leyó múltiples veces en silencio, con incredulidad, tratando de asegurarse que su imaginación no jugaba con él. Inmediatamente trató de abrir la vitrina para inspeccionar el manuscrito, pero desgraciadamente, se encontraba bajo llave. Al escuchar ruidos provenientes del cuarto contiguo, Ingrid se acercó para asegurarse que Niko se encontraba bien, y cuál fue su desconcierto al descubrirlo parado frente a la vitrina,

observando detenidamente los libros, con especial atención en uno de ellos. Al percatarse de lo ocurrido, inmediatamente colocó sus lentes oscuros sobre sus ojos.
Ingrid confundida le preguntó:

—No entiendo, entraste como si fueras minusválido,
ciego. ¿Le mientes a tu acompañante?

—No, ella sabe que puedo ver perfectamente.

—Ah, ya entiendo... tratas de esconderte.

—Algo así —Contestó Niko con voz cortante.

Ingrid se acercó lentamente y colocó sus lentes para
leer, observando los libros que Niko veía a través de la vitrina con tanta curiosidad.

—¿Cuál te interesa?

—¿Discúlpeme?, —dijo Niko.

—¿Cuál de ellos? —insistía Ingrid—, sé que tienes los
ojos cerrados, ábrelos, no te haré daño.

—Niko, al abrir sus ojos, observaba a Ingrid detenidamente, sorprendido, no veía la desagradable imagen
que  esperaba al solo haber escuchado su voz, por el contrario, percibía aquel bellísimo resplandor, similar al de la
enfermera angelical que cuidó de él en el hospital, cuando
solo era un adolescente.

Al sentirse en confianza, volteando a la codiciada vitrina, apuntó con su dedo a ese gastado pergamino cuyo
extraño nombre apenas descubrió la noche anterior, durante su conversación con Markus.

—Si no es indiscreción, ¿por qué te interesa ese viejo
manuscrito?, ¿lo conoces?

—No, solo tengo curiosidad de verlo.

—Creemos que es una traducción al griego de un ma

nuscrito de los antiguos egipcios, encontrado en 1948 en una de las pirámides de Guiza. También se postula que los mismos egipcios lo tradujeron de otro aún más antiguo, es un misterio envuelto en un enigma. Desgraciadamente está incompleto y fuera de orden. Describe lo único que se conoce de un misterioso lugar llamado "Aragus". Solo contadas personas han oído hablar de él.

—¿Me permitiría verlo?

—Está escrito en griego antiguo. La palabra *"Aragus"* posiblemente proviene de la raíz griega *"argus"* que significa vigilante o guardián, no estamos del todo convencidos que ése sea el verdadero significado, es posible que los mismos griegos le otorgaron ese nombre al traducirlo de su manuscrito original, escrito en jeroglíficos egipcios.

—Disculpe mi atrevimiento pero pensé que usted era únicamente la secretaria del doctor Richardson.

—No solo soy su secretaria —sonreía—, también soy su esposa. Nos conocimos en una expedición que mis compañeros y yo realizamos a Egipto en 1945 como parte de nuestra tesis doctoral.

—¿Doctorado?, ¿en qué?

—Historia de las civilizaciones antiguas.

—Y ahora se dedican a la parapsicología, es en verdad un contraste inmenso entre las dos.

—Nuestra fascinación surgió precisamente al investigar a fondo esta mística civilización.

Ingrid tomó de su bolso una llave con la que abrió la vitrina, se preparó antes de tocar el documento colocándose un par de guantes blancos de tela, que se encontraban en una caja dentro del armario. Lentamente se dirigió al misterioso manuscrito extrayéndolo minuciosamente de entre dos grandes tomos de una enciclopedia. Al tenerlo entre sus manos sopló el polvo de su portada principal. «Ah...», suspiró Ingrid abriéndolo con extremo cuidado. Expuso la primera página en la cual estaba ese símbolo... aquella 'Y' tergiversa que Niko por un instante, observó tatuada en el antebrazo derecho de Markus, en el pergamino, se encontraba contorneada por múltiples jeroglíficos egipcios. Con su mano derecha, acarició esa página, deslizándola sutilmente. Niko, al observar ese familiar símbolo dirigiéndose a Ingrid, con cierta urgencia le dijo:

—Espere un momento por favor, ¿qué significa ese símbolo? —Ingrid se detuvo, mirando a Niko sorprendida.

—Los contados historiadores y antropólogos que han estudiado este documento a fondo, coinciden en que representa a *Aragus*, la unión de dos caminos, el bien y el mal, transportándose a una dimensión superior. La 'Y' en posición normal representa al hombre con su gran disyuntiva. Es fascinante poder resumir con estos simples simbolismos la unión de dos mundos distintos, uno representando el libre albedrío del hombre, y el otro, uniéndolos y transportándonos a esa dimensión. Puede representar el lugar del juicio final, el purgatorio como le llaman los cristianos o el vehículo de transporte a *"Elysion"* o *"Hades/Infernus"*, que son las palabras que utiliza este documento.

La mayoría de las conclusiones han sido basadas en hallazgos circunstanciales, siendo que, quién escribió este pergamino, está en el anonimato, no entendemos con qué intención lo hizo, ¿será algún mensaje para nosotros los mortales? Han pasado más de tres mil años, y no hemos encontrado la respuesta.

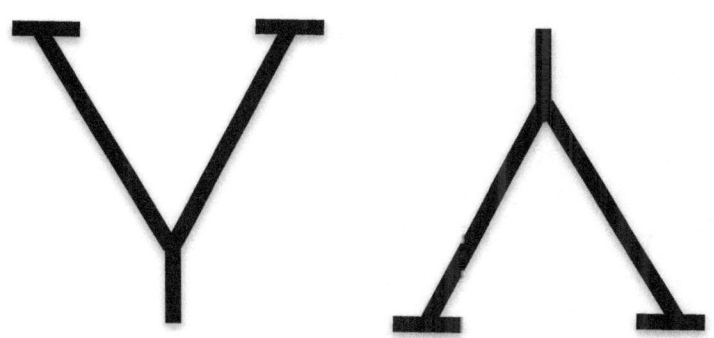

*ATRESPITUS*         *ZAN'ASIMO*
*ARAGUS*        *(mortales)*

—¿Por qué te interesa tanto este símbolo?
—Le repito, es solo curiosidad…

—Estarías sorprendido si supieras las historias que escuchamos en este lugar. ¿De qué se trata?

—¿Me permite revisar el pergamino un poco más?

—Claro, si prometes decirme la razón por la cual estás tan interesado.

—Me pareció ver ese símbolo tatuado en el antebrazo de una persona.

—¿Quién era?

—Lo conocí apenas ayer, su nombre… Markus.

—¿Markus?, espera un momento —cuidadosamente continuó examinando el mencionado documento, hasta llegar a una inscripción, donde aparecían diez nombres bajo un encabezado que decía: *"Atrespitus Aragus déka"*, el segundo de ellos decía *"Atrespitus Markus"*.

—¿El encabezado… qué significa?

—Se traduce. "El nombre de los diez vigilantes de Aragus". ¿No crees que es mucha coincidencia? ¿Dónde viste a este joven del que hablas?

—Nunca mencioné que fuera un joven.

Sonriendo, Ingrid le dijo:

—Aquí —apuntando al capítulo previo—, el documento dice: "Los diez *Atrespitus*, son eternamente jóvenes, llevando el símbolo de *Aragus* marcado en su antebrazo derecho, vigilantes imperecederos del balance, del diseño… guardianes silenciosos, hasta el momento de la gran batalla" —Al terminar de leer, hizo una pausa, y en ese preciso momento se acercaron a la puerta de la sala de conferencias los doctores Tommasi y Richardson, observándolos con cierta sorpresa.

—¡Fascinante! ¿No crees?, el mismo Homero estaría

embelesado con esa mitología —el doctor Richardson se dirigió a Niko—, encantado de conocerte.

—Igualmente doctor Richardson.

—Por favor llámame Alfred.

—Así lo haré.

El doctor Richardson lo invitó a pasar a su oficina acompañado de la doctora Tommasi, quien había resumido el historial clínico de Niko en una conversación privada en su oficina momentos antes, mientras Niko conversaba con Ingrid.

Sentado frente a su monumental escritorio de madera, observaba fijamente al doctor Richardson en silencio, mientras él, elaboraba preguntas incisivas sobre su pasado a las cuales Niko, completamente abstraído, distante, contestaba indistintamente, se encontraba absorto en las palabras escritas en ese misterioso documento. Muy dentro de sí, se sentía feliz, afortunado de hacerse poseedor por primera vez en su vida de evidencia tangible de que sus visiones, no eran producto de su imaginación. Con certeza, sabía que algo mucho más profundo se avecinaba.

La voz de Alfred Richardson, era solo un eco distante en su cabeza, la verdadera búsqueda de respuestas apenas empezaba su cauce, todo parecía esconderse detrás de ese misterioso mundo, al cual llamaban: "*Aragus*".

∞ ∞ ∞ ∞ ∞

# 8

## Greenwich

IENTRAS TANTO, EN ANCHORAGE, RUPERT SE reunió con el doctor Sartê para discutir sus hallazgos sobre la posibilidad de que las otras víctimas, que recientemente descubrió en Nueva York, estuvieran vinculadas con el Centro de Investigación Neurosensorial de Greenwich. Le expuso al doctor Sartê la posibilidad de que existiera una sólida conexión entre los asesinatos y que, posiblemente, alguien dentro de esa organización pudiese ser el buscado asesino.

Le pidió a Sartê que investigara más a fondo a dicha organización ya que él, al ser médico, podría tener más fácil acceso a la información confidencial sin despertar sospecha. Por su parte, Rupert trataría de obtener datos financieros, transacciones, y préstamos asociados a este centro de investigación, al igual que la información sobre el personal que trabajaba ahí. Sartê, intrigado por los hallazgos, le dijo a Rupert:

—¿Sugieres la posibilidad de un asesino en serie?

—No lo sé con exactitud, pero son demasiadas las similitudes entre los asesinatos, la misteriosa marca en el abdomen, la edad de las víctimas y el área geográfica parecen apuntar a eso mismo.

—Si ése es el caso, es posible que existan otras víctimas fuera de esta área geográfica.

—Los asesinos en serie cambian con poca frecuencia de ciudad, precisamente para evitar ser detectados, pero la mayoría se mantiene en la misma área geográfica, en su "área de confort", de acuerdo al historial de los que han sido capturados.

—Desgraciadamente no conozco a nadie en ese centro de investigaciones, me parece que Julia Tommasi tiene alguna conexión con ellos, le llamaré enseguida.

Al comunicarse con la oficina de la doctora Tommasi, se enteró que se encontraba fuera de la ciudad por una semana. Intentó localizarla en Londres, pero no obtuvo respuesta por lo que impulsivamente, decidió viajar a Rochester al día siguiente.

Esa tarde, después de la conversación con Rupert, al regresar a su oficina Sartê llamó a un viejo colega de estudios, el doctor Dominik Nugarte, que se encontraba trabajando en hospital general de Rochester. Se habían conocido durante la escuela de medicina en Nueva York formando una gran amistad durante sus estudios. Nugarte, de origen austríaco, se convirtió en un afamado médico internista pero había dejado de trabajar en el ámbito clínico y se dedicaba a la investigación básica, con un interés marcado en enfermedades degenerativas del cerebro como la enfermedad de Alzheimer.

Al llegar a Rochester, Sartê se hospedó en un hotel céntrico, y era acreedor de una invitación por parte de Nugarte para una velada en su hermosa residencia localizada a las afueras de la ciudad, a los costados de un denso bosque.

Durante el día, cautelosamente se dirigió al Centro de Investigación de Greenwich, localizado a quince kilómetros al sur del condado de Rochester. Se transportó en un modesto automóvil rentado, estacionándolo en el área de visitantes localizada en la parte lateral del edifico. Al mirarlo detenidamente, descubrió una estructura colosal con un diseño modernista, contando con incontables ventanales oscuros, escondiendo secretos entrañables, rechazando la luz del sol, resguardando una perene oscuridad. Contaba con una sugestiva fuente de agua en el centro del vestíbulo. Sartê, pasmado, observaba la figura de un hombre esculpido en bronce, sosteniendo a la tierra entre sus manos, de donde sigilosamente el agua bañaba su cuerpo desnudo, cubierto en jeroglíficos Egipcios.

Decidió caminar, vigilante, alrededor de las instalaciones donde capturó su atención una monumental planta generadora de energía eléctrica, similar a la que suministra poder a la totalidad de la ciudad de Anchorage. Al mismo tiempo, se percató de la presencia de múltiples guardias y un sistema de circuito cerrado de televisión, donde observaban cada paso, cada movimiento.

Finalmente, decidió entrar a la recepción, encontrándose con una solitaria persona atendiendo a los visitantes, detrás de un escritorio que ocupaba gran parte del vestíbulo. La recepcionista contaba con un micrófono que a su vez estaba conectado a su oído izquierdo. Al levantar la mirada le dijo:

—Buenas tardes, ¿en qué puedo servirle?

—Mi nombre es Kyle Sartê soy médico cirujano y estoy interesado conversar con el director de este centro.

—¿Tiene usted cita con el señor Klonick?

Indeciso Sartê le contestó:

—No… quisiera hacer una donación monetaria y me

encantaría saber un poco más acerca de los proyectos de esta institución.

—Por favor tome asiento en la sala de espera y trataré de comunicarme con su secretaria.

Unos minutos después la recepcionista se acercó a él informándole que el señor Klonick no se encontraba disponible, le ofreció que hablara con su asistente principal Verónica Nagata, a lo cual accedió sin titubear.

La recepcionista utilizó una tarjeta magnética que activó una pequeña pantalla electrónica de la cual aparecieron un grupo de números, presionó la clave y se activaron las puertas de seguridad abriéndose automáticamente en sincronía. Al caminar por el corredor que se dirigía a la oficina de la asistente de Klonick, asombrado, observaba con detalle, la avanzada tecnología con la que contaba ese centro de investigación.

Subieron por un elevador doce pisos en solo un instante. Se dirigieron a través de un largo pasillo a la oficina de Nagata, utilizando de nuevo su tarjeta, la recepcionista logró que se abrieran las compuertas de seguridad, e invitó a Sartê a entrar a la sala de espera.

Unos minutos después se abrió lentamente una gran puerta doble de madera sólida, de la cual, salió una joven elegantemente vestida con un traje sastre azul marino y zapatillas de tacón, utilizaba lentes, tras los cuales ocultaba sus facciones asiáticas. Lo invitó a pasar a su oficina.

—¿Doctor Sart?

—Sartê.

—Discúlpeme, mi nombre es Verónica Nagata, soy la vicepresidenta de operaciones del centro. ¿En qué puedo serle útil?

—Le agradezco recibirme sin previa cita. La razón de mi visita es mi intención de hacer una donación a la fundación, dado que mi madre sufre la enfermedad de Alzheimer y estoy enterado de que ustedes han estado a la vanguardia en cuanto a las investigaciones con respecto a esta enfermedad.

—De antemano le advierto que no podemos darle ninguna medicina experimental, si eso es lo que usted desea.

—De ninguna manera, solo quiero que continúen con sus esfuerzos de encontrar una cura y que una donación monetaria les ayude a continuar con sus exitosos experimentos.

—¿Está usted enterado de nuestros experimentos?

—Solo vagamente, quisiera que me explicara de que se tratan específicamente.

—No puedo entrar en detalles debido a la privacidad que existe en cuanto a los protocolos de investigación, yo solo soy una administradora y no tengo capacidad de explicarle los detalles de los estudios clínicos.

—¿Hay alguien que me pudiera explicar más a fondo los detalles?

—Llamaré al doctor Murayama, encargado de dichos estudios. Espere un momento —se levantó de su escritorio caminando a un cuarto privado donde llamó al jefe del departamento de seguridad diciéndole:

—Disculpa Samuel, está en mi oficina un hombre que dice ser médico y pretende hacer una donación monetaria al centro, muy inquisitivo, haciendo preguntas sobre los experimentos que se realizan aquí.

—¿Cuál es su nombre?

—Doctor Sartê, espera un momento —dejando el teléfono descolgado, le preguntó a Sartê:

—¿Cuál es su nombre completo?

—Kyle Edouard Sartê.

—Gracias —levantando el teléfono de nuevo le dijo a Samuel:

—¿Escuchaste?

—Claro, en un momento la llamo de regreso.

Verónica Nagata observaba a Sartê con cierta sospecha, mientras esperaba la llamada de Samuel en el intercomunicador. Unos minutos después levantó de nuevo el teléfono y Samuel le notificó que no aparecían datos en su búsqueda que despertaran sospecha, pero que procediera con extrema precaución. Nagata, le pidió que la acompañara al noveno piso del edificio donde se encontraría con el doctor Murayama. Al abrirse las puertas del elevador, Sartê observó cierta similitud a un piso de hospital, con diversos cuartos, que a su vez, contaban con camas y monitores, sin estar ocupados por un solo paciente.

El doctor Murayama lo esperaba al final del pasillo, vestía una bata blanca con una inscripción arriba de su bolsillo izquierdo que decía "Fundación Greenwich", llevaba un expediente en sus manos y saludó calurosamente a la vicepresidenta Nagata, inclinando su cabeza levemente en señal de respeto, lo mismo que al doctor Sartê. Pasaron otro sistema de puertas de seguridad dirigiéndose al laboratorio. Al ingresar, observaba las estaciones que contaban con grandes ventanales y puertas de seguridad,

sistemas de computadoras, vitrinas rebosantes de conte-
nedores y botellas de cristal marcadas con números,
equipos electrónicos de electroencefalografía y en la parte
posterior del laboratorio, detrás de una puerta sellada, se
encontraban cientos de roedores en pequeñas celdas, seguramente utilizados en los experimentos de laboratorio.
Sartê le preguntó al doctor Murayama:

—Disculpe doctor, noté que no tienen un solo paciente. ¿Solo realizan experimentos en animales?

—Efectivamente, no estamos autorizados para hacerlo
en humanos —Lo dijo con algo de incertidumbre, lo cual,
Sartê percibió claramente.

—¿No hay un solo paciente en toda esta Institución?

—En el área restringida... —cortó su cración abruptamente antes de terminar, mirando a la vicepresidenta
Nagata.

—¿Cuál área restringida?

—Discúlpeme fue un error.

Sartê, al sospechar que posiblemente querían persuadirlo de lo contrario, decidió no continuar con preguntas
incisivas, para no despertar sospecha y obtener la mayor
información posible. Se dirigió a Murayama y de nuevo le
preguntó:

—¿Qué tipo de investigaciones están realizando con
pacientes de Alzheimer?

—Estamos experimentando en roedores, con medicinas que estimulan al cerebelo, induciendo un incremento
en la percepción sensorial. Lo hemos publicado en la revista científica llamada "Science", volumen treinta y cinco, hace solo tres meses, le daré una copia de la revista

para que la revise más a fondo.

—Se lo agradecería. Disculpe, señorita Nagata, me podría explicar por qué necesitan de ese enorme suministro de energía eléctrica en el edificio.

—¿A qué se refiere doctor Sartê? —contestó Nagata.

—A la enorme planta generadora que está localizada en la parte trasera del edificio... es solo curiosidad —de nuevo se cruzaron las miradas de Nagata y Murayama.

—Es usted muy observador doctor Sartê, fue parte de la planeación del edificio, en mi opinión, un gasto innecesario por parte de la Fundación.

—Ya veo.

—Muy bien doctor Sartê, ¿tiene usted alguna otra pregunta para el doctor Murayama? Espero que su visita haya sido agradable. Desgraciadamente, tengo que retirarme debido a que me esperan en la sala de conferencias en los siguientes cinco minutos —Sartê notó que no iba a llegar muy lejos con sus preguntas.

—Les agradezco infinitamente su amabilidad, yo también tengo que irme. ¿Podría darme su información para contactarla en referencia a la donación?

—Claro que sí —tomó una tarjeta de presentación de su elegante saco y se la entregó a Sartê.

Al retirarse Nagata a su oficina, Murayama encaminó al doctor Sartê a un elevador distinto, en la parte posterior del edificio.

—Es más rápido por este elevador doctor Sartê —utilizó una tarjeta magnética y lo activó.

Al entrar, Sartê se percató que había una multitud de números negativos, desde el uno hasta el veinte. El último botón tenía un signo muy peculiar, semejante a un jeroglífico egipcio, por lo que le preguntó a Murayama:

—¿Qué experimentos realizan en el subterráneo?

—¿Subterráneo? —contestó Murayama sorprendido.

—Veo que hay numeración negativa en los botones del elevador.

—Lo siento... no puedo darle esa información —titubeando contestó el doctor Murayama.

—Secretos —murmuraba Sartê—, ¿este jeroglífico que significa?

—La misma pregunta me la he hecho yo muchas veces, desconozco su acepción.

—¿Me podría decir quién es el creador de la Fundación Greenwich?

—No lo conozco personalmente, me parece que nadie de los que trabajamos aquí hemos tenido el gusto de conocerlo en persona, su nombre es: A. A. Naife.

—¿Naife?, entonces, ¿quién es Greenwich?

—Es el nombre que se le dio a la fundación debido a una gran donación hecha por la familia Greenwich. El señor Charles Greenwich, un millonario de Manhattan, contrajo la enfermedad degenerativa del cerebro, "esclerosis lateral amiotrófica", que desafortunadamente fue intratable. Según cuentan era muy allegado de A. A. Naife y le pidió que empezara un centro de investigaciones en su nombre, para encontrar la cura a su enfermedad, para su uso en futuras generaciones.

—¿Es A. A. Naife médico?

—No estoy seguro, pero creo que también es un gran hombre de negocios, multimillonario, más aún que

Greenwich, se rumora que su fortuna proviene de antaño, generaciones atrás.

—¿Sabe de dónde es originario Naife?

—No estoy completamente seguro, supongo, por su apellido, que del medio oriente.

Al llegar a la recepción, Murayama se despidió amablemente del doctor Sartê.

Al retirarse a su automóvil, caminaba lentamente, dejando atrás a este monumental alarde de tecnología moderna. Su confusión era creciente, antagonizándola, su sospecha de que hubiera alguna conexión con los asesinatos, crecía, sin poder concretar cuál era la evidencia que necesitaba. La incertidumbre lo acechaba adentrándose en su ser, intuía que algo misterioso se ocultaba, algo que mucho más allá de ser legítimo, escondía un laberinto de nebulosidad. Convencido, decidió continuar indagando, deseando llegar al fondo de sus temores, lejos de saber, que se encontraba tan cerca de encontrar la respuesta, a sus añoradas preguntas.

∞  ∞  ∞  ∞  ∞

Por la tarde Sartê se reunió con su colega Nugarte en su residencia localizada en un hermoso bosque a las afueras de Rochester. La casa se encontraba escondida en una arboleda, solo la puerta principal era visible, guardada por una reja de metal negro con una "N" enmarcada en color oro que unía a las dos compuertas. Se acercó con su automóvil al intercomunicador y presionó el botón, automáticamente la puerta se abrió. A través de un estrecho camino Sartê se dirigió a la entrada principal de la residencia donde Nugarte lo esperaba ansiosamente afuera de la casa, con una gran sonrisa en su rostro. Caminando rápidamente se dirigió a su automóvil ayudándole a abrir la puerta, dándole un afectuoso abrazo al estar junto a él.

—Kyle, pasa, te esperaba un poco más temprano.

—Discúlpame Dominik, no pensé que tu casa estuviera tan retirada de la ciudad.

Esa noche, Nugarte había ordenado a su cocinero que preparara una cena especial para Sartê, su platillo favorito.

Durante la cena, sonriendo platicaban anécdotas de sus vivencias durante su entrenamiento en el hospital de Nueva York. Sutilmente Sartê le comentó a Nugarte acerca de su vista al centro de Greenwich, al escucharlo, cambiando su semblante, le contestó:

—¿A qué fuiste a ese lugar Kyle?

—Como ya sabes, mi sobrino fue asesinado y estoy buscando pistas, la policía ha dado el caso por cerrado.

—¿En Greenwich?

—Sé que parece una locura, pero ciertas pistas, la mayoría circunstanciales, alrededor del asesinato de mi sobrino han despertado sospechas.

—¿Trabajas con un investigador privado?

—No, es un joven oficial de policía de Anchorage que coincidentemente, su hermano parece ser víctima del mismo asesino, pensamos que existe una fuerte conexión con Greenwich.

—Entiendo —Nugarte quedó pensativo, se levantó de

la mesa y sujetando su copa de vino tinto, le dijo a Sartê
—, es un lugar verdaderamente aterrador.

—¿A qué te refieres Dominik?

—Es algo que no le he comentado a nadie, espero discreción de tu parte Kyle.

—Ningún problema.

—Un poco antes de la inauguración del centro de investigación en 1967, recibí una llamada del señor Víktor Klonick, identificándose como el director de operaciones de Greenwich. Recuerdo claramente que era una tormentosa tarde de verano, llovía incesantemente, cuando me dirigí a Greenwich para encontrarme con Klonick con el propósito de discutir su propuesta. Al llegar, como tú pudiste apreciar, encontré que la tecnología del sistema de seguridad era algo inimaginable, en mi vida había visto algo similar. Me dirigí a la oficina de Klonick, el cual, me presentó con el fundador, el gran señor Naife.

Su oficina estaba pobremente iluminada, Naife se dirigió a mi lentamente, un hombre misterioso, parecía estar maquillado para aparentar más edad, ahora, años después del evento, me doy cuenta que la iluminación de la oficina era débil a propósito, seguramente para ocultar las facciones de un joven tras la sombra de un viejo. Al darme la mano... —hizo una pausa.

—¿Qué pasó Dominik?, me dejas en suspenso.

—Fue algo insólito... como si pudiese ver mis pensamientos, pero al mismo tiempo, tuve destellos de su pasado —cayó la copa de vino al suelo.

—¿Qué fue lo que viste?

—No creo que sea de tu interés, anda cambiemos el

tema.

—No, por Dios, ¡dime qué fue lo que viste!

—Está bien, esto te va a parecer absurdo. Fue como una visión, en la cual, Naife se encontraba vestido con un atuendo típico de los antiguos egipcios, caminando junto a alguien que parecía realeza, un faraón. Se encontraban en un gran salón iluminado únicamente por antorchas, sus brazos mostraban tatuajes diversos, y poco después le vi parado en la cúspide de una de las pirámides con sus brazos abiertos en lo alto, como invocando a los dioses. Llevaba un amuleto colgado en su pecho con un extraño símbolo en su centro del cual emanaba una luz de color azul zafiro. Poco después, sombras parecían caer de los cielos, como demonios, el azul pronto se torno en rojo, más marcado que el de un atardecer. En solo un instante, destellos vívidos venían a mi mente, en los cuales, veía la silueta de Naife durante eventos históricos, batallas, imágenes de la Segunda Guerra Mundial, junto a grandes líderes entre los cuales me pareció reconocer a Alejandro Magno, Napoleón y Hitler entre otros. De pronto, un estruendo detuvo abruptamente esta visión, separó su mano de la mía en respuesta a un relámpago que cayó en proximidad al edificio, producido por la tormenta de esa noche, en un instante, la visión desapareció por completo. Kyle, te aseguro que no tomé una gota de alcohol, estaba en mis cinco sentidos.

—¿Qué sucedió después?

—Al darse cuenta que me encontraba sorprendido por aquella visión, se disculpó e inmediatamente, sin decir una palabra se retiró del cuarto. Continúe la vistita de las instalaciones solo en compañía de Klonick. Al verme un poco desorientado, me pidió que me recostara en un sillón mientras él hablaba con Naife afuera de la oficina. Al regresar, me indicó que lo acompañara a un elevador en la parte posterior del edifico. Me hacía diversas preguntas acerca de mis teorías sobre el transporte de la mente fuera del cuerpo. Como recordarás, realicé múltiples investigaciones al respecto en conjunción con el astro-físico Mikahil Eranher, en Alemania.

—¿Cuáles fueron esos estudios?, no los recuerdo.

—Tratando de emular el transporte de lo inmaterial, utilizando energía atómica con el propósito de desencadenar la separación temporal del "alma", si así quieres llamarle, del cuerpo, utilizamos una gran variedad de modelos científicos. Después de cientos de experimentos, hubo un caso específico en el que pudimos comprobar que hubo una separación transitoria, pero debido a la toxicidad de los compuestos radioactivos y lo difícil de contener la energía atómica, decidimos parar los experimentos.

—¿Qué interés pueden tener en ese tipo de investigación?, si mal no recuerdo el centro fue fundado para investigar enfermedades degenerativas del cerebro.

—De acuerdo, eso es lo que pretenden que el público crea. Hay algo mucho más profundo… misterioso.

—¿A qué te refieres?

—Momentos después entramos al elevador, Klonick presionó un botón con el mismo símbolo que observé solo unos momentos antes en mi visión, era un amuleto que colgaba del pecho de Naife, similar a un jeroglífico egipcio en forma triangular, como una pirámide con múltiples puntos geométricamente trazados en las partes medias de las líneas del triángulo, y un círculo en su parte interna. Lo recuerdo como si estuviera sellado en mi mente. Descendimos rápidamente y tras varias estaciones de seguridad entramos a una gran bóveda, donde se concentraban múltiples computadoras alrededor de un gran montículo circular empotrado en el suelo, que a su vez, estaba rodeado de enormes piezas de metal conectadas con cables gruesos a una consola con números digitales. El diseño era muy similar al que mi compañero Mikahil Eranher había creado años atrás para realizar nuestros experimentos, pero la magnitud era menos que ilusoria. Las piezas de metal alrededor del círculo fueron diseñadas por Eranher para producir pulsos eléctricos en diferentes frecuencias, los cuales, estaban diseñados para crear un campo electromagnético. Al cargar negativamente el montículo y utilizar pulsos de sonido dirigidos por la computadora, se crea una descarga de energía enorme, pensábamos que pudiésemos crear la separación de la mente y el cuerpo de esta forma. Nuestro diseño era solo en pequeña escala comparado con lo que observaba enfrente de mí. Con solo calcular en mi mente la cantidad de energía que se desencadenaría en el centro del montículo, era suficiente para abrir... — detuvo su acalorada descripción por un instante.

— ¿Abrir qué Dominik?

— Un portal, Kyle, en la dimensión espacio-tiempo.

— ¿Para qué tratar de lograr abrir un portal?

— Imagínate poder transportar tu mente a otro tiempo,

o lugar. Las posibilidades son infinitas.

—¿Por qué no aceptaste la oferta?, era tu sueño el realizar esos experimentos, ¿no es así?

—La verdad, estuve tentado a hacerlo, al fin, era mi diseño y el de Eranher. Al acercarme a la computadora, sorprendido, oí la voz de mi amigo Mikahil, quien se encontraba sentado detrás de la gran máquina que generaba los algoritmos en la computadora que induce las descargas eléctricas. Me acerqué a saludarlo, fríamente, solo me miró a los ojos y movió su cabeza levemente a los lados como señalándome, dándome un mensaje de desaprobación. Conocía a Mikahil perfectamente, trabajamos juntos por dos años día y noche, solo me bastó verlo para darme cuenta que me estaba dando una advertencia, una oportunidad de alejarme de ese lugar. Era obvio que no habían tenido éxito y necesitaban ideas frescas.

Habiendo captado su mensaje le hice una pregunta técnica a la cual obtuve una respuesta extraordinariamente extraña. Al generar el campo electromagnético, forzosamente se necesita de una fuente de energía distinta, que interactúe con el "plasma" que es la substancia más abundante en el universo. Para ser más elocuente, es el cuarto estado de la materia, como el sólido, gas y líquido. No habíamos logrado encontrar la respuesta de cómo generar esa conexión. Le pregunté que si se había encontrado el "cuarto elemento" o la "energía oscura" como le llamábamos, se llevó la mano a su cuello del cual colgaba un crucifijo el cual apretó haciendo un puño y, de nuevo, me miró a los ojos fijamente, fue en ese momento que recordé lo que observe en la visión, aquel amuleto que colgaba de Naife, «podría ser la respuesta», lo que generaría la "energía oscura" necesaria para completar el experimento. Aquel símbolo probablemente escondía la respuesta al misterio.

—¿Has hablado con Eranher desde entonces?

—Eranher murió en un accidente automovilístico, solo unos días después de que lo que presencié en Greenwich.

—¿Lo asesinaron?

—No estoy seguro Kyle, decidí no seguir investigando al respecto, estoy seguro que me siguieron por meses, por eso vivo retirado de la ciudad. Debes tener cuidado, son gente muy peligrosa.

∞ ∞ ∞ ∞ ∞

# 9

## Atrepitus Agedon

AL SALIR DE LA OFICINA DEL DOCTOR RICHARDSON, Niko se veía esperanzado, feliz. Esa tarde, al llegar al hotel, se despojó de sus lentes de contacto al igual que de sus anteojos oscuros, guardándolos en su maleta. Sorprendida al verlo, Tommasi le preguntó:

—¿Qué pasa Niko?, ¿no temes ver esas imágenes?

—Estoy seguro que las seguiré viendo, la diferencia es que ahora sé... que son reales.

—¿Cómo?

—Todo este tiempo pensaba que estaba enfermo, pero encontré la respuesta que buscaba.

—¿Dónde?, ¿qué sucedió?

—Fue casualidad Julia, al estar en la sala de conferencias de la oficina del doctor Richardson azarosamente encontré un antiguo y recóndito manuscrito, que solo ha sido visto por contadas personas. Describía a ese misterioso personaje con quien conversé en el hotel, a Markus, el mismo, aquella extraña visión en la estación de Waterloo.

—Espera un momento, intentas decirme que crees que tu "visión" fue real.

—No hay otra explicación.

—No lo sé Niko, creí que había sido un fracaso la visita con Richardson.

—Por el contrario, es lo mejor que me ha pasado hasta ahora, te lo agradezco Julia.

Muy dentro de sí, la doctora Tommasi temía que esto emporaría las cosas, siendo que los eventos ocurridos en la oficina de Richardson solo habían incrementado la curiosidad de Niko y seguramente acrecentaría exponencialmente sus fantasías ilusorias.

Esa tarde ya estando en calma, se besaron apasionadamente, visitaron lugares turísticos en Brighton disfrutando el uno del otro como un par de enamorados. Decidieron cancelar el cuarto de Niko y pasarían los siguientes días como una pareja de recién casados.

Viajaron de regreso a Londres y se llegó el día de la apertura de la conferencia, la doctora Tommasi se dirigió al centro de convenciones por la mañana, mientras Niko, decidido a encontrarse con su destino, se dirigió a la estación de trenes de Waterloo. Al llegar, observaba detenidamente a sus alrededores, caminaba atento por los pasillos y eventualmente se sentó esperanzado, en el preciso lugar donde había visto a Markus por primera vez. Pacientemente esperó por varias horas, sin encontrarlo.

De la misma forma, regresaba por las tardes a la estación de trenes mientras Tommasi asistía a las conferencias. En una de sus visitas, decidió bajar por la escalinata al túnel número nueve, donde saldría próximamente el tren que se dirigiría a Brighton. El pasillo se encontraba desolado, oscuro, a lo lejos observó a un grupo de jóvenes sentados en una banca de los cuales oía voces distantes... no había señal alguna de Markus. Al ver partir el tren, un hombre maduro, de gran estatura vistiendo un abrigo gastado, roído, se acercó sigilosamente a Niko, preguntándole:

—¿A quién esperas?

—A un amigo —le dijo Niko titubeando, sin mirarlo a los ojos.

—Ya tienes un buen rato esperando, ¿no es así?

—Correcto.

—¿Traes algo de beber que me regales?

—Lo siento, no traigo nada que ofrecerle.

Niko lentamente volteó a verlo, quedándose frío, el rostro de este hombre se transformó, tornándose horrorífico, deformado, mostrando múltiples heridas, por una de las cuales podía observar dientes puntiagudos, carcomidos. Sus pupilas se tornaron de color rojo encendido, lo miraba fijamente, y de pronto, Niko escuchaba sonidos graves emanar de la garganta de este hombre, en un lenguaje que no entendía. A lo lejos, se oyó una voz decirle:

—¡*Gia stamata daimōn*!

Niko volteó repentinamente y, a la distancia, observó la silueta de Markus acercarse rápidamente. El aterrorizante hombre retó a Markus moviéndose erráticamente, bajando la cabeza, lo miraba constantemente y los ruidos provenientes de su garganta eran aún más audibles. De pronto, Markus lo tomó de su abrigo, y sacudiéndolo, le preguntó:

—¿Dónde está Agedón? ¡Dímelo! —El daimōn reía sin decir una palabra. Con un rápido movimiento de su mano derecha en la cual portaba un instrumento de metal que se adaptaba a sus nudillos, lo golpeó en el pecho, lo que causó que el demonio desapareciera como si se hubiera roto en mil pedazos tras una luz rojiza y un marcado olor a azufre. Con una leve sonrisa en su cara, Markus se acercó a Niko diciéndole:

—¿Qué haces aquí?, ¿buscas problemas?

—¿Qué era eso?

—Daimōn, seguramente un rastreador.

—¿Lo destruiste?

—No necesariamente, se transportará al décimo portal, es muy posible que regrese, notificaré a los *ággelos aminta* para que lo detengan permanentemente. Es en contra de las reglas que esté aquí. Sabe que puedes verlo Niko, es decir, su verdadera forma. Tienes que tener mucho cuidado.

—"Atrespitus Markus" —murmuró Niko.

—¿Qué dijiste?

—¿Eres uno de los diez Atrespitus?

—¿Con quién has hablado?

—Contéstame, ¿es correcto?

—Así es, ¿dónde obtuviste esa información?

—Lo leí en un antiguo manuscrito titulado "Aragus"

—¿Un documento?

—Llámale casualidad o destino, lo encontré en la oficina de un parapsicólogo, su esposa es una historiadora, me explicó que lo encontraron en la gran pirámide de Kefrén, ellos poseen una traducción escrita en griego.

—¡Agedon! —dijo Markus

—¿Perdón?

—Es una historia larga y compleja de entender.

—Tú eres la única evidencia de que mis visiones no son producto de mi imaginación, ese manuscrito me ayudó a entenderlo. Explícame ¿qué ocurre?, ¿quién es Agedon?

Haciendo una pausa, Markus le contestó:

—¿Quieres respuestas?, prepárate para caminar en una realidad que ustedes los humanos tratan de ignorar —le pidió que se sentara junto a él en una de las bancas, y le dijo:

—Hace ya más de dos mil años, durante el nuevo reinado egipcio, bajo el faraón Ramsés II, Agedon era parte de nosotros, la orden de los diez Atrespitus, brillante, fiel, con extraordinarias cualidades. Fue asignado a vigilar esa área geográfica. Tentado por el décimo portal, el *"Infernus"* en Aragus, Agedon estaba seguro que nosotros deberíamos de poder gozar del libre albedrío que los humanos tienen y, ambiciosamente, decidió tomar forma humana permanentemente. Debido a nuestra naturaleza, viviría por siempre en carne y hueso.

Poco después, arrastrado por las fuerzas del mal, intentó abrir las compuertas del décimo portal para liberar a los demonios, la mayoría guerreros, con la idea de empezar la batalla final, que había sido pronosticada milenios antes. Debido a esto, fue expulsado de Aragus para siempre, se le negó rotundamente el volver a transportarse de nuevo a nuestra dimensión. En el exilio, durante los siguientes doscientos años, debido a sus conocimientos y extraordinarias cualidades comparadas con los seres humanos, acompañaba y aconsejaba a los líderes políticos, guerreros, y conquistadores, aquellos quienes invocaban al mal por el más corruptible de los regalos mundanos, el poder. Recibimos órdenes de buscarlo, y... eliminarlo.

Agedon era muy allegado a mí, similar a la relación que los seres humanos tienen con un hermano. La tarea de buscarlo y especialmente eliminarlo me ha sido extra-ordinariamente difícil. Siendo que yo lo conocía bien, sus estrategias, forma de pensar y de actuar... el peso de la persecución, cayó en mis manos.

Durante la invasión a Egipto por Alejandro Magno, Agedon había cambiado de intereses, aconsejó indirecta-mente a las fuerzas de los griegos durante la invasión y conquista de Egipto. La resistencia de los Egipcios fue es-casa, finalmente decidieron unirse a los Griegos para en-frentar a su acérrimo enemigo, el imperio Persa. Durante la sangrienta batalla, guiada en parte por Agedon y sus daimōnes, pude verlo por primera vez después de cientos de años. Su semblante era totalmente distinto, había cam-biado radicalmente, las fuerzas del mal se habían apode-rado completamente de él.

Bajo el campamento edificado por los soldados grie-gos en proximidad a las pirámides, noté la presencia de múltiples daimōnes, rodeando a una de las carpas ergui-das para los generales de Alejandro Magno, supuse que lo resguardaban y decidí infiltrarme sigilosamente para fi-nalmente eliminarlo.

Recuerdo que era una noche oscura, lo que me permi-tió introducirme a donde se encontraba Agedon sin ini-ciar una batalla con sus fieles daimōnes. En esos momentos, se encontraba descansando, me acerqué a él, levantando mi mano con este instrumento conocido como el *"atloticon"* como observaste, está diseñado para destruir la presencia de los daimōnes en tu dimensión. Estaba a mi alcance pero... no pude hacerlo, algo me impidió dar el golpe final.

Al percatarse de mi presencia, erróneamente traté de convencerlo de regresar con nosotros, de servir su función destinada por Aragus. Quedé desconcertado al notar que ya no había rastro de Agedon, mi hermano en la orden, aquel fiel sirviente había desaparecido en la ignominia, era alguien más, al sujetar firmemente su brazo para leer sus pensamientos, pude ver claramente la oscuridad de su alma. Su única misión era la de adquirir poder, obsesionado con re-abrir las compuertas de la dimensión de Aragus, del décimo portal o *Infernus*, para iniciar... la batalla final. Repentinamente, tres de sus daimōnes guerreros, no rastreadores como el que viste hace unos momentos, me atacaron ferozmente, durante la lucha... Agedon desapareció.

En algún lugar de Egipto, antes de ser sesgado por Aragus, logró abrir un portal de donde provinieron miles de daimōnes, de varios rangos, afortunadamente hemos eliminado a la gran mayoría a través de los siglos, pero no conocemos específicamente la localización de ese sitio, sospechamos que durante milenios ha tratado de volver a activarlo con la intensión de destruir finalmente el balance en esta dimensión. Alguien muy allegado a él, posiblemente escribió ese manuscrito del que me hablas, es también factible que lo haya hecho él mismo, siendo que es extraordinariamente egocéntrico, megalómano.

—¿Dónde se encuentra Agedon?

—Perdimos su rastro por varios siglos, Atrespitus Eryx, uno de los nueve restantes, detectó su presencia durante la época del imperio romano. Fue un tiempo muy complicado para nosotros debido a la venida del redentor de la humanidad. En esos tiempos, hubo muchísima actividad en Aragus, por lo cual, Agedon tomó ventaja y se mantuvo al margen, desapareciendo de nuevo sin dejar rastro alguno.

Recientemente, hemos observado una incrementada actividad proveniente del décimo portal, como este daimōn rastreador que viste hace solo unos momentos, tememos lo peor... es posible que de alguna manera haya encontrado la forma de abrir las compuertas interdimensionales nuevamente. Me interesa mucho ver ese pergamino del que me hablas, tal vez exista en él, alguna pista de dónde podemos encontrarlo y, finalmente, desmantelar ese antiguo portal.

—Hablaré con Ingrid, la esposa del doctor Richardson al respecto. El documento está en una vitrina, guardado bajo llave.

—¡No!, espera, nadie debe saber de mi existencia. Tenemos que hacerlo secretamente.

—¿Estás sugiriendo robarlo?

—No, estaré presente durante tu visita con la persona de quien hablas, sin que pueda verme, será fácil obtener la información sin despertar sospecha.

—Bien. Me encargaré de hacer una cita lo antes posible. ¿Cómo puedo encontrarte?

—Ven acompáñame, te enseñaré donde puedes comunicarte conmigo.

Salieron de la estación de Waterloo y se dirigieron a "Smithfield Square" en el transporte público. Caminaron por las estrechas calles de Londres hasta llegar a una antigua iglesia que mostraba un signo de "En Remodelación" empotrado en la reja de la entrada principal. Markus abrió la puerta e invitó a Niko a entrar, al hacerlo, con solo un movimiento de la mano de Markus, se encendieron las veladoras del altar, las paredes estaban envueltas en telarañas, algunas de ellas caían del techo hasta el suelo, haciendo difícil caminar por sus pasillos. Las escasas bancas rotas, apuntando al altar se desplomaban en un piso fracturado, y el prominente olor a enclaustro era abrumador, Niko le preguntó a Markus, cubriéndose la nariz:

—¿En remodelación? —Con sarcasmo.

—Así es, no han tocado esta Iglesia en más de cien años. Es perfecta para transportarnos.

Niko siguió a Markus hasta el confesionario, localizado en la parte lateral de la iglesia, donde abrió una pequeña cortina llena de polvo de color rojizo con bordes dorados, al centro desplegaba una cruz estilo barroco ya deteriorada por el pasar del tiempo. Al entrar al pequeño cubículo Markus colocó el amuleto que colgaba de su cuello dentro de un pequeño agujero en la pared, localizado en la parte izquierda un poco por encima de la silla donde se sienta el sacerdote durante la confesión, cerrando sus ojos. De pronto, la silla y pared del confesionario desaparecieron repentinamente mostrando una compuerta ondulada, transparente, como una cortina de agua suspendida a través de la cual, Markus jaló a Niko hacia adentro. Al salir por el otro lado de la compuerta, se habían transportaron a un lugar recóndito, totalmente distinto.

—Bienvenido al *"Conventum Terra"* —dijo Markus en voz baja.

Habían entrado a una gran bóveda con un techo re-
dondeado contando con pilares estilo romano sosteniendo el arco, que a su vez dividían a la bóveda en
compartimientos que contenían coloridos frescos, representando la venida de los Atrespitus a la tierra, en la superficie del pulido suelo, que era de un material similar al
mármol, se encontraba empotrado el símbolo de Aragus.
Niko sorprendido le preguntó a Markus:

—¿Esto es Aragus?

—No, Niko, esto es solo una dimensión que existe
aquí en tu mundo terrenal, una antesala si así quieres llamarle. Aquí nos reunimos los Atrespitus y "*Ággelos aminta*". Es el lugar donde se discuten estrategias, planes,
hallazgos, al final del pasillo, tras aquellas rejas se encuentran los daimōnes que capturamos, los que no fueron
destruidos, una prisión temporal, hasta ser transportados
de regreso al décimo portal.

Al caminar por el largo corredor, Atrespitus Eryx uno
de los más jóvenes, se acercó a Markus diciéndole:

—¿Quién es él?, ¡como pudiste traerlo aquí!, sabes que
está prohibido introducir seres humanos a esta dimensión, tienes que regresarlo inmediatamente.

—Espera Eryx, es Niko, aquel de quien te hablé, tiene
información importante que puede ayudarnos a capturar
a Agedon. Necesito que hable con *ággelos Zophiel*.

—¿Estas buscando problemas Markus?, te sugiero que
te vayas ahora y te lo lleves contigo.

—De ninguna manera, ¿dónde está *Zophiel*?

—Donde siempre, en el *vestigium*.

Se dirigieron a ese lugar que se conocía como el *vesti-*

*gium*, al caminar, las miradas de los *atrespitus* y *ággelos* o ángeles guardianes estaban fijas en Niko y Markus.

Al abrirse las compuertas del *vestigium*, Niko observaba con incredulidad este monumental lugar, un área circular con una central de operaciones en su parte media, las paredes de esta esfera estaban compuestas de un material similar a la compuerta que abrió Markus en la Iglesia. Se podían observar múltiples imágenes de lugares diversos en la tierra simultáneamente, los operadores de la consola localizada en el centro, movían con sus manos las imágenes y el aumento deseado. En el techo, se observaba un área circular, representando al espacio exterior, que se movía en pulsos, como si estuvieran en una nave, inmersos en el centro del universo.

Markus le pidió a Niko que esperara en la entrada por un momento mientras él se dirigía a la central. Brevemente habló de manera privada con un joven de gran estatura, con presencia celestial, vestía un abrigo nacarado resplandeciente que se arrastraba en el suelo, su pelo rubio, casi blanco acariciaba sus hombros, su agraciada y profunda mirada examinaba a Niko mientras se dirigían a él. Markus le dijo:

—Él es *ággelos Zophiel*, el director del *conventum terra*.

—Mi nombre es Niko —Zophiel tomó su mano por un momento— Niko sintió una momentánea descarga eléctrica al estudiar *Zophiel* detalladamente su alma.

—Como puedes ver, ésta es la sala de investigaciones de tu planeta, en el *vestigium* podemos observar a través de los ojos de los Atrespitus que se encuentran ahora en la tierra, los diferentes lugares y cualquier actividad sospechosa. En la parte superior se encuentra el portal de Aragus, donde podemos detectar si existe migración ilegal a tu planeta proveniente del *infernus*, se manifiesta en forma de destellos rojizos como el que observaste ahora mismo. En las últimas horas, tiempo terrestre, hemos detectado actividad muy inusual, como si alguien hubiese logrado por un instante abrir un puente en la Tierra. Necesitamos localizar a Agedon, es muy posible que sea el causante de éste momentáneo éxodo… antes de que sea muy tarde.

—¿Muy tarde? —dijo Niko sorprendido.

—Ven, camina con nosotros.

Se dirigieron a una área reservada para *Zophiel*, semejante a un gran sala de conferencias, donde el jerarca del *Conventum* se dirigió a ellos diciéndoles:

—Me parece inconcebible que tengas la facultad de ver en nuestra dimensión, por más que intento razonarlo, no encuentro respuesta de cómo la adquiriste. Le dijo *Zophiel* a Niko con incertidumbre.

—Fue desde mi accidente a los dieciséis años que empecé con éste fenómeno.

—Efectivamente, pude leerlo en tu memoria. Lo que no alcanzo a comprender, es el por qué de tus cualidades tan inusuales siendo un ser humano.

—Han sido un verdadero martirio para mí.

—Es algo que no alcanzas a asimilar, por esta razón te causa temor, lo entiendo, pero debes comprender que lo que ves en realidad existe, aunque te trates de ocultarte de ello… No hay precedente en los seres humanos, solamente nosotros y desafortunadamente los daimōnes podemos percibir tus habilidades. Indudablemente existe una razón trascendental por la cual eres poseedor de tal legado —Zophiel se dirigió a Markus y le dijo en voz alta aún sabiendo que Niko lo escuchaba:

—Después de que recobres la información de ese manuscrito... debes de borrar la memoria de Niko.

—De acuerdo.

—Dirígete a la sala histórica y explícale la gravedad de las circunstancias.

∞  ∞  ∞  ∞  ∞

# 10

## Aragus

MARKUS CAMINÓ A TRAVÉS DE LOS PASILLOS DEL *Conventum terra* en compañía de Niko hasta llegar a una gran compuerta decorada con matices metálicos. *Atrespitus Eryx* los seguía de cerca intentando indagar los detalles de su encuentro con *Zophiel*. Markus cerró las puertas detrás de él y se dirigieron por un túnel descendiendo a un nivel más bajo. Al llegar, se encontraron en un salón similar al de un castillo medieval, monumentales antorchas encendidas se encontraban colgantes en las paredes donde múltiples pinturas al óleo en orden cronológico narraban en silencio, la historia del *conventum terra*. Markus le explicaba las secuenciales pinturas con gran entusiasmo, detallando la entrada de los Atrespitus a la Tierra y la presagiada e inevitable batalla final. Al terminar, Niko con curiosidad intentó tocar el fuego que emanaba de una las antorchas y sorprendido, se percató que era solo una ilusión.

—*Aragus* es el centro de la creación del universo, creado por Dios —dijo Markus.

Nosotros los *"Atrespitus"* fuimos concebidos ahí, con el propósito de vigilar el balance terrenal. Existen muchos más como yo en otros planetas similares al tuyo, contamos ciertas libertades si así quieres llamarles, pero no el libre albedrio, que es la cualidad que se les dio a ustedes los seres humanos. Debido a nuestro rango, recibimos órdenes directas de los *ággelos*, que provienen del tercer portal en Aragus. Somos los encargados de detectar y destruir, si es posible, a los *daimōnes* que tratan incansablemente de tener interacciones o de posesionarse de los seres humanos. Poseemos la cualidad de transportarnos libremente a través de los portales y la aptitud de detectar esa interacción entre el bien y el mal en ustedes, asimismo, podemos leer sus recuerdos al hacer contacto físico con ustedes, cuando tomamos forma humana.

El décimo portal en Aragus, es la total oscuridad, las tinieblas, ahí reside el ejército de los *daimōnes* que por milenios, su único propósito ha sido el de intentar liberarse, para poder romper el balance e infiltrarse, tras una migración ilegal, a tu dimensión en la tierra. El libre albedrío que se les dio a ustedes, esa batalla interna entre el bien y el mal que existe en todos y cada uno... aquello que tu puedes ver con tanta claridad, es un balance muy frágil, solamente requiere de un pequeño impulso externo de los daimōnes para interrumpirse y romperse irreparablemente. Los Atrespitus, somos los protectores acérrimos de ese balance.

En la Tierra, el portal de Aragus es abierto, unidireccionalmente cada segundo, cuando ustedes los mortales emigran a él, donde son distribuidos a uno de los diez diferentes portales dependiendo de sus acciones y quien "triunfó" en ese conflicto interno entre el bien y el mal.

—¿Cómo "emigramos" a Aragus?

—Al morir Niko —Markus quedó pensativo por un momento y, de pronto, hablando en voz alta le dijo: ¡Eso fue lo que posiblemente sucedió!

—¿De qué hablas?

—La única forma de encontrar la respuesta es ahí mismo, en la dimensión de Aragus, nos transportaremos ahora.

—¿Cómo?

—Sígueme.

Markus estaba consciente que para poder transportar a Niko a través del portal a Aragus, necesitaba de una distracción en el *vestigium*. Sabía que era totalmente en contra del *codigus libertum*, de su estricta reglamentación hacerlo, y que habría consecuencias severas. Sin embargo, muy dentro de él, deseaba llegar al fondo de esa encrucijada, siendo que en el pasado, tras su fallido intento de atrapar y eliminar a Agedon, lentamente incrementaba su angustia y consumía sus aspiraciones, actuaba impulsivamente, sin ver más allá del momento.

Markus, uno de los más destacados Atrespitus, era respetado y admirado por los demás, lo que le daría ciertas ventajas para poder lograr su objetivo.

Al salir de la sala histórica, tomó una ruta distinta, atravesando por una multiplicidad de túneles hasta llegar al subterráneo del *vestigium*. En esa área yace un portal implícito, especializado para transportar grandes objetos o armas, en caso de una batalla entre los *ággelos* y daimōnes en la Tierra. Ese puente virtual, análogamente puede ser reprogramado por alguien con suficiente experiencia para transportarse a Aragus. Markus, fue asignado a esta área por cientos de años antes de tomar el liderazgo de los Atrespitus en la Tierra, estaba consciente de que solamente debía activarse en caso de emergencias. Atrespitus Lycus, un fiel seguidor y discípulo de Markus, era ahora el encargado de resguardar ese portal.

Al acercarse Markus acompañado de Niko, Atrespitus Lycus que se encontraba solo en esos momentos, lo saludó respetuosamente diciéndole:

— Atrespitus Markus — llevando su puño al pecho —, ¿Si no es una indiscreción, ¿qué haces aquí con un ser humano?

— Es una historia larga de contar. Necesito tu ayuda Lycus.

— ¿Qué intentas transportar a la Tierra?

— No vamos a la Tierra, necesito ir a Aragus.

— ¿Qué?, ¿transportar un ser humano contigo?

— No te preocupes, serán solo unos momentos. Necesito desesperadamente encontrar respuestas.

— Aunque lo hiciera, en el *vestigium* notarán que se abrió el portal.

— Lo sé, quiero que vayas a la consola central y distraigas a los operadores mientras nos transportamos.

— Es muy riesgoso Markus, pero… lo haré por ti.

— Bien. Dirígete al *vestigium* y notifícales que estás experimentando dificultades con el portal, desactiva el sistema de seguridad y nos transportaremos en ese momento. No caerá culpa sobre ti, te lo prometo Lycus.

— De acuerdo, les deseo suerte en su búsqueda.

Atrespitus Lycus se dirigió al *vestigium*, al entrar, calmadamente se dirigió a la consola central donde ya se había activado la alarma de seguridad del portal inferior. Inmediatamente, Lycus la apagó y al mismo tiempo desactivó el sistema automático de defensa, explicándoles que estaba experimentando problemas en el subterráneo.

*ággelos Zophiel* lo miraba con cierta desconfianza.

Markus, rápidamente revisó la configuración del portal y con sutiles movimientos de sus manos, lo re— programó con destino a Aragus. Unos segundos después, se posicionaron en el centro del círculo, donde ocurrió un gran flujo temporal de energía, transportándolos en forma instantánea al codiciado lugar, a esa dimensión donde las demás confluyen.

Al salir del portal, experimentaron una fuerte desaceleración. Niko, al levantar su vista se encontró con un nuevo universo, un mundo mágico. Se encontraban en una posición elevada, similar a la cumbre de una gran montaña, una leve brisa apenas acariciaba sus rostros. A la distancia, observaban tres grandes esferas en un hermoso cielo azul, de donde emanaba una tenue luz similar a la de un atardecer, que producía una sensación de sosiego. Observaban a la distancia un paisaje de ensueño, en el horizonte, las montañas se asomaban revestidas con espléndidos árboles rodeados de una densa vegetación, sus cúspides como sábanas blancas, daban lugar a monumentales cascadas de agua que fluían a través de las rocas incrustadas en ellas. Cada una se entrelazaba con la otra, dejando calculados espacios, en los cuales, se encontraban majestuosas compuertas, dentro de una estructura similar al antiguo Partenón, magnificado más de diez mil veces.

Eran diez en total, cinco alineadas al lado derecho y cinco al lado izquierdo, al final de la cordillera montañosa, se observaba un mar en completa calma, donde dos de las esferas parecían acariciarlo, mientras la tercera, formaba un perfecto triángulo por encima de ellas.

Frente a ellos, a corta distancia se encontraba una escalinata con una leve inclinación, la cual se conectaba con un camino de piedra que se dirigía a un gran techo sostenido por enormes pilares. En el centro, apenas se distinguía la figura de un hombre, vestido con un ropón albo reluciente, mezclándose con su cabello y barbas blancas. Se encontraba descalzo, esperando pacientemente la llegada de nuevos visitantes.

Markus, mirando hacia ese bellísimo horizonte, le dijo a Niko:

—Bienvenido a Aragus.

—Nunca hubiera imaginado que tal belleza existiera.

—Cada una de las gigantescas compuertas representa los diferentes portales, que a su vez son universos distintos, como puedes ver, están marcadas con números romanos. La función de cada uno de ellos es distinta, algunos, aún son un misterio para mí. El primero, es un espacio temporal para las almas que llegan sin destino, el tercero, resguarda a los grandes *arcággelos* y su ejército, el séptimo portal es *elysium* y el décimo portal es... la oscuridad, el *infernus* —Markus apuntaba a la distancia.

—¿Quién es él?

—Es *Sanum*, el encargado de asignar y distribuir a los nuevos visitantes. Está en múltiples lugares a la misma vez, en todas y cada una de las entradas de Aragus. Al llegar, todas las almas pasan por una compuerta similar, es suya únicamente, nunca hay nadie detrás o enfrente. Al mismo tiempo, el conoce todos los detalles más íntimos de tu vida, de tu alma, que está totalmente desnuda frente a él. Tu cuerpo físico se encuentra ahora en el *Conventum terra*, lo que ves de ti, es solo tu imagen residual. Acompáñame, acerquémonos a que lo conozcas.

Caminaron hacia donde se encontraba *Sanum*, quien los recibió atentamente diciéndoles:

—Atrespitus Markus, es un placer verlo, ¿a qué debo su visita?

—Vengo a obtener respuestas sobre mi querido amigo Niko.

—¡Ah!, Nikolaus Bremman —dijo *Sanum*. Bienvenido de nuevo a Aragus.

—Lo sabía... —dijo Markus entusiasmado.

—Diciembre 15 de 1958, su estancia fue breve, decidieron que no era tiempo de ser nuestro huésped imperecedero.

—¡El día del accidente!, en el que murió mi familia —dijo Niko sorprendido.

—Efectivamente, recibí órdenes de transportarte al tercer portal, estuviste con el *arcággelcs Mikhaél*, desconozco las razones por las cuales decidieron que regresaras.

—¿Mi familia?, ¿dónde está?

—En el séptimo portal Nikolaus, los verás de nuevo, no me cabe la menor duda. Por ahora, no es posible.

—¡Necesitamos ir al tercer portal! Te lo agradezco *Sanum* —le dijo Markus bajando su cabeza levemente y tocando su pecho con un su puño.

—Adelante.

El tercer portal se asomaba a la distancia entre cordilleras y planicies que debían de atravesar para colocarse enfrente de sus compuertas. Emprendieron su marcha a través de las montañas. Durante el camino, Markus le exponía a Niko su teoría de que muy posiblemente *arcággelos Mikhaél* al observar extraordinarias cualidades en él, le otorgó, o en su defecto, desenmascaró sus habilidades de percepción. El enigma estaba en la finalidad de dicho encuentro, las intenciones del arcángel. Se acercaban lentamente al momento de la verdad.

Habiendo caminado por buen tiempo Markus se encontraba ansioso debido a que quería evitar que descubrieran en el *Conventum terra,* el transporte ilegal de Niko a Aragus.

—Niko, quiero que hagas un ejercicio mental.

—Dime.

—Aquí, en este lugar, puedes moverte con muchísima más velocidad, incluso transportarte sin hacer un solo movimiento.

—¿Cómo? Me es difícil entenderlo.

—Sujeta mi brazo.

—De acuerdo.

—Ahora visualízate enfrente de la compuerta principal del tercer portal.

En solo una fracción de segundo se encontraron frente a la monumental entrada del tercer portal. Niko, asombrado, miró hacia arriba como observando a un rascacielos.

Bajo un techo de dos aguas y monumentales columnas románicas, se encontraba el número tres labrado con perfecta geometría sobre la pared, en color oro, que reflejaba la tenue luz que emanaba de las esferas. Enormes compuertas, que se encontraban cerradas resguardaban a este lugar y, frente a ellas, dos *ággelos* de gran estatura con una espada sujeta con sus dos manos y clavada en el suelo, custodiaban el punto de entrada.

Niko se veía fuera de sí, situado en la mitad de un mundo nuevo, de una dimensión que ni en los más profundos y bellos sueños alcanzarían a forjarla. No había vuelta atrás, finalmente entendía que su martirio, su larga travesía tenía variados colores, grandes montañas, hermosos paisajes y un gran misterio. Por primera vez, sentía alegría y sabía que estaba inmerso en la más grande aventura de su vida.

Markus se acercó a los *ággelos*, mientras Niko esperaba impacientemente detrás de él, guardando su distancia.

—Pido audiencia con *arcággelos Mikhaél*, es un asunto de gran importancia —uno de los *ággelos* guardianes, respondió bajando su cabeza levemente, dio la vuelta y entró al portal. Al hacerlo uno distinto tomó su lugar de inmediato.

Momentos después, permitieron la entrada a Markus, indicándole a Niko que esperara afuera.

Estando a solo unos pasos de la entrada, a la distancia, escuchó un movimiento brusco y oía de nuevo aquellos tonos guturales graves, en un extraño lenguaje. Volteó rápidamente observando a una figura aterrorizante, algo similar a lo que había visto años atrás en aquel tren en Nueva York.

Temeroso, se acercó al lugar de donde provenían esos sonidos extraños, diabólicos, repentinamente apareció el daimōn que tenía forma animal, contando con una cola puntiaguda y un largo cuello del cual colgaba una cabeza humana con rastros completamente desfigurados. Sus ojos eran rojos, sus dientes puntiagudos, y sin despegar su mirada, enfurecido, se acercó velozmente retando a Niko. En un acto de desesperación, cerró los ojos como le había indicado Markus y se transportó instantáneamente a otro lugar con cierta proximidad. El daimōn lo siguió, se movía a gran velocidad, acechándolo. Uno de los *ággelos* al notar la presencia del daimōn en proximidad a la entrada del portal se abalanzó sobre él. Al estar frente a frente, el daimōn lo golpeó con su cola lanzándolo a gran distancia, mientras su espada cayó al suelo, Niko, rápidamente la tomó con sus dos manos, la gran bestia se abalanzó sobre él y con diestros movimientos coordinados de la espada, logró decapitarlo, causando que se disipara en mil pedazos.

Los movimientos que realizó con la espada fueron algo natural para él, de lo cual quedó sorprendido y produjo una sonrisa en su rostro. El ángel, al reincorporarse, se acercó a Niko quien con un rápido movimiento le presentó su espada de regreso, al recibirla, el guardián tomó su puño y lo dirigió a su pecho bajando la cabeza lentamente, similar a cuando un soldado saluda a su compañero, y sin decir una palabra, regresó a su puesto. A la distancia Markus observó los detalles del evento habiendo salido del portal solo unos momentos antes.

—¡Vaya Niko! Eres un natural con esa arma.

—Nunca había utilizado una espada en mi vida.

—Eso es lo que tú crees.

—¿A qué te refieres?

—Te explicaré después, transportémonos a la entrada

del décimo portal.

— ¿De dónde provienen los daimōnes?, ¿es en serio?

— Así es.

— ¿Cuál es el propósito?

— Visitar a un viejo amigo.

Se transportaron a la entada del décimo portal, Markus guardaba cautelosamente su distancia. Se encontraban escondidos tras de una formación rocosa, observando detenidamente las grandes compuertas, sombrías, sin guardianes, escondiendo sigilosamente al *infernus* donde la belleza cesaba y un silencio aterrador se apoderaba de sus alrededores interrumpido momentáneamente por truenos, ocasionales llantos y quejidos provenientes del otro lado de las compuertas.

Niko apenas distinguía el demacrado número diez, plasmado sobre las grandes compuertas, anunciando la entrada a la prisión eterna, mientras Markus, con su amuleto rítmicamente golpeaba una de las rocas. Entre la maleza, una figura sigilosa apareció repentinamente, dirigiéndose lentamente hacia ellos.

— *Nemel*, — murmuró Markus.

La sombra se acercaba cada vez más rápido a ellos, hasta que de pronto, se detuvo completamente. Tres ojos brillaban intermitentemente, despareciendo en la oscuridad con cada parpadeo, su color amarillo reluciente iluminaba sus alrededores, la sombra se disipaba al hacer movimientos. Markus se dirigió a ella diciéndole:

— *Nemel* viejo amigo, ¿hay noticias en el décimo portal?

— Alejarte Markus, deberías, son dos los caminos, solo uno es verdadero, búsqueda mortal tendrás, la batalla se acerca —decía esta sombra con voz entrecortada—, Ah, compañero mortal, esperado está.

—¿Dónde está Agedon?, ¿se encuentra con ustedes dentro del portal?

—No, en la civilización perdida, acechando.

—Te pido nos lleves al *Cras lentis*.

—Al décimo portal, aceptados serán.

—Te seguimos.

*Nemel*, espía de los Atrespitus, se dirigió a las compuertas del décimo portal, por las cuales, titubeando, lentamente atravesaron.

Al estar del otro lado, pisaban la plataforma del *infernus*, donde fuertes vientos los azotaban, el cielo se había tornado rojizo y escuchaban los estruendos de lo que parecía una incesante tormenta asociada a indistintos destellos que iluminaban intermitentemente la oscuridad de este tenebroso entorno, sin vegetación alguna, un desierto aterrador, donde se percibían a la distancia, lamentos, gritos y quejidos que se repetían sin cesar.

Niko quedó paralizado al observar este universo de horror, Markus, al notar que no lo seguía, regresó rápidamente, sujetándolo de su brazo, pidiéndole que se mantuviera cerca de él. Le explicaba que si por alguna circunstancia era capturado por los daimōnes, sería un prisionero eterno en ese lugar.

Avanzaron diligentemente hasta llegar a una pequeña roca en forma octagonal, la cual, *Nemel* movilizó exponiendo una escalinata que descendía casi verticalmente. Los tres descendieron hasta llegar a una bóveda donde observaron, suspendido en un tabernáculo, un majestuoso arquetipo cristalino. *Nemel* se acercó sigilosamente a él, murmuraba conjuros, logrando que repentinamente se iluminara, presentando una multiplicidad de colores que se disolvían indistintamente creando figuras amorfas, en ese misterioso espejo llamado, *cras lentis*.

—Tu cuestión espera, Atrespitus Markus, hablaré en tu nombre.

—¿Dónde se encuentra Agedon? —Dijo Markus—. En un lenguaje incomprensible, *Nemel* le murmuraba al *cras lentis* pidiéndole respuestas. Los colores cambiaban constantemente sin producir una imagen discernible, *Nemel* parecía leerlo perfectamente, mientras graves sonidos emanaban del tabernáculo haciendo eco en los sombríos pasillos de ese subterráneo. Se dirigió a Markus diciéndole:

—En las Américas, oculto.

—¿Dónde está el portal? —Preguntó Markus— *Nemel*, de nuevo hablaba con el *cras lentis*.

—En la civilización perdida, cerrado, esperando. Peligro, les espera, localizados han sido —Dijo *Nemel*.

—Markus presintió el inminente acercamiento de daimōnes en la superficie, por lo que le dijo a Nemel:

—Guíanos a la salida de este laberinto.

En el décimo portal, enterrados por debajo del páramo entorno, se dispersaba un gran sistema de túneles y cuevas que son tan extensos como el mismo *infernus*. En la superficie, un grupo de daimōnes rastreadores detectó la presencia de un alma humana, y hambrientos, se dirigieron, como un depredador buscando a su presa, hacia donde se encontraba la piedra octagonal que afortunadamente Markus había cerrado detrás de él. *Nemel* les indicó que lo siguieran  a través de los intrincados túneles que los llevarían a la salida, próxima a las compuertas.

Transitaron los complicados corredores con su ayuda, sabiamente los guiaba evitando las entradas a cámaras de tortura y resguardos de daimōnes guerreros. Un simple error, los llevaría inevitablemente a su perdición.

Al exteriorizarse, seis daimōnes los esperaban en la superficie,  acercándose rápidamente hacia ellos, Markus tomó a Niko del brazo, y en preparación para el enfrentamiento, colocó el *atloticon* en su mano derecha y su espada en la izquierda, corrieron rápidamente hacia la salida del portal. Dos daimōnes los alcanzaron, uno de ellos brincó sobre Markus y el otro sobre Niko. Markus acertadamente golpeó al daimōn desintegrándolo instantáneamente, al voltear, se percató que el otro, ya estaba sobre Niko, inmovilizándolo, esperando la llegada de sus compañeros. Súbitamente se zafó del agarre del daimōn golpeándolo en el pecho, haciéndolo perder el balance, Markus lanzó el atloticon, el cual, Niko colocó sobre sus nudillos, destruyéndolo tras un vigoroso golpe por debajo de la mandíbula produciendo una espectacular explosión.

Los dos, inmediatamente atravesaron el portal, dejando atrás el horizonte infernal, solo momentos antes de que llegara el sediento grupo de daimōnes restantes, quienes jadeando, quedaron atrapados detrás las compuertas. *Nemel* siendo invisible para ellos, cruzó silenciosamente, encontrándose con Markus por fuera de las compuertas.

—Te lo agradezco viejo amigo. La información me ha

sido útil.

—Pocos favores he pagado. Deudas fluyen, en el destino próximo, visualizarás mi luz —Dijo *Nemel* despareciendo en la oscuridad.

—Debemos regresar ahora Niko —dijo Markus.

—Bien —le contestó, pensativo, sabiéndose testigo presencial de la prisión imperecedera que es el premio a la debilidad, en ese frágil balance. Colmado de tristeza, lamentándose por las almas ahí atrapadas, las que se hicieron poseedoras del poder que el mal les otorgó temporalmente en la Tierra, ahora, despojadas, desnudas, ardían perennemente en un infierno inimaginable, de donde pudieron haberse hecho salvas con solo haber escuchado el silencioso empuje, donde el camino es un poco más escabroso, más difícil de andar, para llegar a la verdadera riqueza.

Se transportaron inmediatamente al portal de entrada a Aragus, despidiéndose de *Sanum*, quien esperaría pacientemente, en un buen día, en un futuro cercano, el regreso de Niko. Al regresar al *conventum Terra*, los esperaba *Zophiel* y *Lycus* en el subterráneo del *vestigium* en el vestíbulo del portal.

—¡Gran osadía la tuya Markus! —dijo *Zophiel* molesto

—Lo siento, aceptaré mi castigo. Necesitaba saber porque Niko fue puesto en mi camino.

—Espero que hayas encontrado tu respuesta, por lo pronto serás cautivo en *conventum terra*. Llévalo al portal y borra su memoria como te indiqué anteriormente.

—¡Es imperativo encontrar la localización del portal que Agedon está a punto de abrir *Zophiel*!, necesitamos forzosamente saber dónde está, es solo cuestión de tiempo antes de que Agedon abra las compuertas de nuevo.

—*Atrespitus Eryx* se encargará de esa misión.

Markus cabizbajo, encaminó a Niko hacia el portal de regreso a su dimensión. Poco antes de llegar, se detuvo y lo llevó a una pequeña habitación, donde borraría su memoria.

—Lo siento Markus, fue mi culpa.

—De ninguna manera. Yo te traje aquí, fui yo el culpable, no tienes por qué preocuparte.

—¿Me podrías decir que te dijo *arcággelos Mikhaél*?

—Ah, *arcággelos Mikhaél*, comandante general de los *ággelos*, su misión es la de defender el bien, luchar contra los daimōnes. Al llegar a Aragus después del accidente, tu alma se separó de tu cuerpo, igual que al morir, la diferencia fue que tu caso era únicamente temporal. Al analizarte *Sanum*, en el portal de entrada, desconozco con exactitud qué fue lo que notó en ti, pero inmediatamente notificó a *Mikhaél* y te transportaron al tercer portal donde desenmascaró tus cualidades.

—¿Eso es todo?

—Aparentemente tiene un plan para ti. Me pareció que le dio gusto que te llevara de regreso, lo cual *Zophiel* no me perdonará. Después de lo que sucedió con Agedon entiendo que tiene que ser firme.

Al observar tu enfrentamiento con ese daimōn, uno de los guerreros, me percaté que seguramente el plan es aún más elaborado de lo que pensaba. Forzosamente tuviste que tener alguna forma de entrenamiento en el tercer portal, ningún mortal puede utilizar las espadas de los *ágge-*

*los,* mucho menos como tú lo hiciste. Te pido me disculpes pero después de haber encontrado respuestas tan importantes… tendré que borrar tu memoria.

—No lo hagas Markus, obtendré la información necesaria y la traeré aquí de regreso, ¿cómo podemos comunicarnos?

—La verdad de las cosas es que quiero llegar al fondo de este enredo, han pasado cientos de años de búsqueda infructuosa, y Agedon sigue ganando fuerza, escuchaste a *Nemel,* la gran batalla está cerca. Necesitamos evitarla cueste lo que cueste.

—Estaremos de regreso en Alaska en solo unos días, y tú no podrás salir del *conventum.*

—Encontraré la forma Niko, *Atrespitus Eryx* estará cerca, podré observar tus movimientos en el *vestigium.* Encontraré la forma de salir, tenlo por seguro.

—Me siento débil, no sé que me ocurre.

—Seguramente son los efectos del transporte entre las dimensiones, es difícil adaptarse al principio, necesitas descansar.

Markus, al mirarlo, decidió no obedecer las instrucciones de *Zophiel* dejando la memoria de Niko intacta. Momentos después, lo transportó a través del portal de nuevo a la Iglesia.

Al salir, Niko se sentía desvanecer, nauseabundo, con debilidad y fuertes mareos. Momentos después de cerrar la puerta de la iglesia, se desplomó sobre la acera, la noche caía y había poco tráfico en el área. Horas después fue encontrado por un transeúnte, quien al ver que no respondía, llamo a una ambulancia. Lo transportaron a un hospital en el centro de Londres, Niko se encontraba inconsciente, al revisar su ropa encontraron información del hotel donde se hospedaban y contactaron a la doctora Tommasi.

La mañana siguiente, Niko recobró la conciencia, como despertando de un profundo sueño, Tommasi se encontraba sentada a su lado en la cama del hospital.

—Me da gusto que hayas recobrado la conciencia Niko, me tenías preocupada —dijo la doctora Tommasi—, ¿Te asaltaron?

—No, Julia, fue increíble.

—No entiendo, ¿qué ocurrió?

Con gran entusiasmo, Niko narró con lujo de detalle los eventos que le habían ocurrido la noche anterior, en aquel mundo mágico, desconocido, en compañía de uno de los más importantes guardianes del balance en la Tierra y de su misión de obtener datos sobre el misterioso portal que podría desencadenar eventos a nivel apocalíptico.

Al escucharlo Tommasi, preocupada, en silencio pensaba que al pasar de los días, su condición empeoraba, tenía planeado posiblemente trasladarlo al pabellón psiquiátrico para ponerlo en observación y medicarlo con antipsicóticos. Pensaba que sus alucinaciones habían llegado al punto que estaban afectando gravemente su salud.

∞ ∞ ∞ ∞

# 11

## Ingrid y la civilización perdida

MOMENTOS DESPUÉS, SE PRESENTÓ EL MÉDICO encargado del caso de Niko, inmediatamente al entrar, la doctora Tommasi le pidió hablarle en privado. Se dirigieron a un cuarto adyacente. Al salir, Niko cautelosamente los siguió y se posicionó de forma en que pudiera escuchar lo que hablaban. Oía la conversación desilusionado, en ese momento se daba cuenta que Tommasi pensaba que estaba alucinando y que se encontraba posiblemente psicótico, asimismo escuchó claramente que lo trasladarían al pabellón psiquiátrico en contra de su voluntad, si no mejoraba.

Era todo lo que necesitaba oír, se dirigió a su cama, y los esperó fingiendo no haber escuchado nada. Con sutileza, le mencionó a Tommasi que se encontraba un poco confundido acerca de lo que le ocurrió el día anterior, pensaba que fue posiblemente el efecto de no haber utilizado sus lentes oscuros y que se sintió abrumado por tantas imágenes que aunadas a una copa de ron que tomó durante el "tour" de la ciudad, conjuntamente habían producido sus mareos y posiblemente todo fue una pesadilla al estar desmayado. Le imploró a Tommasi que salieran del hospital, para descansar en la comodidad del hotel. Faltaban sólo tres días de su estancia en Londres antes de regresar a Anchorage. Niko sabía claramente que tenía que ser cauteloso, sobre todo en comunicarle a

Tommasi acerca de sus visiones y experiencias, en el fondo de su corazón, detestaba mentirle, pero sería su única oportunidad para realizar su cometido, pues tenía que dirigirse lo antes posible a Brighton a encontrarse con Ingrid. Sentía que aquella luz que se había encendido, como una guía, ahora se extinguía, de nuevo navegaría en la oscuridad, sin su confidente, con la esperanza de algún día encontrarla de nuevo, allá, al final del enardecido tumulto de imágenes. Por lo pronto, el silencio, su compañero eterno, lo recibía de nuevo con los brazos abiertos.

Tommasi, accedió a llevarlo al hotel con la condición de que si sus síntomas volvieran, lo internaría de nuevo en el hospital. Niko se encontraba profundamente enamorado de ella, pero asimismo sabía que no podría comunicarle los eventos que transcurrían tan rápidamente en su vida, en su lugar, decidió escribir un diario, el cual empezó esa misma tarde relatando la historia completa hasta el momento que por primera vez vio a Markus.

Al caer la noche, los dos jugueteaban y se decían tonterías, de pronto, sus pasiones se encontraron y pasaron las siguientes horas como una pareja enamorada en su lecho nupcial, transcurrieron por lo menos dos horas de amor desenfrenado. Pasada la medianoche, hambrientos, bajaron al vestíbulo del hotel y decidieron salir a buscar un restaurante que estuviera disponible a esas horas de la noche. Caminaban intoxicados por los dotes del amor en las oscuras calles del centro de Londres, había llovido y se apreciaba ese olor a humedad en el aire característico de esa ciudad, aunados a una densa neblina. Escucharon voces distantes afuera de una taberna cerca de "Picadilli

Circus" y decidieron caminar en esa dirección. Las luces de los arbotantes brillaban tenuemente, su luz era absorbida casi en su totalidad por la densa niebla, dándole a su caminata nocturna un tono romántico, pero al mismo tiempo, tenebroso. Niko observó a la distancia una silueta conocida, similar a la de aquel hombre que observó en la central de trenes, aquel daimōn rastreador como le llamaba Markus, tratando de no despertar sospecha en Tommasi, le pidió que cruzaran la estrecha calle para observar un aparador donde se desplegaban floreros, extrañada le dijo a Niko:

—No sabía que te interesaban los floreros.

—No necesariamente, pero éste me pareció muy inusual —le dijo Niko volteando a donde se encontraba la sombra del individuo.

—¿Te preocupa algo?

—No, solo disfrutando de la noche —la besó apasionadamente, con sus ojos abiertos, observando detenidamente a aquel hombre, quien al verlos cruzó la calle y se detuvo en la acera enfrente de ellos —anda vámonos, que tengo hambre —dijo Niko con nerviosismo.

Al caminar, se cruzaron con él, lo observaba constantemente, deseando que se encontraran sus miradas. Al estar más cerca, notó cómo sus facciones cambiaban a la forma de un daimōn, por lo que trató lo más posible de no prestarle atención y continuó caminando de la mano de Tommasi. La silueta del hombre, se perdía quedando atrapada en la neblina de esa noche. A pesar de que sentía que los seguía de cerca, no aceleró el paso, caminaban felizmente hasta llegar a la Taberna que tenía sus puertas abiertas. Le pidieron al camarero que les diera una mesa, momentos después, entró al establecimiento el misterioso hombre, observándolos fijamente desde la barra del bar. Niko apreciaba como su rostro se deformaba una vez más, hasta el punto que lo veía tal cual su naturaleza, una bestia, un verdadero demonio. Al no querer despertar sospecha sabiendo que Tommasi lo tenía bajo escrutinio médico, decidió ignorarlo y observaba el menú con detenimiento, levantando su mirada ocasionalmente para ver los movimientos del daimōn. Ordenaron al camarero un par de cervezas y un aperitivo, al no poder sostener más su curiosidad de nuevo volteó hacia el bar, percatándose que finalmente había desaparecido. Lo buscó con su vista discretamente alrededor de las mesas de la Taberna y al no encontrarlo, se quedó más tranquilo, pero al mismo tiempo, con certeza, sabía que lo vigilaban, había despertado curiosidad en ellos y con incertidumbre, al no contar con Markus, por primera vez lo invadía el temor de que le pudiesen hacer daño a Julia o asimismo a él.

De regreso al hotel, al caminar entre la neblina, las personas en la calle parecían únicamente sombras, el eco de sus voces aunado a las luces de los arbotantes que danzaban como una veladora al viento, lo envolvían en un aterrorizante incógnita, pensaba en silencio en la oscuridad que se avecinaba, entendía que sin lugar a dudas tenía que ser parte del plan maestro para evitar la apertura de ese misterioso portal en la décima puerta de Argus, el *Infernus*. Por momentos imploraba en silencio que Markus hubiera borrado su memoria, sería mejor no saber nada, estar en la ignorancia. Mientras tanto, a lo lejos, escuchaba esos sonidos guturales graves que los daimōnes producían, se percataba de su presencia, recordándole, que a pesar de todo, estaba en medio de una batalla que apenas comenzaba.

La mañana siguiente, Julia se preparaba desde temprano para asistir a sus conferencias, Niko la observaba fingiendo estar dormido, esperando el momento en que saliera para prepararse lo antes posible. Necesitaba forzosamente ir a Brighton a encontrarse con Ingrid. Tommasi le dio un beso de despedida y poco después de que salió del cuarto, Niko se dirigió prontamente a la estación de Waterloo. Esperaba que en cualquier momento *Atrespitus Eryx* apareciera para acompañarlo, pero... no fue así. Subió al tren solitario, observando a sus alrededores cuidadosamente, en busca de *Eryx* o de la presencia de daimōnes. Al llegar a Brighton, de prisa tomó un taxi para dirigirse a la oficina del doctor Richardson, continuaba lloviendo, y las temperaturas habían descendido drásticamente, Niko solamente llevaba una chamarra de entretiempo y tiritaba por el frío que sentía al bajarse del taxi.

Entró silenciosamente a la oficina de Richardson, el sonido de la puerta al cerrarse levantó a Ingrid que se había quedado dormida encima de su escritorio. Sorprendida al verlo le dijo:

—¡Niko!

—Buenos días Ingrid.

—¿A qué debo tu visita?, ¿tienes cita el día de hoy con el doctor? —Revisaba las páginas de su agenda.

—No Ingrid, es con usted con quién necesito hablar.

—¿De qué se trata? —Lo miraba sorprendida.

—De aquel manuscrito que me enseñó en la biblioteca. Quisiera verlo con usted más detalladamente, la verdad, tengo muchas preguntas.

—Bien, pasa, hoy por la mañana no estará el doctor Richardson, se encuentra en Londres en las conferencias.

—Al igual que Julia.

—Veo que en esta ocasión no utilizas tus lentes.

—Así es, después de haberme dado cuenta que no me estaba volviendo loco, he decidido afrontar a la realidad.

—Pasa, acabo de preparar un té delicioso, ¿te apetece?

—Me encantaría, gracias.

Se sentaron por unos momentos a tomar té en la mesa de la biblioteca, donde se encontraba ese misterioso pergamino asomándose a través de los cristales del armario, mientras Niko con dificultad ocultaba su ansiedad por verlo de nuevo, Ingrid notó que movía su pierna rítmicamente y sutilmente le dijo que se tranquilizara, que en unos momentos revisarían el manuscrito y, que estaría muy interesado en ver otros documentos asociados a la expedición que realizaron a Egipto en 1948 cuando lo descubrieron.

Extrajo el pergamino de la vitrina, equipada con sus pulcros  guantes blancos y, de una caja de metal, obtuvo varios documentos escritos a mano por ella, poniéndolos sobre la mesa, le dijo:

—Era el día 28 de septiembre de 1948, un martes por la mañana, me acuerdo como si fuera ayer, se pronosticaba una gran tormenta de arena al anochecer. Nuestra expedición se encontraba analizando el diseño de la gran esfinge que se encontraba bajo extensas controversias con respecto a la fecha aproximada de su creación. Los hallazgos de nuestro grupo, apuntaban a que fue edificada mucho antes que las pirámides, en cierta forma nos parecía un misterio, pero ya contábamos con suficiente evidencia de que seguramente fue creada milenios antes, y que su rostro originalmente era el de un jacal, "Anubis" dios egipcio de los muertos, no la de un humano con cuerpo de león, como es actualmente.

Al estar excavando, de pronto, notamos que el viento arreciaba sin control, la pronosticada tormenta estaba ya encima de nosotros. A la distancia, observamos que uno de los ayudantes de nuestra expedición, Humad, un joven egipcio de escasos veinte años, se acercaba a nosotros corriendo a gran velocidad proveniente de la pirámide de Kefrén, donde tratábamos de encontrar alguna correlación con la esfinge. Al acercarse a nosotros, tratando de recuperar su respiración, nos dijo:

—Creo que encontré algo que les va interesar, necesitan venir a verlo inmediatamente.

Nos dirigimos a la gran pirámide de Kefrén, luchando en contra del viento y la arena, guardando la mayor discreción posible, debido que había dos expediciones más en búsqueda de respuestas, una norteamericana y la otra alemana. No queríamos despertar sospecha en caso de que hubiese un nuevo hallazgo, la verdad, queríamos tener todo el crédito.

Al entrar, Humad nos llevó a través de un gran túnel que descendía por más de cien metros, terminando en una cámara interna, el tiempo parecía detenerse en esa bóveda, su historia estaba escrita sobre las paredes cubiertas con variados jeroglíficos, sin dejar espacio alguno. Al leerlos, encontré algo inquietante. El principio de la historia no parecía inusual, era como tradicionalmente escribían los antiguos egipcios en las tumbas de los faraones, con la excepción de la última línea vertical, en la pared que se encontraba apuntando hacia el norte, que decía:

"La última compuerta del universo se abrirá cuando el sol se siente sobre orión, será entonces que empezará la batalla..." Al final de esa línea, se encontraba precisamente este símbolo, plasmado en la portada del pergamino, lo que me pareció sumamente extraño, pues nunca lo había visto anteriormente. Me acerqué lentamente a observarlo, quité el polvo por encima de él, y con la iluminación que producían las antorchas, observé un pequeño defecto en la pared, una ranura, que parecía invitarme a descubrir qué se escondía detrás de ella. Utilizando una barra de metal, lo movilicé lateralmente y encontré un compartimiento interno donde se encontraba un objeto envuelto en un papiro y una cinta de piel que lo sujetaba firmemente. Con cautela, lo extraje y decidí reposicionar la piedra de nuevo en su lugar original. Al tenerlo entre mis manos, sabía muy dentro de mí que escondía algún secreto, inmediatamente lo coloqué en mi mochila, y nos dispusimos a salir de esta misteriosa cámara. Solamente nos encontrábamos Humad, mi marido Alfred y yo.

Al salir, sentía que nos observaban de cerca, dos miembros de la expedición alemana se acercaron a mí, preguntándome si había encontrado algo, a lo cual, les respondí negativamente, les expliqué que solamente fue una falsa alarma. Ignoraban que en mi mochila se escondía un  nuevo descubrimiento, era poseedora de un gran secreto que me perseguiría por el resto de mis días. No convencidos de lo dicho, se dirigieron a la gran pirámide, buscando la entrada a ese túnel. Regresamos al hotel y días después nos informaron que los dos arqueólogos alemanes, desaparecieron esa tarde, y que hasta la fecha, sus cuerpos no han sido recuperados.

Por la noche, mientras Alfred dormía profundamente, desenvolví el preciado hallazgo, al leer sus inscripciones, sorpresivamente encontré que estaba escrito en griego arcaico, y no en jeroglíficos egipcios. Seguramente fue cautelosamente depositado en esa área, para evitar que fuera presa del fuego y las batallas, muy posiblemente ocurrió después de la conquista de Egipto por los griegos.

Dentro del pergamino, encontré un intrincado mapa, un acertijo. Durante las siguientes dos semanas trabajé incesantemente tratando de descifrarlo, parecía el mapa de un tesoro, resguardado por milenios, lo que impulsaba crecientemente mi curiosidad de encontrar lo que ahí se ocultaba. De manera extraordinariamente precisa, el autor utilizaba las constelaciones como coordenadas, al igual que pistas, con referencias históricas que solamente alguien que vivió en esa época podría conocerlas. Estoy convencida de que, quien lo escribió, temía por su vida y quería perpetuar la localización de su tesoro.

Un buen día, al encontrarme en el mercado de El Cairo, sin ser mi intención, al observar una bellísima alfombra de seda, en la cual, se encontraban tejidas las constelaciones en un cielo nocturno, por debajo de ellas, las pirámides observantes eran el preciso reflejo del espacio. Fue en ese momento, cuando finalmente encontré la respuesta a lo que buscaba. Salí rápidamente de ahí, como poseída, dirigiéndome al hotel.

Al llegar, volví a hacer los cálculos necesarios basados en la relación que tenían las constelaciones con las pirámides de Giza, las horas precisas de la noche donde aparecían, enmarcando matemáticamente una representación terrestre del espacio. Estos cálculos, aunados a los ajustes necesarios debido al pasar de más de dos mil años, apuntaban a un misterioso lugar próximo a Guiza, a solo ocho kilómetros al norte.

Al caer la tarde de un viernes en octubre de 1948, me dirigí a ese sitio en compañía de Humad y otros dos jóvenes, Amir y Jalil, a quienes les pagábamos un salario diario para que nos ayudaran a excavar. Alfred decidió quedarse en el hotel, cautelosamente me decía que estaba persiguiendo fantasmas.

Esa misma tarde nos montamos en el "Jeep" que habíamos rentado para la expedición y partimos rumbo a "Abu Rawash", localizado precisamente ocho kilómetros al norte de Guiza, lugar donde se encontraba "La pirámide perdida", en una cumbre, con una elevación de casi cien metros sobre el nivel del mar al borde del río Nilo. Fue creada por Djedefre, hermanastro de Kefrén, un faraón despiadado, ambicioso, poseedor de poderes sobrenaturales. Según nuestras investigaciones, esta pirámide, la cual se encuentra en ruinas, en sus épocas de gloria, fue muy superior en tamaño a la gran pirámide de Keops en Guiza.

Ya caía el sol y la iluminación disminuía drásticamente, con el pasar de los minutos. Habíamos decidido hacer la expedición por la tarde para evitar despertar sospecha con los inquisitivos arqueólogos que seguían mis pasos de cerca. El mapa, describía con gran precisión la hora de la noche en la cual, las constelaciones nos guiarían a su resguardada entrada. Al aproximarnos, forzosamente detuvimos el automóvil debido a que el camino no permitía el paso. Caminamos bajo un cielo estrellado, hasta llegar a una pequeña cumbre donde se asomaban a la distancia las misteriosas ruinas. Abu Rawash, dilapidada, contando con solo unas cuantas piedras sobre otras, solamente un recuerdo, un suspiro, de la gloria que tuvo miles de años atrás, esconde bajo la tierra enormes túneles y cámaras subterráneas. Al caminar entre escombros y arena con extrema cautela de no caer en los espacios expuestos, fue que tuve la experiencia más aterradora de mi vida. Seguía las instrucciones del mapa al pie de la letra, lo había memorizado obsesivamente. Llegamos a una línea de estructuras circulares y nos detuvimos por unos minutos para interpretar el hermoso cielo nocturno en relación a las formaciones frente a nosotros. Recuerdo claramente que el mapa, mencionaba que solo una de ellas, contenía ese preciado pasadizo, esa importante reliquia, "una gran puerta al universo", inscrito en la parte superior del papiro.

Esa noche, escuchaba cómo el viento, al pasar entre las rocas de las ruinas, producía sonidos etéreos, aterradores, arreciaba incesantemente cargando arena, que al volar, nos golpeaba en la cara como mil agujas. Con la tenue iluminación de las antorchas que casi se extinguían en respuesta al viento, el camino se perdía en la oscuridad de la noche. La misteriosa piedra circular que buscaba, se encontraba empotrada sobre una estructura similar a un pozo de agua, contigua a un barranco con una caída casi cien metros. Observé el mapa, y cautelosamente conté las piedras circulares que parecían haber sido cortadas con extrema precisión, recuerdo haber sacado un reloj del bolsillo de mi saco, al iluminarlo, marcaba exactamente las diez de la noche, momento en el cual, según indicaban los inscritos del mapa, la localización se develaría por debajo de la "Constelación del Cazador", Orión, a esa precisa hora "la séptima piedra por debajo del cazador, que con sus dos perros pelea con Taurus", a pesar que para entonces era difícil visualizar el cielo debido a la arena que volaba libremente con el viento, solo una de ellas se asomaba por debajo de la constelación, tomando en cuenta los ajustes que hice debido al pasar de más de dos mil años.

Al acercarme, de inmediato noté el símbolo de Aragus tallado discretamente en la cantera. Finalmente había encontrado ese pasadizo del que hablaban las escrituras, llena de emoción, les pedí a los jóvenes que la movilizaran debido a que parecía extraordinariamente pesada. Con gran esfuerzo, lograron desplazarla unos cuantos centímetros, y fue cuando despidió un fuerte viento, con tal magnitud, que arrojó a los tres por lo menos diez metros, como si fueran tan ligeros como un trozo de papel. De pronto, noté que misteriosamente se elevaron en el aire, levitaban serenamente, como asistidos por una fuerza invisible, momentos después, los escuchaba lamentándose, gritando como si los estuvieran descuartizando, poco antes de ser lanzados hacia el barranco, precipitándose y golpeando las rocas al caer.

Quedé completamente paralizada, incrédula de los eventos que habían ocurrido frente a mis ojos, temblando, lentamente me acerqué al pie del barranco para observar si había signos de vida. Claramente, pude observar la muerte en el rostro de Humad, sus ojos estaban abiertos, mirándome fijamente... Esa imagen ha quedado marcada en mi mente desde entonces, me persigue como una pesadilla que se repite constantemente. Los tres jóvenes... perdieron la vida esa noche.

Decidí no acercarme más a la entrada de ese laberinto, y lentamente me alejé, indudablemente percibía una presencia que me seguía, aledaña, hasta que a la distancia, observé que la piedra circular se reposicionó por sí sola en su lugar original. Aunados al viento, escuchaba sonidos guturales... diabólicos.

—¿Logró ver algo al separarse la piedra?

—No Niko, todo ocurrió demasiado rápido.

—El mapa, ¿dónde está? —Ingrid guardaba silencio—, ¿Todavía está en su posesión, no es así?

—No... esa noche al regresar al hotel, lo destruí, lo quemé. Parte de mí, se liberaba al verlo extinguirse entre las llamas. Tres jóvenes inocentes perdieron su vida debido a mis deseos de gloria, fue mi culpa.

—Fueron eventos fuera de su control. ¿Cómo se podría imaginar lo que ocurriría?

—No, Niko, en el mapa, en su parte inferior, había una clara advertencia...

—¿Advertencia? —Dijo Niko sorprendido.

—Así es, decía:

"Las puertas deberán únicamente ser abiertas en el momento preciso, por el *Atrespitus* designado en el décimo portal, la muerte, encontrará a cualquier otro que osara abrirle".

Hasta ese momento, era ajena a experiencias paranormales, o fuerzas sobrenaturales, como científica, cambié completamente mi forma de pensar después de los eventos ocurridos en Abu Rawash. El mapa Niko... —tocó la parte lateral de su cabeza—, sigue grabado con todos sus detalles, en mi mente. Al haberlo destruido, le conté a Alfred lo sucesos ocurridos esa noche, dentro de su tristeza por la pérdida de Humad y los dos jóvenes, pareció despertar un increíble interés en los eventos paranormales y, poco tiempo después, se dedicó tiempo completo a la parapsicología.

Los cuerpos de los jóvenes fueron encontrados al día siguiente por las autoridades. Fui llamada a declarar al departamento de policía de El Cairo junto al médico forense. Me mostraron fotografías de ellos, tomadas en el momento de su autopsia y claramente se podían observar quemaduras en su piel donde parecía que fueron sujetados por esos "espíritus" o "entes paranormales", si así quieres llamarles, sus órganos internos estaban destruidos, como si hubieran sido aplastados. El médico forense atribuyó esos hallazgos anatómicos, a "una caída de gran altitud", a pesar de que titubeaba en sus conclusiones, pues nunca había visto algo similar. En el dictamen final, mencionaba que fue un desafortunado accidente debido a los fuertes vientos de esa noche.

Una semana después de lo ocurrido, decidimos regresar a Londres, donde, con la ayuda de una gran amiga y colega, Zeila Kraus, tradujimos el manuscrito en busca de pistas acerca de lo ocurrido.

—¿Encontró respuestas en el pergamino?

—No, Niko, parece ser solo una historia extraordinariamente interesante, cautivadora. La descripción de una dimensión, Aragus, de la cual, todos soñamos que puede existir, en donde coexisten tanto el paraíso como el infierno, escindidos en sus respectivos portales imperecederos.

»Algo que me intriga hasta la fecha es, que quien la escribió, parecía llorar en silencio, como profundamente añorándola, como puedes ver aquí, en esta página, que dice: "He salido por siempre de mi morada y jamás pondré pie en ella, solo vencedor, en la décima puerta reinaré después de la batalla final".

»—No estoy segura si la traducción diga la "décima puerta" o el "décimo portal". Es interesante la descripción que hace esta persona, como si hubiera realizado el manuscrito para no olvidarse de Aragus, como si se encontrara en el destierro. Al final, el autor, firma muy discretamente con una doble alfa —Ingrid apuntaba a la página final del pergamino.»

—Si se encontrara de nuevo en Abu Rawash, ¿recordaría la exacta localización de ese lugar?

—Definitivamente, pero... no pienso regresar.

—*Atrespitus Agedon...* —dijo Niko apuntando a la página final del manuscrito, donde estaban las iniciales, esa "doble alfa".

—¿Perdona? —Ingrid veía a Niko con incertidumbre.

—Estoy casi seguro que este pergamino fue escrito por él. Milenios atrás, en la gloria del imperio egipcio, cae en la oscuridad tentado por el décimo portal, poco después, tomó forma humana. Abrió ilegalmente una compuerta al *infernus* de donde provinieron miles de demonios causando una épica batalla al mismo tiempo que caía el imperio egipcio en manos de los griegos. Agedon, siguió entre nosotros desde entonces y pacientemente planea abrir las compuertas del *infernus*, de ése "décimo portal", para iniciar esta vez, la gran batalla final, entre daimōnes y ággelos, tal y como lo describe el pergamino.

—¿Cómo puedes tú saber todo eso?

—Es una historia muy larga de contar Ingrid. Muy seguramente no me creería y, además, va a pensar que estoy completamente  demente, al igual que Julia. La verdad, lo único que me interesa es que nos facilite el mapa que está guardado en su memoria, para localizar el portal que utilizaran al iniciar la batalla. Tengo que evitar ese desastre, lo veo ahora más claro que nunca, es… mi destino.

—¿Por qué dijiste "nos facilite"?, Niko, habla con la verdad, ¿a quién más?

—No hay nadie más. Tengo que hacerlo por mí mismo —dijo Niko enfáticamente.

En ese momento se oyeron pasos aproximarse a la puerta de entrada a la biblioteca, Ingrid y Niko voltearon sorprendidos al verla abrirse lentamente, solo se oyó una voz decir: "Atrespitus Eryx, señora" —la silueta de Eryx apareció de la nada, poniendo su mano en el pecho, bajando su cabeza en señal de respeto para Ingrid. Momentos después subió la manga derecha de su abrigo, mostrándole el tatuaje, el símbolo de Aragus, diciéndole:

—Su realidad es ciega, existimos en otro plano dimensional, peleamos batallas en silencio, en su nombre, somos soldados cargando la bandera de la humanidad, humildemente, pedimos su ayuda.

Niko al ver a Ingrid sorprendida, más aún, abrumada por presenciar la aparición de Eryx, pensaba para dentro de sí, que finalmente había no solo un objeto, sino un testigo. Los días de oscuridad quedarían enterrados en el pasado.

Después de hacer una larga pausa, Ingrid les dijo:

—¿Cuándo partimos a Abu Rawash?

—Estaremos en contacto... —dijo Eryx retirándose discretamente.

∞  ∞  ∞  ∞  ∞

# 12

## Anchorage y la sospecha

A L SALIR DE LA BIBLIOTECA, NIKO LE COMENTÓ A Eryx que temía que no iba a presenciar su entrevista con Ingrid, como lo habían planeado, a lo cual, Eryx le contestó:

—Disculpa mi tardanza, pero hubo extraordinaria actividad de daimōnes en el centro de Londres, me entretuve y por eso estoy un poco tarde, pero escuché lo que tenía que escuchar. Seguramente en ese mapa que Ingrid menciona, se encuentra la localización exacta del "*katarráktēs occultum*", y muy cerca estará Agedon. Pondré en alerta a los demás Atrespitus.

—¿Qué ocurre con Markus?

—Se encuentra en el *vestigium* seguramente observándonos en este momento.

—¿Crees que Zophiel le permita salir?

—Estoy seguro, Markus es nuestro líder, en una misión como la que nos espera, su presencia será indispensable.

—Tengo que regresar a Londres lo antes posible, antes que Julia sospeche.

—Markus te envió un *ditrane* —extendiendo su mano le entregó un amuleto similar al que colgaba de su cuello.

—¿Qué es esto?

—Te ayudará a transportarte al *conventum* en caso necesario. Debes estar en un lugar santo para poder cruzar.

Al tocarlo, visualiza las compuertas del *conventum* en tu mente y te transportará a través de un pequeño portal, así como lo hiciste en Londres. Recuerda, solo puedes activarlo en un lugar puro, santificado, como una iglesia, en donde no te puedan seguir daimōnes u otros espíritus — Niko se colgó el amuleto, y de pronto, un destello de luz color azul zafiro apareció en sus ojos. Eryx al observar lo ocurrido le dijo:

—Interesante...

—¿A qué te refieres Eryx?

—Reaccionas igual que nosotros, es posible que Markus esté en lo correcto.

—No entiendo.

—El piensa que tú fuiste entrenado como... olvídalo, por favor solo úsalo en caso de emergencia. Por ninguna circunstancia lo dejes, siempre debe estar contigo. Cuando el *ditrane* hace contacto con tu alma es tuyo y solo tuyo, se le llama *"fretus unire"*, nadie más puede usarlo para transportarse. Ese amuleto es capaz de acumular una gran energía, los daimōnes buscan modificarlo y utilizarlo a su antojo, en ocasiones hemos visto que si es destruido, el propietario puede sufrir temporalmente desorientación, en el caso de los Atrespitus, en un ser humano es difícil saber que pueda ocurrir, a nadie se le había obsequiado uno anteriormente. Zophiel dudaba al aprobar este regalo para ti.

—Te lo agradezco, por favor comunícale a Markus que me daría mucho gusto verlo de nuevo.

—De acuerdo.

Niko se dirigió a la central de trenes de Brighton y

tomó el último de la tarde rumbo a Londres. Sentado junto a la ventanilla con su cabeza pegada al álgido cristal, viendo indistintamente hacia fuera, pensaba incesantemente en los extraños eventos que le habían ocurrido hasta ese momento. Al mismo tiempo, escribía en su diario cada detalle, observaba como llenaba los espacios vacíos de una increíble historia, que ahora, se tornaba más complicada, en un mundo neblinoso, surrealista. Al final de la página escribió:

"En este momento, todo parece ser una alucinación, y si ese fuera el caso, que más me da, sé que al final tengo sentido, que mi maldición se convierte en un regalo y no estoy seguro aún cuál es el propósito exacto de todo esto. El tiempo, estoy seguro, tendrá la última palabra".

Al llegar al hotel, caminaba por los pasillos hacia el elevador que ya cerraba sus compuertas, corrió lo más rápido posible y lo detuvo con su mano, al entrar, sin aliento, se encontró a Julia en él. Con una bella sonrisa lo recibió y abrió sus brazos para abrazarlo. Niko tampoco dejaba de abrazarla, Julia le dijo:

—¿Qué pasa Niko?

—Te amo, no quiero que nunca te separes de mí.

—Sabes que nunca lo haré.

—Piensas que estoy loco ¿no es así?

—No Niko, es solo una enfermedad. ya pasará.

—Seguramente.

—¿Qué harás al regresar?

—Siempre hay trabajo que hacer en la cabaña, la verdad, estoy deseoso de regresar lo antes posible.

Esa noche en el hotel, Niko se quedó profundamente dormido y Julia al estar empacando, notó que la mochila de Niko se encontraba entreabierta, donde se asomaba un pequeño libro. Al principio no le prestó importancia, pero finalmente la venció la curiosidad. Lo tomó discretamente, y al leerlo, encontró que era su diario personal en el cual escribía sus experiencias, los detalles de ese mundo extraño en el que el vivía. Lo leía con gran afán, sumergiéndose en la mente de Niko, volteándolo a verlo acostado en la cama con ojos de amor, mientras limpiaba las lágrimas de sus ojos. Al cerrarlo, sabía que el camino que le esperaba era arduo, pensaba que nunca podría curarlo y seguramente tendría que aceptar su esotérica realidad, si en verdad quería seguir en su compañía.

La mañana siguiente se prepararon para su viaje de regreso a Anchorage. Niko dejaba atrás grandes enigmas, envueltos en una realidad casi patológica, pero al mismo tiempo eran su compás, su guía, su nuevo mundo. Durante el vuelo, Julia nunca mencionó lo que había leído en el diario, conversaban calurosamente acerca de la psiquiatría, la parapsicología y los nuevos descubrimientos presentados en la conferencia de Londres. Al desembarcar del avión en Anchorage, después del largo viaje, Julia le pidió a Niko que se hospedara en su departamento siendo que ya era tarde y seguramente no encontraría transporte público para llegar a su cabaña en Chugach.

Al amanecer, se dio cuenta que Niko no estaba en la cama, al levantarse vestía una bata larga y caminó hacia la cocina donde se encontraba Niko que ya había preparado el desayuno y tomaba un café mirando hacia fuera por la ventana que se encontraba empañada por el vapor y la condensación en una mañana fría. Después del desayuno se despidieron, a Julia le esperaba un día pesado en el consultorio, por su parte, Niko, tomó el transporte público y se dirigió al bosque de Chugach. Al llegar a su pequeña cabaña, se montó en un pequeño vehículo todo terreno dirigiéndose a sus trampas, donde esperaba encontrar a los pequeños animales como el carcayú, coyotes, zorros y nutrias, de los cuales utilizaba su piel para venderla. Al mismo tiempo, juntó leña en preparación para el terrible frío nocturno característico de las noches en Alaska.

Se dirigió al pico de una montaña cercana a su cabaña a la cual le llamaba "Anakpok" que se traduce al español del inuit, (lenguaje propio de los esquimales), como "libertad", lo hacía rutinariamente poco antes de caer la tarde, de ahí podía observar a un bellísimo lago cercano y un valle cubierto de pinos y árboles diversos. Con el pasar del tiempo había aprendido una diversidad de veredas y caminos, conocía el bosque contiguo a su cabaña como la palma de su mano. Al regresar de su recorrido puso leña en la chimenea y preparó un fuego, al quitarse su chamarra, notó el *ditrane* colgando de su cuello, al tocarlo, venían las imágenes de Aragus a su cabeza, sabía que la calma de la que ahora gozaba, estaba a punto de terminarse. Pacientemente, esperaría la señal de Markus o Eryx para dar el siguiente paso, que seguramente sería el de dirigirse a Egipto, a buscar ese misterioso portal por debajo de la pirámide perdida.

En Anchorage, Julia se disponía a ver a su último paciente de la tarde, nada menos que el doctor Sartê, quien esperaba su turno impacientemente dibujando repetidas veces en la parte trasera de una revista, esa 'Y' invertida trazada quirúrgicamente en el abdomen de su sobrino Steven. Al pasar a su oficina, la doctora Tommasi lo saludó calurosamente y observó el símbolo que fervientemente dibujaba en la revista. Le pidió que tomara asiento y le dijo:

—Kyle, que significa ese símbolo que dibujaste en esa revista.

—Disculpa, estaba aburrido, no es nada.

—Me pareció casualidad, un paciente mío, está verdaderamente obsesionado con él.

—¿Es igual a éste?, la letra lambda.

—Sí, idéntico. Perdóname si me equivoco pero la letra lambda en minúscula tiene una curvatura superior.

—Correcto.

—No, no es la letra lambda, es precisamente ése símbolo que dibujaste —Dijo Julia.

—Si no es indiscreción, ¿quién es tu paciente?, ¿qué diagnóstico tiene?

—Su nombre es Niko, no estoy exactamente segura de su diagnóstico, agorafobia, estrés postraumático, alucinaciones.

—Ese símbolo, estaba quirúrgicamente dibujado en la piel del abdomen de Steven mi sobrino, cuando fue asesinado, es una de las pocas pistas que tenemos en referencia al asesino. Necesitas darme la información acerca de tu paciente. Quisiera hacerle algunas preguntas al respecto.

—Él es incapaz de hacer algo así.

—¿Cómo puedes estar tan segura?

—Sin duda alguna, él piensa que ese símbolo pertenece a una dimensión paralela a la nuestra, es una persona completamente pacífica.

—Es un paciente psiquiátrico Julia, todo se puede esperar de ellos.

—Recuerda que también tú lo eres, y no eres un asesino.

—De acuerdo, tengo que iniciar una investigación. Sé que su información es confidencial, así que lo haré a través del departamento de policía.

—Estás en un error Kyle, espera.

—Lo siento Julia, he buscado al asesino por mucho tiempo y es posible que sea tu paciente.

Al salir de la oficina de la doctora Tommasi, Sartê inmediatamente llamó a Rupert explicándole lo ocurrido. Rupert contactó al detective Groenning con la intención de que obtuvieran una orden de cateo por el Juez local.

El detective Groenning y Rupert al llegar a la oficina de la doctora Tommasi con el afán de obtener los documentos de las visitas de Niko, se percataron que no había información sobre su residencia, pues en su visita inicial a la oficina, Niko decidió no llenar la forma con su información personal por lo cual, no existía forma de localizarlo, la doctora Tommasi una y otra vez les decía que no sabía cómo llegar a su cabaña, solamente que se encontraba contigua al bosque de Chugach. Debido a esto, decidieron custodiar la oficina y la residencia de Tommasi, hasta que Niko apareciera para llevarlo al departamento de policía donde sería interrogado.

Pasaron dos días y Niko decide visitar sorpresivamente a Julia en su residencia un viernes por la tarde. Había creado un pequeño arreglo floral para ella, al igual que un chaleco de pieles diversas. Al llegar a tocar la puerta de la residencia de Tommasi, se acercó uno de los oficiales de policía preguntándole por su identificación, enseñándole su placa diciéndole que representaba al departamento de policía. Niko temeroso de que algo le hubiera ocurrido a Julia le dijo:

—¿Dónde está Julia?, ¿se encuentra bien?

—Todo está bien, ¿es usted Nikolaus Bremer?

—Así es, ¿en qué puedo servirle oficial?

—Tiene que acompañarnos a la Central de Policía para responder a algunas preguntas.

—¿De qué se trata?

—Le informaremos al llegar, por favor acompáñeme, tengo que esposarlo por favor dese la vuelta y ponga sus manos tocando su espalda —El oficial puso las esposas en las manos de Niko y lo escoltó a su automóvil. Al subir, el oficial se comunicó con la Central de Policía diciendo:

—"Tengo al sospechoso en mi custodia, por favor notificar al detective Groenning y al oficial Rupert Lewis".

—Oficial, por favor dígame de qué se trata, está en un error, ¿sospechoso de qué?

—Por favor guarde silencio.

Al llegar a la entrada del Departamento de Policía de Anchorage, tres oficiales, incluyendo a Rupert Lewis, recibieron a Niko y lo llevaron al cuarto utilizado de interrogaciones, fue despojado de su billetera, llaves y de su collar de donde colgaba el ditrane que le había otorgado Markus. Quedó solo, sentado, esposado a una mesa en el centro del cuarto, mientras esperaban la llegada del detective Groenning. A través del cristal lo observaban detenidamente, pensando, cuestionándose, si el asesino se escondía detrás de tan inocente rostro.

Minutos después llego Sartê respondiendo a la llamada de Rupert, se encontraba agitado, tembloroso. El también lo veía con cierta incertidumbre. Al estar todos en silencio, impaciente, le indicó a Rupert que si podían empezar el interrogatorio antes que llegara Groenning. Rupert le contestó a Sartê que sería mejor que esperaran al detective, pero no parecía oírlo y se dirigió al cuarto de interrogaciones, abriendo la puerta de golpe. Rupert lo siguió, tratando de detenerlo. Al entrar, Sartê le dijo a Niko:

—¿Por qué asesinaste a Steven?, un joven inocente, de solo veintidós años de edad, ¡desgraciado! —Gritaba Sartê.

—Discúlpeme, ¿qué pasa?, ¿quién es usted?, ¿quién es Steven?

—Soy el doctor Kyle Sartê

—¿Qué ocurre? Creía que este era el departamento de policía no un hospital.

—Te equivocas estás aquí porque eres el sospechoso principal de un asesinato, posiblemente muchos más.

—¿Asesinato?, le aseguro que se encuentra en un error, doctor. Mi nombre es Nikolaus Bremer, vivo en Chugach, raramente salgo del bosque. Tengo solo unos cuantos años viviendo en Alaska.

—¿Qué significa esto para ti? —Sartê había dibujado el símbolo de Aragus en un trozo de papel, se lo mostraba a Niko acercándolo cada vez más a su cara, pausadamente levantando el tono de voz —Niko sorprendido quedó paralizado por unos segundos. Veía la verdadera cara de Sartê, notaba la tristeza que lo abrumaba sin evidencia de maldad.

—Es solo un símbolo —contestó Niko sin alterarse.

—¿Lo habías visto antes?

—Efectivamente.

—Pertenece a algún culto ¿no es así? —Niko guardó silencio—. ¡Contéstame, asesino!

En ese preciso momento abrió la puerta Groenning diciendo:

—De qué se trata esto, ¡parece un circo! Por favor salgan de la sala de interrogación. Oficial Lewis, considérese suspendido hasta nuevo aviso, no entiendo cómo pudo permitir que alguien sin autorización, que no es policía, interfiera con la investigación, sobre todo en un caso de asesinato, el simple hecho de que ustedes lo hayan interrogado puede hacer el caso inadmisible en la corte, son unos imbéciles.

—Discúlpeme detective —le dijo Rupert.

—Si continúa con esa actitud, doctor Sartê le aseguro que lo arrestare por interferir con la investigación.

—Detective, si no fuera por mí, no tendría a este sospechoso en su custodia, usted perdió el interés en el caso hace mucho tiempo.

—Por favor, saquen al doctor Sartê del cuarto —ordenó el detective a los oficiales que custodiaban a Niko.

—No es necesario —salió Sartê pacíficamente del cuarto dirigiéndose a su automóvil. Rupert lo siguió de cerca

—Lo siento Rupert, no fue mi intención meterte en problemas. Por favor pon atención al interrogatorio.

—Así lo haré, ¿nos veremos por la noche en el restaurante?

—Ahí estaré.

Durante el interrogatorio, Groenning obtuvo la dirección de la cabaña de Niko y pidió una orden de cateo del por parte del Juez. Solo podría detenerlo por veinticuatro horas, solamente que tuviera evidencia más concreta en contra de él, podía hacerlo por más tiempo.

Para Groenning, era frustrante no poder conectar de ninguna forma a Niko con el asesinato de Steven Giley, estaba consciente que por ley tenía que dejarlo ir al completar el cateo de su casa en el bosque. Al salir del interrogatorio, Groenning aventó la puerta, estrellándola con gran fuerza; segundos después, se dirigió a su oficina donde esperaría la llamada de sus detectives. Mientras tanto, trasladaron a Niko a una de las celdas adyacentes a la sala de interrogación, a donde se aproximó Rupert discretamente. Le pidió al guardia que le retirara las esposas, que por favor se apegara al protocolo. "Un hombre dentro de su celda no debe estar esposado", le dijo Rupert al guardia. Se acercó a Niko preguntándole:

—¿Tienes alguna conexión con el centro de investigaciones de Greenwich?

—No sé de qué me hablas, te aseguro que tienen a la persona equivocada.

—Eso parece Niko, discúlpanos, estamos desesperados. Sabes… mi hermano fue asesinado de forma similar a Steven, con ese signo dibujado en su abdomen —Rupert se acercó a las rejas de la celda.

—Entiendo, pero no estoy seguro que pueda ayudarles.

—Tiene que existir una conexión, lo siento en mi corazón, ese símbolo es la clave.

—Escuché que fuiste suspendido, lo siento.

—Lo sé, no me importa, tengo que llegar al fondo de este misterio y descubrir al asesino.

—Si deseas… —Niko guardaba silencio.

—De qué se trata Niko, ¡anda dímelo!

—¿Podemos hablar en privado al salir de aquí?

—Bien, ve a esta dirección hoy a las ocho de la noche. Sartê estará con nosotros —escribió en un papel la dirección del restaurante donde se reunían esporádicamente.

—¿Sartê es el doctor?, parece que me odia, será mejor que no vaya.

—Lo dudo Niko, el odia al asesino de su sobrino, no a ti.

—¿Steven era su sobrino?

—Así es, era como un hijo para él.

—Ahora me explico su incontrolable furia.

—¿Cómo se llamaba tu hermano?

—Laurence.

—Lo siento Rupert.

—Gracias, solo esperan el cateo de tu cabaña, al terminar, podrás salir sin problemas, no hay evidencia que te incrimine por lo que observé en el interrogatorio.

—De acuerdo, los veré a las ocho.

Estando en su celda, sintió la indescriptible mirada de un daimōn, era nada menos que uno de los oficiales resguardándolo, sentado en el escritorio frente a él. Revisaba fervientemente su expediente, Niko temía que al inspeccionar sus pertenencias pudiese apoderarse del ditrane. Trató de distraerlo diciéndole:

—Buenas tardes oficial, ¿cuando me van a dejar salir?

—Silencio.

—¡Escucha... sé que te escondes tras un uniforme de policía —recordando las palabras con las que Markus se dirigió al daimōn en la central de Waterloo le dijo:

—"Gia stamata daimōn" —Sonidos guturales diabólicos emanaban de ese hombre, lo miraba deformarse en un demonio, Rupert al notar el extraño comportamiento del oficial se detuvo al aproximarse a la salida. El daimōn con un rápido y brusco movimiento sobrenatural, se acercó a Niko sujetándolo de su camisa presionando su cara contra las rejas de la celda diciéndole:

—Tus días son contados, mortal.

—¡No te creo! —sonreía Niko sarcásticamente.

—¿Qué ocurre aquí? —Dijo Rupert gritando—, suéltelo inmediatamente, ¡por favor retírese de aquí oficial!, yo me encargo —el daimōn soltó a Niko y se retiró calmadamente.

—Qué extraño, nunca había visto a este oficial.

—Estoy seguro de ello.

—¿Qué te decía?

—Buscaba algo en mi expediente. ¿Dónde están mis pertenencias?

—Están seguras en ese armario de la esquina, bajo llave.

—¿Podrías entregármelas?

—Por lo pronto no, hasta que Groenning de la orden de liberarte.

—Solo quiero mi amuleto, por favor Rupert.

—Bien, —tomó las llaves que se encontraban en el escritorio y se dirigió al armario, donde obtuvo el amuleto, al tenerlo en sus manos, observó ese extraño símbolo en su cara externa. Se lo entregó, y al colocárselo en su cuello, Rupert inmediatamente notó un destello azul en sus ojos, sorprendido, lo veía con asombro. Niko le dio su mano en agradecimiento, al hacer contacto físico, vio múltiples destellos, imágenes de la vida de Rupert, detalles específicos de sus pensamientos al igual que la cara de su hermano Laurence. También observó claramente el símbolo de Aragus marcado en la piel del abdomen durante la autopsia que le realizaron al recuperar su cuerpo del río. Rupert le preguntó a Niko:

—¿Qué ocurrió?

—No estoy seguro.

—Me pareció como si una corriente eléctrica hubiera pasado por mi cuerpo cuando tocaste mi mano —Niko solo movió su cabeza levemente, dándole la razón—, por favor no olvides que a las ocho tenemos una cita, por lo que veo, es con el destino.

—¡Cuidado! —Gritó Niko al observar al daimōn tomar la macana de su cinturón tratando de golpear a Rupert.

Al darse la vuelta, apenas pudo esquivar el golpe, la macana se estrelló en el hombro de Rupert y después en una de las rejas de la celda, Rupert cayó al suelo desorientado. Niko sujetó de su mano firmemente al daimōn, y con gran fuerza lo estrelló contra las rejas de su celda, el daimōn desbalanceado por el golpe, se desplomó. Casi inmediatamente se reincorporó e introdujo su brazo dentro de la celda tratando de obtener el ditrane, sujetaba a Niko por su camisa y continuaba vocalizando palabras en un lenguaje que no entendían. Niko desesperado decidió golpearlo en el pecho, en el mismo lugar donde había observado a Markus hacerlo anteriormente, el daimōn, retrocedió, temblaba rápidamente hasta que tras un destello de luz roja se despedazó, cada uno de los pequeños fragmentos se unieron formando un circulo rojizo, el olor a azufre era prominente, hasta que completamente se desvaneció.

Rupert se encontraba tirado en el suelo, con gran asombro observaba los eventos paranormales, quejumbroso, quedó boquiabierto, en completo silencio. Momentos después, al ponerse de pie le preguntó a Niko:

— ¿Eres un ángel?

— No Rupert, nada de eso.

— ¿Qué era?, ¿un demonio? — se tapaba su nariz por el fuerte olor a azufre.

— Así parece.

— ¿Por qué nos atacó?

— Posiblemente quería apoderarse de mi amuleto.

— No puedo creer lo que acaba de suceder, ¿qué le ocurrió al oficial?, o lo que fuera.

— No estoy seguro, lo que me preocupa es por qué estaba aquí.

"Nikolaus Bremer", dijo en voz alta otro oficial que entraba al pasillo donde se encontraban las celdas, interrumpiendo la conversación. Rupert se dirigió a él, lo conocía bien, colocó su mano en su revólver diciéndole:

— ¿Greg?, ¿eres tú? — lo miraba de cerca.

—¿Qué te ocurre Rupert?, sepárate de mí, soy yo.

—No es nada, discúlpame.

—El sospechoso Bremer, ¿en qué celda está?

—Al final del pasillo, número tres. ¿Qué pasa?

—Aun no llaman los oficiales que fueron a su cabaña, venía a notificarle que por lo pronto tendrá que permanecer aquí.

—Bien, ya lo sabe.

—¿Por qué estás tan extraño?, ¿qué es ese olor?

—Me acaban de suspender, ¿recuerdas?

—No entiendo como permitiste que ese doctor lo interrogara antes de llegar Groenning.

—Lo sé, no pensé que tuviera consecuencias.

—¿Te suspenderán solo unos días?

—Es posible, necesito conversar con Groenning.

Rupert se despidió de Niko y se dirigió a la oficina principal entregando su insignia y su arma. Pidió audiencia con Groenning, la secretaria le pidió que regresara al día siguiente. Al retirarse, le dijo que esperara un momento y secreteando le dijo que había oído a Groenning decir que lo suspendería sin pago por una semana.

Pasaron un par de horas, Groenning recibió una llamada del detective Laberne uno de los encargados de revisar la cabaña de Niko en el bosque, diciéndole:

—Detective, nos encontramos en la oficina turística de Chugach fue el lugar más cercano donde pudimos encontrar línea telefónica. No hay ninguna evidencia que incrimine a este joven en el asesinato. Tiene un pequeño taller en la parte trasera donde prepara pieles de animales diversos. Tomamos muestras de los cuchillos que utiliza, para determinar si existe evidencia de sangre humana. Revisamos aproximadamente doscientos metros alrededor de la cabaña, sin encontrar absolutamente nada que pudiese incriminarlo. Tomamos fotografías y llevaremos las muestras al forense lo antes posible. ¿Qué hacemos ahora detective?

—Regresen. El doctor Sartê me está volviendo loco. No volveré a caer en su juego. Gracias detective Laberne.

Poco después Groenning se dirigió al lugar donde se encontraba Niko, se disculpó múltiples veces con él y le pidió que lo entendiera por haberlo arrestado, pues era un caso difícil, sin sospechosos y con pocas pistas, de las cuales, la mayoría eran solo circunstanciales. Niko le dijo que lo entendía y Groenning se retiró sin decir más.

Al salir del Departamento de Policía, Niko observó a Julia llegar apresurada, al mirarlo, se detuvo y lo abrazo, diciéndole:

—Es mi culpa Niko, ¡yo fui la de toda la culpa!

—¿De qué hablas?

—Sartê dibujaba el símbolo que a ti te obsesiona y le platiqué que tú conocías su significado.

—No importa Julia, ya pasó.

—Lo siento Niko, fue una imprudencia.

—No hay coincidencias en este mundo Julia.

—¿Quieres ir a mi departamento para que descansar y darte un duchazo, después de haber estado todo el día aquí?

—Me parece bien.

—¿Te trataron mal?

—No, con la excepción de que creían que era un asesino.

—Lo siento

—Nada de qué preocuparse, están desesperados buscando al asesino del sobrino del doctor Sartê, eso es todo.

—Lo sé, ha sido mi paciente, Sartê ha caído en una depresión profunda.

—Siento que mi vida se complica cada vez más.

—Yo pienso distinto, ¡mírate!, no estás ciego. Hace unas semanas conocí a un joven agarofóbico, ilusorio. Creo que has progresado enormemente... te amo —Niko guardaba silencio y con una leve sonrisa en su cara, la besó apasionadamente.

Se llegó la hora de la cita en el pequeño restaurante. Esa tarde llovía bruscamente y Niko había decidido tomar el transporte público. Al subir al autobús, miraba detenidamente a cada uno de los pasajeros, solo caras diversas con sus respectivos reflejos, parecía que finalmente había aprendido a ignorar a los que se deformaban, y solo se concentraba en los rostros placenteros. El autobús se detuvo en una de sus respectivas paradas recogiendo a un grupo de estudiantes, entre ellos, claramente identificó a un daimōn que se encontraba muy próximo a uno de los jóvenes que abordaron al autobús, parecía aconsejarlo, con su cara casi pegada a su oreja. El joven era esbelto y vestía una chamarra que contaba con un gorro que cubría parcialmente su cara, para Niko, estaba llena de cicatrices diversas.

El joven se sentó en la parte trasera del camión, Niko curiosamente volteaba a verlo tratando de ignorar al daimōn sentado a su lado. Era evidente que no se había percatado de que Niko podía detectar su presencia. Por primera vez, era testigo de la interacción ilegal de la cual hablaba Markus. La interminable batalla interna entre el bien y el mal siendo violada por un elemento externo, un daimōn aconsejando a un joven inconsciente, vulnerable. Niko, pensativo, enterró su mirada perdida en el asiento enfrente de él.

Unos minutos más tarde, sintió que el autobús se detuvo y observó que el joven bajaba solamente acompañado por el daimōn. Al darse cuenta que estaba relativamente cerca del restaurante, decide en ese momento bajar, y seguirlos de cerca. Caminaba más lento que ellos, dando suficiente espacio para no despertar sospecha. La lluvia arreciaba y se detuvo bajo un pequeño techo, mientras que el joven, se había quedado parado en la esquina, observando a un pequeño comercio que se encontraba al cruzar la calle, no parecía importarle estar a la merced del agua que caía incesantemente.

El joven, lentamente se dirigió al pequeño local, guardando sus manos dentro de su chaqueta completamente mojada, al entrar, inmediatamente se dirigió a la parte trasera, Niko no podía verlo, por lo cual decidió entrar. Saludó al dependiente con un movimiento de su cabeza dirigiéndose a la parte trasera donde esperaba encontrarlos. De pronto, tras un destello de luz, seguido por un estruendo, el joven con pistola en mano, disparaba tiros al aire, acercándose al dependiente, apuntándole su arma, exigiéndole el dinero que guardaba dentro de su caja. Claramente veía como el daimōn empujaba al joven, alentándolo a continuar. Se acercó rápidamente a ellos:

—¡Detente! —Grito Niko.

El joven asistido por el daimōn, disparó de nuevo, esta vez, la bala se depositó en el hombro izquierdo del dependiente. Parecía que había fallado en su intento de asesinarlo, el impacto de bala hizo que cayera detrás del mostrador. Iracundo, el joven volteó a ver a Niko, apuntando su pistola a su cabeza. Niko no perdió un segundo y se abalanzó sobre él, despojándolo del arma y sujetándolo de sus brazos contra el suelo. Al estar cara a cara, apreciaba más de cerca las hendiduras y su expresión facial deformada. El daimōn, con curiosidad se acercó a él, sorprendido, notando claramente el ditrane colgando de su cuello, parecía no explicarse que hacía un ser humano con ese artefacto tan temido y al mismo tiempo codiciado por los daimōnes. Niko mirándolo fijamente a los ojos le dijo:

—¡Retírate daimōn!

—¿Puedes verme querido amigo?, eres algo especial ¿no es así?, no un Atrespitus ni ággelos… interesante — decía el daimōn como pensando en voz alta, con una voz grave, entrecortada—. ¿Tienes miedo de mí, verdad?

—¡Nunca!, sé de dónde vienes, desgraciado. ¡Déjalo en paz!

—De qué hablas, es mi trabajo —decía sarcásticamente —ven acá, me interesa tu amuleto.

Niko repentinamente soltó al joven, el cual, al reincorporarse lo veía con incertidumbre al haberlo visto hablar solo, como comunicándose con alguien, a quién no podía ver. Asustado por lo ocurrido, se retiró corriendo como desesperado por la puerta principal del comercio. El daimōn por su parte veía a Niko incesantemente. Al oír al dependiente quejándose, pegó un salto y se dirigió hacia atrás del mostrador, viendo al encargado tirado, sangrando. Puso presión sobre su herida y le dijo que mantuviera su mano sobre ella mientras llamaba a una ambulancia. El daimōn se reía constantemente, de pronto sus carcajadas se detuvieron abruptamente tras oír que las puertas se abrían, al voltear, Niko reconoció a Eryx que entraba hablándole al daimōn:

— ¡Stamata daimōn! — gritaba Eryx

El daimōn se retiró por la puerta principal, Eryx no hizo nada por detenerlo. Al observar lo ocurrido, Niko le dijo a Eryx:

— ¿Por qué lo has dejado ir?

— Órdenes de Zophiel.

— ¿Qué? — Ese daimōn acechaba al joven, ¡tienes que regresarlo al décimo portal!

— Lo siento Niko, son órdenes.

— No entiendo.

— Seguramente Zophiel tiene algún plan, tengo que acatarme a sus instrucciones, fueron precisas.

— ¿De qué se trata?

— "Los daimōnes que tengan contacto con Nikolaus Bremer no deben ser tocados", dicho textualmente por Zophiel — el cajero continuaba quejándose detrás del mostrador, preguntándole a Niko:

— ¿Con quién hablas?, ¿eres un ángel?

— No... definitivamente no — le dijo con una sonrisa en su cara.

— Gracias por salvar mi vida.

— Claro, estarás bien, no te preocupes — de nuevo Niko se dirigió a Eryx diciéndole:

—¿De qué se trata todo esto?, me parece ridículo que dejaras ir a ese daimōn, va a continuar haciéndole daño a ese joven, ¿no es tu trabajo evitarlo?

—No quiero discutir contigo, estoy seguro que Zophiel tiene razones muy importantes al prohibirlo.

—Ese daimōn ¿puede poseer al muchacho?

—Definitivamente, si él lo permite.

—Entonces, qué pasa.

—Ah, Niko, eso es otro problema, por favor no te preocupes, ya lo resolveremos si se presenta.

Niko se encontraba molesto por lo ocurrido, llamó a una ambulancia, la cual, llegó unos minutos después acompañada por dos policías. El encargado del comercio esa noche tuvo suerte y fue trasladado al hospital en condición estable, parecía que la bala no había producido daños mayores.

Niko como testigo, contestó las preguntas de los oficiales de policía con respecto al asalto y lo más pronto posible caminó al pequeño restaurante donde ya se encontraban Sartê y Rupert esperándolo.

Eran quince minutos pasadas las ocho de la noche cuando Niko llego al local, pronto identificó donde se encontraban sentados y se dirigió a su mesa. Al llegar se disculpó por su tardanza, se encontraba completamente mojado. Se despojó de su chaqueta y pacientemente se sentó frente a Sartê mirándolo sin decir una palabra.

∞ ∞ ∞ ∞ ∞

# 13

## En busca de la verdad

DESPUÉS DE ESTAR SENTADOS EN ESE MOMENTO DE silencio, Niko decide romper el hielo dirigiéndose a Sartê:

—Me detuve en un comercio cercano donde desgraciadamente hubo un asalto, disculpen mi tardanza.

—Fue a solo unos pasos de aquí —Contestó Rupert enseñándole su radio de policía—, escuché la llamada, ¿está todo bien?

—Así es, solo fue un intento de asalto. Estoy seguro que tienen preguntas para mí.

—¿Qué significa ese signo Niko?, Rupert y yo pensábamos que representaba la onceaba letra del alfabeto griego, lambda, pero éste tiene una forma distinta.

Niko había pensado seriamente en no revelar sus experiencias pasadas y decidió solo referirse al pergamino que Ingrid encontró en Egipto, relatándoles con lujo de detalles la historia de su descubrimiento y lo que conocía de su contenido. Al mencionar lo que decía el documento, inmediatamente Sartê recordó lo que su amigo Nugarte en Rochester le había comentado en conexión al centro de investigaciones de Greenwich.

—Un querido amigo mío en Rochester, el doctor Nugarte, tuvo una experiencia muy "interesante" si así quieres llamarla. Al hacer contacto físico con el director general del centro, al saludarlo, tuvo visiones de su pasado, entre ellas, una donde lo observaba en Egipto junto a un faraón. La verdad, nunca he creído en eventos paranormales, pero son muchas coincidencias. Rupert me comentó lo qué ocurrió en la Central de Policía. ¿Qué ocurre Niko?, ¿de qué se trata todo esto?

—No lo entiendo —Niko continuaba renuente en revelar sus secretos—, ¿qué mas ocurrió con su amigo Nugarte?

—El es un investigador en la rama de Neurología, trabajó muy de cerca con un astrofísico alemán, Mikahil Eranher y experimentaban en separar el "alma" del cuerpo. Su amigo fue contratado para recrear sus experimentos en el sótano de la fundación de Greenwich, en secreto, con grandes avances tecnológicos, aparentemente una inversión multimillonaria en aparatos e instalaciones. En sus experimentos originales, utilizaban energía eléctrica y nuclear. Nugarte me comentó que era posible que estuvieran utilizando un nuevo tipo de energía, le llamó energía "oscura", no tenía conocimientos precisos de cómo planeaban obtenerla.

—¿Y su amigo Eranher, no le explicó de que se trataba?

—No, desgraciadamente murió unos días después de que Nugarte visitó el centro, está convencido de que fue asesinado.

—¿Asesinado?

—Así es.

—¿Qué tipo de experimentos?

—Es muy complicado, la verdad, no entiendo específicamente que trataban de lograr. Nugarte decidió no investigar más a fondo, temía por su vida y la de su familia.

—¿Y cuál es la relación con los asesinatos? —Rupert interrumpió la conversación diciendo:

—Mi hermano se había entrevistado en ese centro, lo mismo que cuatro jóvenes más de un pueblo cercano a Rochester. El símbolo de lo que le llamas "Aragus" estaba marcado quirúrgicamente en su abdomen al igual que en el de Steven.

—¿Están seguros que era el mismo símbolo? —Sartê, irritado, jaló a Niko de su camisa hacia él, mostrándole fotografías de la autopsia de Steven, al hacerlo, expuso su amuleto y reconoció de inmediato ese símbolo que estaba en el botón del elevador en Greenwich—, ¿qué es esto? — dijo Sartê intrigado.

—Fue un regalo.

—Ese mismo símbolo...

—¿Qué ocurre?

—Es el mismo que vi en Greenwich. ¿Y éste es el símbolo de Aragus? —golpeando las fotografías de la autopsia de Steven sobre la mesa. Al verlas, Niko le dijo:

—Efectivamente, sí lo es.

—¿Y tu medallón?

—Le repito, fue un regalo de un amigo.

—¿Quién es tu amigo?

—Markus...

—¿Quién?

—Les explicaré los detalles a su tiempo.

Sartê se levantó de la mesa, tocándose con sus manos la cara, frustrado, irritado. Rupert le pidió que se calmara y que por favor pusiera los hallazgos en perspectiva. El mismo símbolo del pergamino estaba en los cuerpos de

las víctimas, el amuleto, las visiones de Nugarte, la muerte de Eranher. Todo apuntaba a Greenwich. Le pidió a
Sartê que considerara su plan, quien, calmadamente se
sentó en su silla suspirando.

—Está bien Rupert, ¿de qué se trata?

—Debemos entrevistarnos de nuevo con Nugarte, necesitamos más información científica sobre lo que puede
estar ocurriendo en Greenwich. Al revisar las cuentas del
Centro, encontré que muchos de los fondos monetarios
provenían de un banco en el Cairo, y de otros dos bancos
en Suiza. Después de obtener la información necesaria, al
saber con más exactitud contra qué nos enfrentamos, podremos regresar a Greenwich.

—Llamaré a Nugarte. Necesito que nos acompañes
Niko, no te preocupes por los gastos. Iremos lo antes
posible.

—Está bien, estoy dispuesto a ayudarles.

Niko estaba consciente de que seguramente detrás de
todo esto, se encontraba Agedon, la pregunta era, el por
qué de los asesinatos, no podía encontrar una explicación
lógica en esos momentos. Le quedaba claro que tendrían
que ser extraordinariamente cuidadosos. Después del
asalto y la extraña forma en que Eryx se comportó, prefi-
rió no notificarle de sus nuevos hallazgos, lo haría únicamente a Markus, en su momento. Decidió viajar con Sartê
y Rupert a Rochester al día siguiente para entrevistarse
con Nugarte.

Durante el vuelo a Nueva York, los tres, silenciosamente pensaban en cuál sería el siguiente paso, en los
eventos que vendrían, cada uno con una finalidad distin-

ta, envuelta en una misión que prometía ser aterradora
pero al mismo tiempo, excitante. Rupert y Sartê habían
inocentemente, sin saberlo, puesto sus pies en un mundo
enigmático, surrealista.

El viaje ocurrió sin contratiempos. Al llegar a Rochester, rentaron una camioneta en el aeropuerto. Notaron
que Rupert utilizaba una identidad distinta y saldó los
gastos en efectivo. Al estar en camino, les sugirió rentar
cuartos separados en un motel barato a las afueras de Rochester, donde no les exigieran mucha información, les
pidió que no utilizaran tarjetas de crédito y que limitaran
sus llamadas telefónicas al mínimo, para evitar que identi-
ficaran su localización.

—¿Craig Newton? —Preguntó Niko.

—También preparé una identidad falsa para ustedes.

—¿Cómo lo hiciste?

—Tomé la foto de tu expediente en el Departamento
de Policía y fabriqué esta identificación —Dándole la licencia de manejar falsa en su mano— Recuerda que tengo
contactos en la Oficina de Policía y suficiente experiencia
en replicar tarjetas de identidad. Lo aprendí estando en
las Fuerzas Especiales, Oficina de Inteligencia. Tu nombre
es Peter Frank, apréndetelo bien. Sartê será Julius Reed.
No podemos arriesgar que nos identifiquen, de inmediato
atarán cabos.

Silenciosamente viajaban los tres en la pequeña cabina, el ambiente era denso, como si se pudiera cortar en
pedazos con una navaja. Rupert se detuvo en un edificio
de departamentos localizado en el centro de Rochester.
Les pidió amablemente que lo esperaran por un momento

en la camioneta. Al bajar, se dirigió a uno de los locales localizados en la planta baja, golpeó la puerta tres veces seguidas y prontamente salió un joven con apariencia militar, pelo recortado y uniforme de camuflaje. Se saludaron poniendo su mano en su frente como lo hacen los militares. Le entregó una maleta negra, apenas cruzaron unas cuantas palabras y se despidieron dándose un caluroso abrazo. Rupert colocó la maleta cuidadosamente en la caja de la camioneta. Al subir, Niko le preguntó:

— ¿Qué hay en la maleta Rupert?

— Lo que necesitaremos para infiltrar Greenwich.

— ¿Compañero tuyo?

— Así es, estuvimos juntos en Vietnam hace dos años.

— Seguramente necesitaremos todo el equipo posible para poder burlar la seguridad de Greenwich —añadió Sartê sarcásticamente.

— Efectivamente Sartê, tenemos lo necesario para lograrlo, hablaremos de las estrategias después de nuestra plática con Nugarte.

Pasadas las nueve de la noche, llegaron a un pequeño motel localizado al norte de Rochester. Un lugar relativamente aislado, descuidado, rodeado por una arboleda prominente. Al acercarse al mostrador, pidieron habitaciones separadas utilizando sus identificaciones falsas. Niko notaba que Sartê se encontraba ansioso, moviendo sus pies constantemente al estar parado esperando su turno, mirando constantemente a su falsa identificación, como a punto de arrepentirse de haberse envuelto en este enigma.

Le entregaron a cada uno sus llaves y se dirigieron  a

sus respectivas habitaciones después de tomar sus pertenencias. Quedaron de verse para desayunar a las siete de la mañana del día siguiente, para después dirigirse a una pequeña propiedad localizada frente al lago Ontario que le pertenecía a un compañero de Nugarte. Sartê, había hecho los arreglos necesarios antes de salir de Anchorage siguiendo las instrucciones de Rupert para evitar posibles sospechas, evitando utilizar la residencia de Nugarte para su reunión.

Durante el desayuno, trazaron la ruta en un mapa para llegar a la susodicha propiedad, localizada aproximadamente a cincuenta kilómetros al norte de donde se encontraban. Rupert, cauteloso, observaba a la genta que se encontraba en el pequeño restaurante frente al hotel, frecuentemente volteaba a ver a sus espaldas, revisaba a los automóviles estacionados frente al establecimiento, salidas de emergencia y cualquier movimiento que fuera sospechoso. Al estar a punto de salir del restaurante, un grupo de jóvenes que parecían trasnochados, ebrios, entraron al local golpeando la puerta detrás de ellos. Niko volteó inmediatamente a verlos, al no observar nada que lo alarmara volvió su atención al mapa que trazó Sartê.

Uno de ellos, se dirigió a su mesa, y con su voz entrecortada riéndose a carcajadas tomó un pedazo de pan del plato de Rupert, desafiándolo, se lo metió a la boca y le decía a Rupert que si le molestaba que tomara su comida. Rupert no se inmutó, y moviendo su cabeza le señalo que no había problema. De pronto, tomó su taza de café derramándolo a propósito sobre el pantalón de Rupert, a lo cual, respondió levantándose rápidamente y de manera casi instantánea lo golpeó debajo del esternón dejándolo sin aire, produciendo que escupiera el pan que tenía en su boca, cayendo sin aliento en sus brazos. Rupert lo posicionó para que se sentara cómodamente en su silla diciéndole al mesero:

—El joven necesita un poco más de café, por favor tráiganos la cuenta —Al percatarse de lo ocurrido el resto de los muchachos dejaron de reírse y se acercaron a ver cómo se encontraba su amigo. Rupert les dijo calmadamente:

—¿Alguien quiere más café? —Levantaron a su amigo de la silla y rápidamente salieron del local. Sin más comentarios, los tres subieron a la camioneta, Sartê sonreía, claramente sabía que Rupert era exactamente lo que necesitaban para no cometer errores y poder encontrar al asesino. Un joven extraordinariamente bien entrenado, tanto en tácticas militares como policíacas, enfocado, y más aún, tenía la gran motivación de encontrar al culpable de la muerte de su querido hermano.

Después de un corto viaje, llegaron a la pequeña casa frente al lago, un lugar de ensueño, completamente privado contando con un muelle donde se encontraba anclado un pequeño yate, frente a él, se encontraba Nugarte seguramente haciendo las últimas preparaciones para zarpar al lago Ontario. Les señaló a la distancia que se acercaran, Rupert tomó la maleta que le habían entregado y se dirigieron al yate.

—¿Cómo están?, tomaremos un pequeño paseo en el lago, ahí hablaremos.

—Dominik, ellos son Rupert Lewis y Nikolaus Bremer

"Niko", los muchachos de quien te hablé.

—Es un placer, pasen por favor, mi amigo Robert Bolton el dueño de este lugar y yo, hacemos este viaje frecuentemente, regresaremos un poco antes de llegar a la frontera con Canadá, es un viaje de un par de horas, preparé comida y bebidas.

—Un placer doctor Nugarte —le dijeron casi a unísono Niko y Rupert al subir al yate.

Zarparon con dirección norte hacia la frontera de Canadá, ya estando unos cuantos kilómetros dentro del lago, Nugarte apagó el motor para sentarse a conversar. Niko y Rupert, con bebidas en sus manos, observaban la belleza de la bahía creada por el lago Ontario, la multitud de casas que habían sido construidas a sus alrededores al igual que las grandes y densas arboledas. Sartê platicaba con Nugarte. Los cuatro pasaron dentro y se sentaron en una habitación lujosa localizada en el centro del yate con grandes ventanales, Nugarte puso en la mesa un manjar de mariscos y bocadillos.

—¿Qué encontró en Greenwich doctor Nugarte? —Le pregunto Rupert mirándolo a los ojos seriamente.

—Por lo que veo, no pierdes tu tiempo —Replicó Nugarte—, bien, empecemos por lo que andan buscando. Entiendo que el sobrino de Sartê y posiblemente tu hermano fueron víctimas de lo que ustedes piensan es el mismo asesino.

—No solo ellos, existen por lo menos otras tres víctimas cerca de Buffalo Nueva York con hallazgos similares —Dijo Rupert.

—Ese símbolo en el abdomen de las víctimas, me dice

el doctor Sartê que es el mismo al que se refiere un pergamino llamado, "Aragus".

—Efectivamente —dijo Niko. Fue encontrado en Egipto en 1948 por una arqueóloga, llamada Ingrid, tuve la oportunidad de leer algunas de sus páginas.

—¿Algún ritual, relacionado con los asesinatos se describe en ese documento?

—No, solo describe esa dimensión, Aragus, también mencionaba que uno de los diez llamados "Atrespitus", entes espirituales encargados de mantener el balance entre el bien y el mal, fue desterrado por inclinarse al lado oscuro, al mal, y pretende reabrir el portal interdimensional para...

—¿De qué se trata? —Dijo Nugarte.

—Para que haya una migración de daimōnes, como les llaman en griego arcaico, demonios, empezar lo descrito en el apocalipsis —Niko sabía perfectamente que esa información no estaba en el documento— Nugarte guardaba silencio.

—¿Abrir un portal? —Dijo Rupert.

—Así es.

—Lo que vi en Greenwich... Puede ser utilizado para ese propósito... pero no existe energía capaz de lograrlo.

—¿De qué hablas Dominik? —Dijo Sartê.

—Pongan atención por un momento —se puso de pie, y les explicaba apasionadamente:

—Eranher y yo, ambiciosamente trabajamos tratando de entender el proceso de separación de la mente y alma del cuerpo físico, tratando de crear una conciencia externa inducida artificialmente por energía a través de un enorme campo electromagnético. El diseño que logramos era totalmente revolucionario, Eranher, un verdadero genio en astrofísica y mecánica cuántica, trabajó arduamente en la conversión de energía eléctrica para inducir dicha separación, pero desafortunadamente los experimentos fueron un fracaso. Necesitábamos una fuente de energía mucho más poderosa o, en todo caso, distinta. Fue cuando al intentar utilizar energía nuclear, nuestros experimentos se detuvieron abruptamente, debido a la toxicidad y el costo. De acuerdo a Eranher y sus cálculos matemáticos, aún así, no hubiera sido lo suficientemente poderosa.

»Decidimos abandonar los experimentos y yo regresé a Rochester. Recuerdo que una tarde, me llamó eufórico diciéndome que finalmente había encontrado la respuesta. La incógnita yacía en la forma de generarla. Aparentemente encontró la respuesta después de un exhaustivo análisis de la ecuación de Einstein y su constante cosmológica. De acuerdo a sus cálculos, solo tenía que concentrar esta nueva energía, me comentaba que la respuesta estaba en el universo, en lo que describió Edwin Hubble en 1929. Me explicaba que el constante movimiento de separación de las galaxias, descrito por Hubble, "entre más lejos, más rápido se movían de la nuestra", hablando de la constante expansión del universo. La energía responsable de estos cambios  según el, era la respuesta, le llamaba "energía misteriosa". La verdad, su explicación no me fue completamente clara, eran ecuaciones matemáticas extraordinariamente complicadas para mis conocimientos en astrofísica.

»Eranher característicamente guardaba un pequeño

cuaderno, donde escribía sus anotaciones desde el primer día de los experimentos, eran sus notas personales, sus ideas. Era pequeño, forrado en piel de color negro, en él, estaban plasmadas las iniciales MRET en la parte inferior derecha. Un buen día le pregunté qué significaban las iniciales, le dije que solo podía identificar la M y la E, sonriendo me dijo que eran el nombre de su padre Renek y de su madre Tabeah. No permitía que nadie lo viera, solo él tenía acceso. Estoy seguro que debió de haber hecho lo mismo en Greenwich, al haberlo visto tan ansioso.

»Estando en Alemania, encontré su cuaderno en un lugar totalmente incógnito, detrás de cajas que contenían material de limpieza en el centro de nuestro laboratorio. Al hojearlo, me di cuenta que era como un lugar donde vaciaba sus ideas, proyectos, dudas y temores. Al enterarse, me pidió que no lo leyera, fue cuando le sugerí que lo pusiera bajo llave, su comentario fue: "Cuando guardas secretos, el lugar más obvio es bajo llave o en caja de seguridad, ¿no es así?", queriéndome decir que era mucho más difícil encontrarlo en un lugar más común donde la obviedad lo oculta mejor que una caja de seguridad. En sus notas es posible que encontremos algunas de las respuestas a la interrogante, estoy seguro que deben estar en algún lugar en Greenwich, seguramente en el sótano, donde lo vi trabajando poco antes de que muriera.»

Rupert abrió su maleta y sacó unos planos arquitectónicos sobre la construcción de Greenwich, los puso sobre la mesa y le pido a Nugarte y a Sartê que recordaran en dónde se encontraban las cámaras de seguridad, puntos de entrada y dónde había mayor concentración de guardias de seguridad. Marcaban con exactitud lo que recordaban durante su visita a Greenwich. Rupert trataba de obtener toda la información posible para poderse infiltrar con los menores contratiempos.

—Tenemos que recuperar las notas de Eranher, ése será nuestro objetivo principal durante nuestra visita a Greenwich.

—¿En verdad quieren ilegalmente infiltrar a Greenwich? —Dijo Nugarte sorprendido.

—Es la única forma de obtener la información que necesitamos para desenmascarar al asesino.

—Es una misión suicida.

—Es posible doctor Nugarte, pero le aseguro que lo llevaremos a cabo —Dijo Rupert.

Niko silenciosamente pensaba que si detrás de todo esto estaba Agedon, habría algo mucho más difícil de detectar y burlar que elementos de seguridad electrónicos, más peligrosos y posiblemente mortales. Recordaba lo que Markus le mencionó de Agedon: "siempre está rodeado de daimōnes... protegiéndolo", no sabía cómo mencionarle a Rupert de esa posibilidad, muy seguramente se reiría de él, por lo cual, no dijo una palabra. En su momento, solamente el podría detectarlos y encontrar alguna forma de evadirlos.

—Doctor Nugarte, ¿cree usted que Eranher encontró la repuesta?

—No lo sé Niko, por lo que observé durante mi visita, algo le molestaba profundamente, estaba ansioso, Eranher era muy entusiasta y lo que vi en su mirada fue nada menos que terror.

—Si ese es el caso muy seguramente lo documentó en sus notas, serán de mucha utilidad. ¿Vendrá con nosotros?

—No, ¡por Dios!, ni pensarlo, tráiganme sus notas, les ayudaré a interpretarlas.

—¿Conoció al director general?

—Así es, el señor Naife.

—¿Naife?

—Así es, A.A. Naife, es su nombre, un millonario, poderoso, extraño, es solo un joven, no mayor que tú.

—¿Cómo es posible que tenga tanto poder si es tan joven?, ¿heredero de alguna fortuna?

—¡No!, al investigar sobre él —interrumpió Rupert—, no existe mucha información, definitivamente no heredó nada, a pesar de que su fortuna se extiende a muchas compañías conocidas, no pude específicamente determinar su origen. Curiosamente es dueño de extensas reliquias que datan desde la época de los egipcios, colecciones innumerables, inventos, acciones en compañías poderosísimas en la bolsa de valores. Es seguramente uno de los hombres más ricos del mundo, trata de pasar desapercibido, seguramente para no despertar sospechas.

Por varias horas discutieron las estrategias que utilizarían para entrar a Greenwich sin causar desavíos para recuperar las notas de Eranher. Planeaban infiltrarlo en las siguientes cuarenta y ocho horas, Rupert ansioso, tomaba en cuenta todos los detalles, planeaba una operación maestra. Por su parte, Niko temía que a pesar de que el plan de Rupert era excelente, si sus sospechas eran correctas, encontrarían resistencia por fuerzas en contra de las cuales, no podrían planear en lo absoluto.

Ya caía la tarde y empezó a llover, decidieron encender los motores y regresar a la bahía, durante su regreso Rupert se acercó a Niko al verlo pensativo, diciéndole:

—¿Estás listo Niko?

—No me cabe la menor duda, solo quiero decirte que... —Rupert lo interrumpió diciendo:

—No te preocupes, todo va estar bien —dándole una palmada en la espalda.

—Lo que quiero decirte es que... es muy posible que encontremos algo que va mucho más allá de los asesinatos.

—¿De qué hablas?

—Ya las cosas se irán aclarando, espero que puedan aprehender al asesino de tu hermano y del sobrino de Sartê.

—Tenlo por seguro.

Al llegar a la bahía y anclar el bote en el muelle, Nugarte les ofreció quedarse en la casa por la noche. Los tres se lo agradecieron pero decidieron regresar al hotel. Rupert le mencionó que tendría que ir a una tienda de aparatos electrónicos por la mañana para adquirir varios aditamentos específicos que necesitaba para la operación.

Finalmente llegaron al hotel en Rochester ya por la noche. Por separado se dirigieron a sus respectivas habitaciones. Unas horas después, Niko apuntaba en su diario lo ocurrido y notó que la camioneta que habían rentado no estaba en el lugar donde la habían estacionado al regresar del lago. Salió para cerciorarse y tocó en la habitación de Rupert sin encontrar respuesta. Preocupado, se dirigió a la habitación de Sartê quien abrió la puerta en ropa de dormir.

—Pasa por favor Niko, ¿qué ocurre?

—Noté que la camioneta no estaba donde la estacionamos y decidí notificarle a Rupert, pero no se encuentra en su cuarto, seguramente salió, discúlpeme.

—No te preocupes, anda, pasa —al entrar al cuarto, observó que Sartê tenía una gran cantidad de notas y fotografías de la autopsia de su sobrino sobre la cama, algunas completamente explicitas, con el tórax expuesto tras la disección, donde el corazón de Steven demostraba variadas punciones y la marca en el abdomen, fotografiada de diferentes ángulos—, ¿te molestan?, las puedo guardar.

—No, la verdad no quiero molestarlo, ya me retiro.

—Espera, lo que ocurre es, que al ver las fotografías, trato de introducirme en la cabeza del asesino, ¿por qué realizar ese tipo de punciones?, ¿por qué?, buscaba que su cuerpo luchara ente la vida y la muerte, seguramente al ser un hombre joven, se aferraba a seguir viviendo con todas sus fuerzas. Por ejemplo en esta fotografía —mostrándole una de las fotos donde eran claras las pequeñas punciones al músculo cardiaco—, aquí, el flujo de sangre era pequeño seguramente producía que el corazón trabajara diez veces más intensamente de lo normal —Niko volteó a ver el resto de las fotografías y una de ellas le llamó la atención, la levantó observándola de cerca, y le dijo a Sartê:

—¿Qué son estas manchas rectangulares?

—¿Cuáles Niko? —Observaban una fotografía tomada a distancia del tórax de Steven antes de la autopsia, que se concentraba principalmente en el símbolo marcado en el abdomen.

—Aquí, el primer rectángulo en el centro del tórax, es muy tenue, y el segundo por debajo de la axila izquierda.

—¡Claro!, ¡cómo es posible que se nos hayan pasado!.

—¿Qué son?

—Seguramente quemaduras de un desfibrilador antiguo, las marcas son de los electrodos rectangulares.

—¿Los utilizaron ustedes?

—No, yo utilicé los electrodos internos directamente aplicados al corazón.

—Si quería asesinarlo, ¿con qué propósito utilizó el desfibrilador para resucitarlo?

—No lo sé Niko, no es lógico.

—Espero encontremos respuestas para que esté en paz, doctor Sartê.

—Así espero.

—Bien, me retiro, nos vemos por la mañana en el desayunador.

—Buenas noches —Sartê cerró la puerta del cuarto mirando constantemente la fotografía.

Por la mañana, al reunirse en el restaurante ya estando sentados Sartê y Niko, Rupert fue el último en llegar. Se dirigió rápidamente a la mesa, en sus manos cargaba una carpeta con múltiples fotografías, se acercó a ellos diciéndoles:

—Al estar escuchando mi radio de monitoreo en la frecuencia policíaca de Rochester, atrapó mi atención que mencionaron el haber encontrado dos cuerpos de jóvenes en un callejón en el centro de la ciudad. El oficial que relataba el incidente en la radio, mencionaba que necesitaría al médico forense, por la razón de que se encontraban sin vida, seguramente producto de un asesinato donde los cuerpos tenían marcas extrañas, ceremoniales. Al escucharlo, inmediatamente tomé la camioneta y me dirigí a la dirección que mencionaban en el reporte. Al llegar, me identifiqué como policía y tuve la oportunidad de tomar algunas fotografías al igual que revisar la escena del crimen. Las heridas en el abdomen eran exactamente las mismas encontradas en Steven y Laurence. Las víctimas eran dos jóvenes, uno de diecinueve y el otro de veinte años. De acuerdo a dos testigos, los habían visto saliendo de la escuela nocturna esa misma noche, habían tomado el transporte público y se dirigían seguramente a sus respectivas casas. Aparentemente fueron atracados y lo demás es historia. Un vagabundo que se encontraba acostado cerca de donde se encontraron los cuerpos, declaró que había visto destellos de luz, se dirigió al lugar de donde provenían y encontró los dos cuerpos. Poco antes de llegar, nos relataba que vio a un hombre vestido con una bata de laboratorio y un maletín, junto a él se encontraban lo que llamó "fantasmas", que acompañaban al individuo. Este hombre, errante, se encontraba en estado de ebriedad por lo que no le prestaron mucha atención a su declaración. Conversé con él ampliamente, y mencionaba que los jóvenes pasaban por el mismo lugar todas las noches al bajarse del transporte público. Me comentaba que había notado algo extraño, una "presencia" que los observaba ya por varios días, y que lo que ocurrió no era natural, pensaba que eran seres "extraterrestres" acompañando a ese hombre portando el maletín. Me dirigí al Departamento de Policía topándome con el oficial Daniel Francis un conocido mío de la escuela que azarosamente trabaja ahí, me permitió revelar los rollos fotográficos. Le pregunté que se habían tenido eventos similares y me comentó que hacía unos meses coincidentemente habían tenido un caso muy parecido.

Le pedí que me mostrara el expediente y, en efecto, el asesinato fue el de una joven prostituta, con la misma marca en el abdomen. Curiosamente al revisar las notas del forense mencionaba que no fue asaltada sexualmente y que había diversas punciones en su caja torácica y, de nuevo, la marca quirúrgica en el abdomen. Al revisar sus datos personales no encontré ninguna asociación con Greenwich, era simplemente una mujer de la calle, sin educación. No se conforma al patrón que habíamos pensado podría ser la clave, "hombres jóvenes en busca de trabajo asociados a Greenwich". Es posible que el asesino haya expandido sus horizontes, y lo único en común, es la edad de las víctimas.

—¿Me permites ver las fotografías? —replicó Sartê.

—Aquí están, solo tenía un carrete fotográfico en blanco y negro.

—¡Las marcas de las que hablábamos Niko!, ¡aquí!, —apuntando al tórax de una de las víctimas. —En blanco y negro son más visibles.

—¿De qué hablan? —dijo Rupert.

—Pensamos que el asesino produce la muerte temporal de sus víctimas y, subsecuentemente, trata de resucitarlas con un desfibrilador. Por la apariencia de las quemaduras es seguramente un desfibrilador antiguo, los instrumentos actuales no dejan huellas, solamente que la energía utilizada, sea muy alta.

—No tiene sentido.

—Efectivamente, debe haber una razón por la que el asesino quiera resucitarlos y luego dejarlos morir. En el caso de Steven, probablemente por el frío de esa noche, siguió viviendo después de haber perdido tal cantidad de sangre.

—Sigo sin entender —Dijo Rupert.

—Encontraremos respuestas, te lo aseguro Rupert.

—Iré al cuarto a descansar, estoy en vela, los veo por la tarde para hacer los últimos arreglos. Mañana será un día muy ocupado.

—De acuerdo —dijo Sartê.

∞ ∞ ∞ ∞ ∞

# 14

## Greenwich y las notas de Mikahil Eranher

ERAN LAS DOS LA MAÑANA DEL DÍA SIGUIENTE, UNA madrugada fría y húmeda, los tres vestidos con ropaje oscuro, subieron a la camioneta con destino al centro de investigaciones de Greenwich. Estaban equipados con chalecos estilo militar en los cuales portaban radios, binoculares, equipo de visón nocturna y linternas. Sartê cargaba una cámara fotográfica especializada. Estacionaron la camioneta en una gasolinera localizada aproximadamente a un kilómetro de Greenwich. Saltaron una reja de metal y se introdujeron a un terreno baldío, propiedad del Centro de Investigaciones, y caminaron hasta llegar a la parte trasera donde tenían planeado entrar abriendo la tapa del registro diseñado para la entrada de los gruesos cables provenientes de la enorme subestación que suministraba la energía eléctrica.

Poco antes de llegar al acceso, visualizaron a dos guardias patrullando el área al igual que múltiples camiones de carga, estacionados en la parte trasera del edificio como si estuvieran preparándose para movilizar equipo pesado. Rupert armó rápidamente un rifle de francotirador, introduciendo dardos sedantes en la cámara. Bajo su mira telescópica, disparó acertadamente enterrándolo en el cuello del primer guardia, que momentos después se desplomó, alertando al segundo. Al movilizarse hacia donde había caído su compañero, Rupert disparó con gran precisión insertando el dardo en su espalda. Momentos después, viendo que la entrada estaba libre, se movilizaron cautelosamente hacia el ducto subterráneo.

Una placa de metal sujetaba a los cables lateralmente abrazados con una cadena de hierro, dejando espacio suficiente para internarse por su porción central. Rupert les informó que solo tendrían aproximadamente una hora antes de que el efecto del sedante terminara. Se introdujeron por el ducto, deslizándose forzadamente, siguiendo los gruesos cables forrados con vinilo, únicamente había espacio suficiente  para una persona a la vez. El túnel creado para el ingreso de los cables, solamente los llevaría al piso principal, donde tendrían que adentrarse en el edificio, para después deslizarse por la parte trasera del ascensor que los llevaría aproximadamente doce pisos hacia el subterráneo, en el cual se encontraba situado el incógnito laboratorio, donde Nugarte había visto a su desaparecido colega, Mikahil Eranher.

Al llegar a la compuerta del primer piso del edificio, Rupert utilizando un atomizador, visualizó un sistema de láseres resguardando la entrada. Estaba preparado con deflectores en forma de pequeños prismas reflejantes, que colocó con extrema precisión. Al abrir la compuerta, les pidió que se mantuvieran al ras del suelo, para evitar ser detectados por los sensores de movimiento. Rupert, desesperadamente buscaba la localización de la central de cámaras de video. De acuerdo a sus planos, se encontraría a solo diez metros enfrente de ellos. El lúgubre pasillo, era únicamente iluminado por tenues lámparas colocadas sobre las luces de emergencia del edificio. Utilizando lentes de visión nocturna, finalmente observó la central de seguridad donde estaban localizadas las cámaras de video. Dentro de ella, escucharon sonidos provenientes de un cuarto adyacente, donde dos guardias se encontraban conversando.

Rupert le indicó a Sartê que tomara su pistola mientras Niko y él se dirigieron a una pequeña consola, destapándola con extrema cautela, encontrando un enjambre de cables de control que alimentaban a las cámaras de televisión. Utilizando una pequeña caja eléctrica, conectó el cable principal de video a ella y activó un cronómetro automático que marcaba veinte minutos. Los tres sincronizaron sus relojes para precisar el momento en el cual, las cámaras se desactivarían. Arrastrándose sobre el suelo, se dirigieron al elevador en la parte posterior del edificio. Al visualizar los detectores de movimiento, Rupert les indicó que se detuvieran, poniendo su puño cerrado al aire, sacó de su maletín un laser de argón, el cual apuntó a los detectores para evitar que se activaran al deslizarse en el pasillo hasta llegar a las puertas del ascensor.

Sartê se disponía a presionar el botón del elevador cuando Rupert lo detuvo bruscamente moviendo su cabeza negativamente. Silenciosamente forzaron un espacio entre las puertas y se introdujeron a él, notaron que la cabina se encontraba hasta el fondo, en el subterráneo, seguramente frente el laboratorio. Cerraron las compuertas, y por la parte posterior, bajaron por la escalerilla localizada lateralmente en el túnel del elevador aproximadamente doce pisos. Finalmente habían llegado al laboratorio, la cabina estaba estacionada en ese piso, bloqueando la en-

trada. Todo parecía seguir al pie de la letra, sin contratiempos. Rupert había planeado con anterioridad que hacer en caso de que el ascensor bloqueara la entrada.
Notaron que había un pequeño espacio que acomodaba
un ducto de ventilación, no más grande de un metro por
lado, por lo que decidieron  encaramarse en su  entrada y
se deslizaron lentamente a través de él.

Niko era el primero en la cadena, seguido de cerca por
Sartê. Al llegar a un espacio más amplio, observó a través
de una rejilla localizada por debajo de él, que no había
movimiento, por lo que decidieron descender en ese punto. Rupert ancló una cuerda a una estructura de metal
dentro del ducto y abrieron la rejilla. Bajaron aproximadamente diez metros hasta tocar suelo.

Todo parecía estar en silencio, Rupert observaba su reloj y la pequeña luz verde encima de una de las cámaras
de televisión que apuntaba al pasillo enfrente de ellos. Al
terminarse la cuenta regresiva en su cronómetro, inmediatamente se apagaron en su totalidad, quedando desactivadas justo a tiempo.

Caminaron con cautela a través del pasillo, Niko decidió tomar la delantera, Rupert y Sartê pistola en mano,
caminaban detrás de él, repentinamente Niko se detuvo
abruptamente. Les indicó con movimientos de sus manos
que se mantuvieran lo más cerca posible a las paredes. La
mayor parte de la estructura subterránea era de piedra, en
algunos lugares el agua goteaba, produciendo sonidos
rítmicos, seguramente se filtraba desde la superficie hasta
este profundo enclaustro. Asomándose con extrema sutileza, a la distancia descubrió dos siluetas, semi—

transparentes, similares a los daimōnes que observó en el décimo portal. Le mencionó a Rupert que tenían que tomar una ruta alterna, que había guardias de seguridad en esa área. Rupert, portando su rifle, se dispuso a dispararles y al asomarse, no observó a nadie en el pasillo adyacente. Se acercó a Niko, sorprendido, movió su cabeza negativamente indicándole que no veía un solo guardia, que prosiguieran. Niko lo detuvo y le silenciosamente le dijo:

—Tienes que creerme, hay dos guardias en esa localización, tu rifle no servirá de nada.

—¿De qué me hablas?

—¿Recuerdas la central de policía?

—Sí, ¿qué tiene que ver con esto?

—No son humanos.

—¿Cómo puedes verlos?

—Tienes que creerme, esperemos un momento.

—¿De qué hablan? —Dijo Sartê—, vamos, adelante —Rupert tomó a Sartê del brazo deteniéndolo—, colocó sus lentes de visión nocturna sobre sus ojos diciendo:

—Espero sean visibles en el espectro de luz infrarroja.

Al observar hacia el fondo del pasillo, se quedo frío, podía ver la silueta de los daimōnes, aunque era imprecisa, alcanzaba a distinguir su aterradora forma, una figura de aproximadamente dos metros con su cuerpo compuesto de energía y una cola larga, puntiaguda, moviéndose suspendida en el aire. Se dio la vuelta, recargándose sobre la pared, suspirando profundamente, volteando a ver a Niko y diciéndole:

—Nos salvaste la vida, no sé cómc puedes verlos, son

enormes, ¿qué hacemos ahora?

—Guarden silencio, tenemos que crear una distracción para poder pasar.

—¡Alarma de fuego! —dijo Sartê.

—Rupert obtuvo una pequeña granada de humo de su mochila, y lo más silenciosamente posible la arrojó, detonándose cerca de uno de los sensores detectores de humo del sistema contra incendio con rociadores de agua en el techo, para momentos después activarse la alarma de fuego produciendo un sonido ensordecedor.

Los daimōnes se retiraron del pasillo buscando el origen del humo, mientras los tres cruzaron el pasillo rumbo al laboratorio principal. Al llegar, lo encontraron desolado, cerraron lentamente la gran puerta de metal detrás de ellos. Sartê tomaba múltiples fotografías mientras, Rupert y Niko desesperadamente buscaban el libro de notas. Niko recordaba las palabras que Eranher le había dicho a Nugarte, "un lugar obvio", las repetía en su mente una y otra vez. Se dirigió al centro del círculo creado por las grandes vigas de metal conectadas a los cables eléctricos. En el centro se erguía un pilar metálico de aproximadamente dos metros, en su parte superior notó una ranura y el mismo sello plasmado en su ditrane por debajo de ella, sujetando su amuleto, se percató que seguramente estaba diseñado para insertarlo en dicho lugar, "¿con qué propósito?", pensaba Niko.

Rupert se dirigió a la consola central frente al gran círculo donde generaban la energía electromagnética. Buscaba en los cajones del escritorio, forzando uno de ellos que estaba cerrado con llave, tratando de abrirlo una y otra vez, al verlo, Niko se dirigió a él diciéndole:

—¡Por acá!, deja ese cajón en paz —dijo Niko—, observa, el cartel dice "Central de almacenamiento"— abrieron la puerta con gran cautela, y observaron una multitud de transistores, cables y libros de referencia. Niko utilizaba su lámpara iluminando cada uno de los estantes, y entre uno de ellos, observó dos libros contiguos, uno de ellos se titulaba "Movimiento Browniano, autor Albert Einstein", enseguida de él, estaba el preciado cuaderno forrado en piel, sin insignia, lo tomó y, al abrirlo, inmediatamente reconoció que se trataba de las notas de Eranher, escritas en alemán. Lo guardó rápidamente, colocándolo dentro de su chaleco indicándole a Rupert que estaba seguro en su bolsillo interno. Rupert por su parte le pidió a Sartê que se colocara sus anteojos de visión nocturna. Se dirigieron a la compuerta de entrada y la abrieron discretamente, tratando de no producir sonido alguno. Al hacerlo, inmediatamente se percataron que los daimōnes se aproximaban a gran velocidad, en menos de un instante ya estaban encima de ellos. Abrieron agresivamente la compuerta del laboratorio, posicionándose en la entrada, retándolos, con profundos sonidos guturales, demoníacos. Uno de ellos, sujetó a Sartê y lo lanzó por lo menos diez metros en el aire, produciendo que se golpeara en contra de la pared del pasillo, dejándolo inconsciente. El otro, rápidamente se dirigió a Niko, quien evitó que lo sujetara con un rápido movimiento lateral.

—¿Qué ocurre daimōn?, ¡aquí estoy! —Rupert quedó perplejo, paralizado. Lentamente extrajo su pistola mientras Niko observaba cautelosamente al daimōn, quien lo veía fijamente, sorprendido.

—No servirá de nada Rupert, no dispares, alertarás a seguridad.

De pronto, un objeto de metal cayó al suelo, deslizándose a los pies de Niko. Inmediatamente lo identificó, un "atloticon", lo levantó e inmediatamente colocándolo entre sus nudillos, volteaba desesperado a sus costados tratando de identificar de dónde provino. A unos pasos de él, apareció la silueta de Markus, quien al verlo con una sonrisa le dijo:

—¿Listo Niko?, anda, ¡vamos a regresar a estos daimōnes al infierno!

—¡Markus!, ya era tiempo —le dijo con alegría de verlo.

Niko retó al daimōn, quién inmediatamente se abalanzo sobre él, tirándolo, posicionándose encima de su cuerpo. Al estar con la espalda al suelo, el daimōn intentaba morderlo con sus grandes colmillos de los cuales secretaba un material mucoso que caía sobre su cara, una de sus mordidas penetró su hombro derecho produciendo un dolor indescriptible, fue cuando con su puño revestido con el metal del atloticon logró golpearlo certeramente en el cráneo desencarnándolo, exponiendo su cerebro, el daimōn se desplomó y Niko al reincorporarse, sin titubear, se abalanzó sobre el golpeándolo con gran fuerza en el pecho, rompiéndolo en mil pedazos, desapareciendo detrás de esa característica luz rojiza. Al voltear, Markus hacía lo mismo con el segundo.

Rupert, continuaba paralizado, boquiabierto, al presenciar la aparición de Markus. Se dirigieron a donde se encontraba Sartê, quien continuaba inconsciente. Rupert, suavemente lo golpeaba en la cara levantando su cabeza, hasta que finalmente volvió en sí. Rupert le pidió que se levantara, pues tenían que salir de ese lugar lo más pronto posible.

Sin perder tiempo, se dirigieron al elevador, las cámaras de video continuaban desactivadas, era cuestión de minutos antes que regresaran las imágenes a la central de video. Se dirigieron al primer piso por el ascensor, al salir, Rupert tenía planeado entrar a la oficina de Naife, pero viendo las condiciones en las que se encontraba Sartê, decidió no hacerlo. Lo asistieron a la salida, se quejaba constantemente al respirar y se le dificultaba mover su brazo derecho, por lo que decidieron atar una cuerda a su cintura para ayudarlo a arrastrase por el túnel.

Al salir, rápidamente se dirigieron a la reja localizada en el terreno baldío, asistieron a Sartê a saltarla, quien con gran dificultad finalmente logró hacerlo. Rupert corrió lo más rápido posible para obtener la camioneta, la cual manejó hasta donde ellos se encontraban.

Markus había desaparecido al llegar al primer piso del edificio, le prometió a Niko que lo vería muy pronto, quería permanecer ahí para investigar más a fondo su sospecha de que Agedon estaba detrás de este centro, especialmente después de haberse encontrado con los característicos daimōnes guardianes, que seguramente eran controlados por él.

Los tres se dirigieron al departamento de urgencias del hospital más cercano donde atendieron a Sartê.

Mientras impacientemente esperaban la evaluación de sus heridas, Rupert miraba a Niko, se hacía mil preguntas en su cabeza después de presenciar lo ocurrido, sabía con certeza que sin él, no hubieran podido completar la operación, que con tanta cautela, planeó. Sentía que se había tropezado accidentalmente en un mundo que no entendía, seguramente, si pudiera darle marcha atrás al tiempo, hubiera seguido el consejo que su querida tía Euphigenia le daba, quien le pedía, fervientemente, que dejara las cosas en paz. El vivo recuerdo de su hermano lo mantenía de pie, con la mirada al frente, rodeado de misterios tan complicados que lo ensordecían de solo tratar de descifrar una fracción de la verdad. Frente a él, estaba sentado un joven extraordinario, decidido a ayudarles a encontrar al asesino, que parecía lentamente asomarse en la oscuridad.

Transcurrió un par de horas, los dos dormitaban sentados en sus respectivas sillas en la sala de espera, cuando oyeron a la enfermera decir:

—¿Familiares de Julius Reed?

—Disculpe, —dijo Niko.

—Así es —dijo Rupert mirando a Niko y frunciendo el ceño.

—Pueden pasar a su cubículo, es el número siete, todo salió bien.

—¿Qué le ocurrió señorita?

—Tiene una fractura de clavícula y unas cuantas costillas rotas, se recuperará pronto.

Pasaron al cubículo donde Sartê ya se encontraba sentado a la orilla de la cama, se acercaron a él, y mirándolos fijamente les dijo:

—Por favor ayúdenme a ponerme la camisa, vámonos lo antes posible de este lugar, la verdad, odio ser paciente en un hospital.

—De acuerdo, —dijo Rupert con una gran sonrisa—, me alegro que estés bien, por un momento pensé que...

—¿Qué no saldría vivo?

—No, no quise decir eso —En ese momento, la enfermera entró al cubículo diciéndoles:

—No más paracaidismo muchachos, ¿de acuerdo? ¿Señor Reed?, tómese los antiinflamatorios como lo indica la receta.

—Muchas gracias, así lo haré —dijo Sartê—, Niko y Rupert lo miraban sonriendo.

Al salir la enfermera le dijeron al unísono.

—¿Paracaidismo?

—Tenía que inventar una excusa, algo que se asociara a mis traumatismos.

—Son las cinco de la mañana, ¿quién se tira de un paracaídas a estas horas? —Dijo Rupert.

—Les dije que el accidente ocurrió ayer, no me hagan reír por favor.

Los tres salieron del hospital, Sartê se sostenía de Niko al caminar. Subieron a la camioneta y decidieron descansar en el hotel por un par de horas. Al llegar, Sartê se comunicó con Nugarte para planear reunirse con él esa misma tarde para revisar las notas de Mikahil Eranher.

Por su parte, Niko al llegar a su cuarto, ansiosamente tomó el cuaderno de notas y empezó a revisarlo. La mayoría de ellas estaban escritas en alemán, contenía diagramas técnicos, fórmulas matemáticas y una variedad de anotaciones. Al pasar las páginas, de pronto, reconoció el símbolo de su ditrane plasmado claramente en una de ellas, Eranher, anotaba con signos de exclamación por debajo de él: "finalmente podemos acumular en un misterioso artefacto, la energía necesaria para el experimento".

Estaba adolorido y al quitarse la camisa notó que había sangrado, claramente veía huella de los colmillos del daimōn marcados en su hombro izquierdo. La limpió cuidadosamente, echó su cabeza atrás y quedo profundamente dormido. Pasaron un par de horas, se levantó de golpe después de una pesadilla, en la cual, se veía en una gran batalla al lado de Markus, sus alrededores en llamas, Agedon levantaba su espada al aire diciendo "este es el fin", poco después la enterraba en el pecho de Markus, al hacerlo, levantaba su mirada para verlo fijamente a él, como si fuera su turno. Sudoroso, desorientado, se levantó rápidamente al escuchar que tocaban a su puerta, al abrirla se percató que era Sartê, quien le dijo:

—Estamos listos.

—¿Qué hora es? —Dijo Niko adormilado.

—Ya son pasadas la cuatro de la tarde, ¿qué ocurre, te sientes bien?

—Una pesadilla, es todo.

—¿Qué te ocurrió en el hombro? —preguntó Sartê al verlo ponerse su camiseta.

—Es solo un rasguño, uno de los daimōnes me enterró sus colmillos, ya limpié bien la herida.

—Déjame verla —Sartê se acercó, observaba las punciones donde claramente se delineaban los colmillos, no veía evidencia de infección o sangrado—, compraremos una crema antibacterial de camino a la casa de Nugarte, para evitar que tengas una infección.

—Bien, estaré listo en un momento.

—Por favor no olvides las notas de Eranher, te esperaremos en la camioneta.

Se dirigieron a la casa del lago, durante el camino Niko les comentó que la mayoría de las notas de Eranher estaban escritas en alemán, que esperaba que Nugarte las entendiera, a lo cual, Sartê le contestó:

—Seguramente Niko, estuvo trabajando en Alemania por cinco años con el equipo de Eranher. Rupert me comentó lo sucedido mientras me encontraba inconsciente. Creo que nos debes una explicación ¿no lo crees?

—Bien, creo que es tiempo de que sepan lo que me sucedió, lo haré lo más sucintamente posible.

—Por favor Niko, explícanos que ocurre —Dijo Rupert.

—Todo comenzó con el accidente en el cual murió mi familia y yo quedé en coma. Aparentemente, estuve muerto por unos segundos o minutos, no estoy seguro. Durante ese  lapso, sin saberlo, crucé a esa dimensión, Aragus. Tres meses después, al volver mi conciencia, algo muy extraño me sucedía. Tenía la capacidad de ver claramente la batalla entre el bien y el mal en los demás, distorsiones en las caras en los que triunfaba el mal y una belleza inexplicable en los otros. Pensaba que me estaba volviendo loco, decidí literalmente segarme de la realidad, emigré a Alaska para despegarme de la sociedad y fue cuando conocí a Julia.

Asimismo, adquirí la habilidad de poder observar "entes" en otra dimensión, por ejemplo a los daimōnes que vimos en Greenwich y a los protectores del balance llamados Atrespitus.

—¿Markus? —dijo Rupert.

—Efectivamente.

—Disculpa, ¿Markus? —Interrumpió Sartê—, ¿me perdí de algo?

—Apareció esa madrugada cuando fuimos atacados por los daimōnes, salvó nuestras vidas. Por favor continua Niko.

—El fue quien me entregó esta arma para pelear contra ellos —mostrándole el atloticon a Sartê—, lo conocí accidentalmente en Londres, en la central de trenes de Waterloo. Entre la gente, observé su distintiva silueta, invisible para los demás. Sorpresivamente se percató que podía verlo y poco después me contactó.

Existe una lucha constante que se pelea a cada día, frente a nosotros, sin que tengamos sospecha alguna de lo que ocurre. Uno de la orden de los diez Atrespitus, llamado Agedon, hace ya más de dos mil años decidió inclinarse hacia las fuerzas del mal, a lo que le llaman el décimo portal, el infierno. Fue desterrado de Aragus y se convirtió en un ser humano, imperecedero, está escondido entre nosotros desde entonces. Ha sido buscado incansablemente por el resto de los Atrespitus, incluyendo a Markus quienes fueron amigos inseparables. Por milenios, Agedon, ha intentado abrir un puente entre el décimo portal y la tierra para iniciar la batalla final en nuestro planeta. Es posible que esa estructura en la cual estuvimos esta mañana sea un experimento dirigido por él, para intentar lograr su cometido.

—¡Dios mío! —Dijo Rupert—, en que nos hemos metido, Kyle ¿qué piensas?

Sartê guardaba silencio después de oír a Niko hablar de eventos, que un día antes, previo a esa madrugada, los hubiera calificado como ilusorios.

—¿Y dónde encajan los asesinatos con toda esta parafernalia? — Preguntó Sartê.

—No lo sé, es posible que la respuesta esté escondida en las notas de Eranher, siento que estamos cerca de encontrar a Agedon. Estoy casi seguro que él es quien está detrás de todo esto.

—No me gusta nada, pensé que el asesino iba a ser un demente, no un demonio. ¿Cómo podremos atraparlo? — se quebraba la voz de Sartê al decirlo.

—Debemos de ser pacientes, y poco a poco ir hilando todas las pistas hasta encontrarlo, me refiero al asesino, sí es ese tal Agedon, ¡no tiene escapatoria!, se los puedo asegurar —dijo Rupert.

—Bien, jugaremos este juego maquiavélico —dijo Sartê.

Al irse acercando a la casa del lago, notaron que tres diferentes patrullas de policía y dos camionetas de bomberos los habían rebasado en la autopista, pensaban que posiblemente había ocurrido un accidente unos kilómetros adelante. Al aproximarse a la salida, una torre de humo negro se erguía a unos cuantos kilómetros frente a ellos, al acercarse más, inmediatamente se percataron que era la casa donde se encontraba Nugarte. Detuvieron la camioneta y caminaron rumbo la casa. Los bomberos trataban de apagar las flamas, pero aquello ardía en un fuego infernal. Rupert escuchó a uno de ellos decir: "espero que no haya nadie dentro". Rupert cerró sus ojos, sabía

que de alguna forma habían identificado a Nugarte y lo
eliminaron al igual que a Eranher. Niko sujetó del brazo a
Rupert y le dijo:

—Será mejor que nos retiremos lo antes posible antes
de que nos identifiquen.

—¿Quiénes?

—Los daimōnes rastreadores, seguramente están cerca.
Vámonos, no podemos hacer nada. Seguramente Nugarte... ha muerto.

Sartê había quedado atrás debido a que caminaba lentamente, al mirarlo, observaron lágrimas que salían de sus
ojos, regresaron, y subieron discretamente a la camioneta
para regresar de nuevo al hotel.

∞ ∞ ∞ ∞ ∞

# 15

## La energía oscura

AL LLEGAR AL HOTEL, LOS TRES, SIN ALIENTO, SE DIRIgieron al cuarto de Sartê. Rupert prendió su radio y atentamente escuchaba la transmisión en la frecuencia policiaca, a pesar de que era casi obvio que Nugarte había perecido en el fuego, dentro de ellos quedaba la esperanza de que, de alguna forma, hubiera escapado. Rupert se dirigió a Sartê, quien se encontraba distraído, pensativo. Le comunicó que por favor pensara en una alternativa, alguien quien pudiese descifrar las notas de Eranher. Sartê le dijo:

—Yo puedo traducir las notas al español, el problema estará en la interpretación.

—Tenemos que buscar a alguien que lo haga, sin ponerlo en riesgo, como lo hicimos con Nugarte. Por lo pronto, no podemos regresar a Anchorage, seguro nos estarán buscando, necesitamos continuar en el anonimato como hasta ahora.

—¡El equipo de Nugarte en Alemania!... —dijo Sartê.

—¿No eran únicamente ellos dos? —dijo Rupert.

—Eran cuatro, si no me equivoco, dos astrofísicos y dos neurólogos. Es posible que el otro astrofísico pueda ayudarnos. Buscaré la publicación de Eranher en la biblioteca, seguramente los otros colaboradores están inscritos en ella.

—¿Estás seguro que lo publicaron?, recuerdo que

cuando Nugarte hablaba de los experimentos parecía que eran secretos.

— Es posible, no perdemos nada con revisar.

Rupert continuaba escuchando su radio, y eventualmente, para su desavío, mencionaron que efectivamente habían encontrado el cuerpo de un hombre de mediana edad, calcinado, correspondiendo a la dirección de la casa del lago donde se habían reunido previamente. "Esperarían los estudios de ADN para identificarlo", decía el policía transmitiéndole a la central. No hablaron de sospechosos, manejaban el evento como un accidente, mencionaron la posibilidad de que estaba relacionado con el uso de alcohol.

Los tres se dirigieron a la biblioteca pública de Rochester. Al entrar, le pidieron al intendente que les ayudara a buscar artículos en los cuales Eranher apareciera como autor. Los miraba con desconcierto, al ver sus rostros frustrados, temerosos. Esa tarde, se encontraba casi vacía. Escogieron una mesa en la parte trasera que contaba con un buscador de microfilm donde revisaban una y otra vez las publicaciones bajo el nombre de Mikahil Eranher.

Durante su búsqueda, finalmente encontraron una publicación, en la cual, se encontraba Nugarte, Eranher y otro investigador, Lucius Vogel, titulada "La asociación de la relatividad de Einstein con la constante cosmológica". Al adentrarse en su búsqueda de ese coautor, "Vogel" descubrieron que era un astrofísico que trabajando en Stuttgart, bajo el título de director del programa de investigación, dentro del "Deutsches Zentrum für Luft" también conocido como el "DLR", que es la contraparte de la "NASA" estadounidense en Alemania.

El intendente de la biblioteca, un joven estudiante, notaba que afanosamente buscaban información sobre Vogel, al notar su frustración, se acercó a la mesa donde se encontraban los tres y les dijo:

—¿Por qué tanto interés en Lucius Vogel?

—Queremos encontrar más publicaciones sobre sus investigaciones en neurología —comentó Sartê.

—No encontrarán nada en "neurología". Vogel es un astrofísico, no es médico, es uno de los líderes en la teoría de expansión del universo.

—¿Qué más sabes de él?

—Casualmente, realicé un trabajo de investigación hace unos años en la universidad sobre sus teorías, vive en Alemania, pero... no tendrán que ir tan lejos. La conferencia nacional de astrofísica asociados con la "NASA" será en Washington DC, empezando el lunes por la mañana. Podrán entrevistarlo ahí. ¿Son reporteros no es así?

—No... soy médico y estoy interesado en su investigación sobre la separación del cuerpo y del alma.

—No creo que haya publicado nada al respecto doctor.

—Me interesa mucho asistir a esa conferencia, muchísimas gracias, has sido de gran ayuda.

—En el pasillo número tres encontrarán su libro sobre la teoría de la expansión del universo.

—Lo revisaremos, gracias de nuevo —se retiró el joven dirigiéndose a su escritorio.

—Niko, viste algo sospechoso en él —preguntó Rupert.

—No, nada, una persona normal.

—Menos mal, ya estoy cansado de esos demonios.

—Pasado mañana empieza la conferencia en Washington, está a solo tres o cuatro horas en automóvil, ¿qué les parece si vamos? —Dijo Sartê.

Rupert y Niko estuvieron de acuerdo en asistir a la conferencia para tratar de entrevistarse con Vogel. Le pidieron al encargado de la biblioteca información más específica sobre la conferencia en Washington, obteniendo los números de teléfono, y el horario. Su intención era la de registrarse y poder asistir a su plática, para después tratar de acercarse a él y discutir las notas de Eranher.

Sartê por la noche trabajó arduamente traduciendo el libro de notas al español. Al revisarlas, notaba que Eranher empezó a escribir muy entusiastamente sobre los grandes recursos del centro de Greenwich, con los cuales, finalmente podría poner en práctica su teoría.

Utilizaba múltiples fórmulas matemáticas que Sartê apenas entendía. Eufóricamente, Eranher listaba las órdenes de materiales, supercomputadoras y el abastecimiento masivo de energía eléctrica que necesitaría para sus experimentos. Lo calculaba una y otra vez. Fue cuando desalentado apuntaba que, aparentemente la grandiosa planta generadora de electricidad que estaba en existencia, no sería suficiente... sus cálculos desgraciadamente, habían fallado. Al escribir, sus notas cambiaban de tono al pasar de los días, se le notaba temeroso. Describía que en una de sus reuniones con Naife y otro neurofisiólogo, del cual, no mencionaba su nombre, había propuesto que en teoría, sería imposible generar suficiente energía eléctrica para lograr su cometido, necesitarían una fuente alterna, ya fuese energía nuclear o en el peor de los casos lo que el llamaba la energía misteriosa, la energía "oscura". Según su teoría esta energía era incapturable. En una de las páginas escribía lo siguiente:

"*Durante nuestras investigaciones en Alemania, un grupo de astrofísicos y yo, encontramos casi accidentalmente, basados en las observaciones de Hubble, en 1928, un tipo de energía que es extraordinaria pero al mismo tiempo, misteriosa. Es capaz de separar a las galaxias, acelerar la creación de nuevo espacio y producir expansión a niveles masivos. Es, en cierta forma, antigravitacional, a tal extremo, que aun la galaxia más extensa con el campo gravitacional más poderoso, cuando tiene contacto con esta energía, en lugar de atraer a otras galaxias más pequeñas, por lo contrario, las repele. La llamada energía oscura, está en todos lados, seguramente pasando por nosotros ahora mismo.*

*Su composición es completamente desconocida, sabemos que existe, por lo que observamos en el espacio, pero es como un fantasma, produce cambios inmensurables, no es tangible, no podemos verla.*

*He desarrollado una teoría, que si es correcta, sería crucial para poder completar nuestros experimentos. Durante las fases iniciales de nuestra investigación en Alemania, cuando pusimos a prueba la energía nuclear para tratar de separar el cuerpo del alma, notamos algo extraordinariamente interesante. Al estar midiendo los niveles de radiación para evitar toxicidad, logramos ver con detectores infrarrojos cuyas mediciones se correlacionaban perfectamente con los picos de radiación. Los cuerpos producían una gran energía, en otro espectro, al separarse temporalmente del alma, no era proporcional a lo que le llamamos energía almacenada. Es decir en los pocos experimentos en los cuales logramos observar que los pacientes confirmaron conscientemente esa separación, esos picos de energía eran extraordinarios, tan poderosos como cien plantas de energía eléctrica similar la que abastece a la totalidad de la ciudad de Nueva York, pero... es una energía totalmente distinta.*

*Basado en esas observaciones, meses después, en nuestro laboratorio, utilizamos conejillos de indias que eran colocados en una cámara controlada, en donde mediamos la energía liberada con diversos monitores. Inducíamos lentamente una anestesia profunda hasta que su corazón dejaba de latir completamente. En el momento preciso que dejaban de existir, cuando teóricamente se separaba su "alma" de su cuerpo, detectábamos increíblemente, en todos y cada uno de los métodos de medición, picos de energía, similares a lo que ocurría con los humanos. La gran diferencia era, la magnitud de la energía liberada. En estos animales era solo una infinitésima fracción de lo que ocurría con los seres humanos. A esta energía a la cual afirmativamente pensamos que era similar a la energía oscura le llamé "Geist". El paradigma consiste en saber de dónde proviene, que existe, su gran poder capaz de producir un hueco en el espacio temporo-espacial y la tragedia... de no poder atraparla.*

*Presenté inocentemente mis hallazgos a Naifé y a sus asesores científicos. Me encontraba decepcionado de mi mismo por haber fallado en mis cálculos, pero sorpresi-*

*vamente, no pareció importarle, todo lo contrario, estaba extraordinariamente interesado en la energía oscura, específicamente en el evento de "Geist". Al salir de la conferencia, me pidieron que realizara cálculos matemáticos para utilizarlos en el proyecto que le llamaban Katarráktēs occultum.*

*Como siempre, secretos, había proyectos a los que yo no tenía acceso y éste, era uno de ellos. Utilizarían los hallazgos de mi investigación para buscar capturar esa energía. Lo que ocurrió días después definiría el principio del fin para mí, en este lugar.*

*Me pidieron que diseñara una torre interna en el círculo donde se generaría ese gran campo electromagnético, lo conectaría a la fuente de poder y con el uso de la supercomputadora, concentraría la energía de tal forma que se generara un evento similar a una pequeña supernova. No entendía de donde provendría la energía que alimentaría a esta torre.*

*Unas semanas después, se presentó el neurofisiólogo junto con variados científicos que presentaba como sus asesores, y la señorita Nagata acompañado a Naife. Colocaron un medallón con un extraño símbolo en el centro, dentro de la ranura, la cual, habíamos creado para transferir la energía. Al instalarla, todos esperaban impacientemente la lectura de la computadora para iniciar la descarga de energía. Cuál sería mi sorpresa al observar que el monitor marcaba, setenta y cinco por ciento de capacidad, anteriormente solo habíamos podido obtener un cuatro por ciento con la energía eléctrica disponible. No había otra explicación, definitivamente habían encontrado la forma de atrapar al "Geist". Me pidieron que programara la computadora para desencadenar la energía en el campo electromagnético en solo diez segundos. Empezó la cuenta regresiva y al dispararse la energía, había ocurrido lo que temía, de pronto se detuvieron los relojes análogos al igual que los digitales en cuarto. Todo parecía transcurrir en cámara lenta. Repentinamente apareció lo que parecía una cortina de agua de energía pura, que se disparó hacia el techo del laboratorio creando un portal temporoespacial. Las lecturas de la computadora estaban totalmente fuera de rango, el campo electromagnético era enorme. Al observar hacia arriba, en la parte superior de la cortina, se observaban múltiples entes de energía, fueron solo unos segundos después cuando sonidos graves, diabólicos emanaban del centro del circulo, el portal cesó de existir pasados diez segundos. Solamente cuatro de los centenares de ellos que se veían por detrás de la cortina pudieron cruzar a nuestra dimensión. Estoy casi seguro que eran entes demoníacas. El evento fue aterrador, mis piernas temblaban sin control, era como si hubiéramos abierto una compuerta al infierno. Naife con sus brazos cruzados, recargado en la pared, apenas sonreía, preguntándole a su asistente, el neurofisiólogo:*

*— Wolf ¿cuántos eventos requeriste para acumular la energía? — aquel hombre con una sonrisa malévola le dijo:*

*— Fueron solo cinco, maestro.*

*Yo por mi parte, estaba en completo silencio. Cuando me miraron para ver mi reacción, sonreí, como si aquello hubiera sido un triunfo. Naife se acercó a mí diciéndome:*

*— Tu energía oscura, el "Geist", hizo posible todo es-*

*to, debes estar orgulloso, cambiaste el destino de la humanidad.*

*Me quedé completamente frío al oírlo, sin palabras, mientras su compañero, el neurofisiólogo, eufórico se acercó diciéndome:*

*—Cambiaras los parámetros para poder abrir el portal por más de una hora, por favor haz los cálculos necesarios para los requerimientos de energía. Esta vez, solo fueron diez segundos, acumulamos únicamente cinco eventos en el Ditrane. Ponte a trabajar, tienes una semana para lograrlo.*

*Trataba de ignorar la magnitud del evento ocurrido. En un momento de lucidez, iluminando mi pensamiento en la oscuridad, claramente podía ver frente a mí un triunfo científico, pero al mismo tiempo me preguntaba "con qué propósito, en verdad he cambiado el destino de la humanidad, qué hay detrás de todo esto."*

*Al pasar de los días, después de múltiples cálculos, estaba convencido de que sería imposible, aun con la vasta energía suministrada por el ditrane, abrir ese portal por más de unos cuantos minutos. No importaba cuantos "eventos" se acumularan en él. Habíamos creado un portal a otra dimensión, forzado por energía oscura, la única forma de hacerlo presente por más tiempo era, la de crear una reacción similar a una pequeña explosión nuclear, es decir una reacción en cadena, en la cual, se atrajera más energía oscura para que el sistema se volviera autosuficiente. Para lograrlo, forzosamente tendría que ocurrir en un área geográfica privilegiada, donde existiera un influjo de energía oscura que pudiese ser capturado y finalmen-*

*te... amplificado. Investigaba a fondo con algunos colegas en Alemania (omito sus nombres por seguridad), de áreas con estas características en la Tierra. Basado en fotografías satelitales desde que el famoso Sputnik 1 hizo su entrada en el espacio en 1958, y muchos otros de origen norteamericano, han determinado que ciertas áreas, donde incidentes enigmáticos han ocurrido, muy seguramente relacionados con grandes campos electromagnéticos o en el mejor de los casos, para nuestros experimentos, una apertura en el espacio temporal. La mayoría de estas anormalidades geológicas, desgraciadamente están localizadas sobre el mar, por ejemplo en Bermudas, el mar al sur de Japón y al norte de Antártica. Sobre tierra firme, existen varias opciones como la "Zona del Silencio" en México, donde misteriosamente las ondas de radio y radares dejan de operar por un fuerte campo electromagnético al igual que al oeste del desierto del Sahara, que curiosamente esta en el mismo paralelo que el triangulo de las Bermudas. Otras dos áreas de interés son zonas contiguas al lago Titicaca en Perú y Roswell, en Nuevo México.*

*Activando el portal en uno de estos sitios privilegiados, teóricamente puede funcionar por tiempo indeterminado, así es... indeterminado".*

Sartê cerró el libro de notas abruptamente, quedando atónito, pensativo. Tomó el cuaderno y sin un minuto de reposo, se dirigió al restaurante al cruzar la calle. Al entrar, observó a Rupert sentado, esperándolo, Niko aún no había llegado. Se sentó frente a Rupert y le dijo:

—Traduje un buen tramo del cuaderno, puedes leer mis notas —Las deslizó suavemente sobre la mesa. Rupert leía con afán mientras Sartê miraba hacia afuera, en una hermosa mañana, veía como una joven madre jugaba con sus dos pequeños en un subi-baja, sonreían constantemente, totalmente ajenos a la trágica y cruda realidad. Sartê, en ese momento, sabía que no podía darse por vencido, esto no podía terminar así. Tenían que detener a esos monstruos.

Al poco tiempo llegó Niko y al igual quien Rupert leía las notas de Sartê. Al terminar se miraron a los ojos fijamente.

Sartê tomó el cuaderno y leyó la última parte de las notas por traducir, les leía en voz alta:

*"Estaba listo, por la tarde les presenté mi teoría en el salón de conferencias, al oírla, Naife pidió audiencia con lo que llamaba "El grupo de Hāru". Al terminar, le pregunté al neurofisiólogo acerca del susodicho grupo, a lo cual me contestó que no debería hacer esas preguntas pues me podrían costar mi vida.*

*"Hāru"", lo repetía en silencio. "¿Quiénes son ellos?" Al retirarme los oí comentar que querían reclutar un nuevo investigador para trabajar conmigo conjuntamente en el proyecto de amplificación de la energía oscura. Fue solo un par de días después me visitó mi querido amigo Dominik Nugarte en el laboratorio, hice lo posible, sin ser obvio para persuadirlo de que no viniera. — Sartê pasaba las páginas salteando las que contenían diagramas esquemáticos, específicas zonas geográficas al igual que*

*formulas matemáticas, finalmente se detuvo en una de ellas donde Eranher decía: "Estoy temeroso de que, en nombre de la ciencia, he ayudado a crear algo mucho más poderoso, probablemente más dañino que el mismo poder del átomo... un portal al infierno".*

*Quiero perdonar... perdonarme, y no lo consigo. El vicio de atrapar lo desconocido, envuelto en sigilosos cálculos matemáticos, me ha llevado a la oscuridad que me consume lentamente, como un adicto a su propia droga. Sé que si continúo en este cauce, seguramente me matará. Ha sido como caminar de la mano con la muerte en una vereda sin final. Mi temor es, que he dejado un legado de sangre, que abrirá la puerta a un atardecer donde el sol se oculta sin dejar huella, para finalmente desaparecer por siempre en el horizonte.*

*Tratare de retirarme de aquí, iré lo más lejos posible de la oscuridad de este lugar. "*

Al terminar de leer, Sartê estaba convencido de que tenían que hacer algo para detenerlos, se puso de pie diciéndoles:

—¿Creen que sea adecuado ir a Washington?

—Definitivamente —dijo Rupert—, tenemos que encontrar una respuesta. ¿Recuerdan los camiones de carga en la parte trasera del edificio de Greenwich?, es muy probable que ya estén transportando la maquinaria necesaria al lugar que escogieron, del que habla Eranher, ¿No está descrito en el cuaderno?

—Desgraciadamente, no —Dijo Sartê—, sólo especulaba dando varias opciones, estoy seguro que ya tienen la localización. Por eso encontramos ese lugar sin actividad alguna, con excepción de esos demonios.

Al terminar su desayuno emprendieron el viaje a Washington. Niko guardaba silencio, no había comentado nada sobre las notas de Eranher, cautelosamente trataba de poner las piezas del rompecabezas en orden. Markus había regresado a la escena, era posible que él tuviera más respuestas, pero al mismo tiempo, recordaba claramente lo que Eryx le había dicho: "no podemos tocar a los daimōnes que tengan contacto con Nikolaus Bremer". Markus, en Greenwich no lo hizo de esa forma, se aseguró que fueran eliminados, protegiéndolos a ellos. Niko se encontraba confuso, frustrado. Se avecinaba lo que los Atrespitus temían que ocurriera desde hacía ya casi tres mil años. Los planes de Agedon parecían, poco a poco, consolidarse.

Rupert manejó todo el camino, Sartê, exhausto, durmió la mayoría de la trayectoria hasta que llegaron al hotel donde se celebraban las conferencias, pensaban hospedarse ahí mismo. Se registraron en sus respectivas habitaciones sin problema alguno, utilizando sus identificaciones falsas. Obtuvieron un panfleto que les indicaba el sitio donde iba a ocurrir la conferencia del doctor Vogel. Planeaban una sesión plenaria a las nueve de la mañana del día siguiente, titulada: "Que hay detrás de un universo que se expande". Se esperaba un grupo considerable de científicos para el evento.

Por la tarde, decidieron ir a cenar a un restaurante que Sartê conocía muy bien, llamado "La escalera al Cielo" relativamente cerca del Capitolio, al cual, había asistido en una visita previa a Washington.

Era un lugar adaptado en un edificio antiguo. Al abrirse sus pesadas puertas de madera, en la sala principal se apreciaba el gran salón con iluminación tenue, olor a alta cocina y el sonido de un cuarteto ejecutando piezas de música clásica, apenas se escuchaban las voces de las conversaciones entre los comensales que disfrutaban de ese ambiente tan acogedor. A través de un gran cristal localizado en la pared posterior del restaurante se observaba una colección de vinos organizada en diferentes niveles, los más antiguos en la parte inferior y un letrero empotrado con letras doradas en su parte superior que decía "*In vino veritas*". El camarero los sentó en una mesa cerca de dicho ventanal, Sartê decidió pedir una botella de vino tinto, mientras disfrutaron de una agradable velada. Al estar conversando, Sartê le comentó a Niko de manera informal, que si había algo más que una relación profesional con la doctora Tommasi. Después de un momento de silencio, les dijo:

—Efectivamente, estoy enamorado de ella.

—Me lo imaginaba —dijo Sartê—, es una mujer extraordinariamente talentosa y, además, bellísima.

—¿Y tú Rupert?, hay alguien en tu vida.

—No, por lo pronto nadie, quisiera algún día conocer mejor a Sonia, la encargada del sistema de radios en la central de policía, la encuentro extraordinariamente interesante. Aún no se lo he dicho, al regresar... es posible que lo haga.

—No pierdas tiempo —dijo Sartê sonriendo—, es en verdad increíble que el destino nos haya unido ahora, creo que debemos de estar agradecidos que tenemos a alguien que queremos. No voy a permitir que ese lunático de Naife y su grupo destruyan nuestros sueños y los de los demás —levanto su copa de vino brindando por la buena fortuna en su misión.

Al estar disfrutando de un café y los postres, notaron que un grupo de personas vestidas elegantemente, con gafetes desplegando sus nombres en su pecho, entraron al restaurante. Se sentaron en una mesa próxima a la entrada del establecimiento. Uno de ellos se dirigió a observar la colección de vinos tras el gran ventanal, se detuvo a solo unos metros de su mesa. Rupert le preguntó a Sartê:

—¿De las siete localizaciones que Eranher hablaba en sus notas, cual crees que sea la que escogieron?

—No tengo la menor idea.

—Tenemos que concentrarnos en las que están sobre la tierra y no en el mar.

—De acuerdo, son cuatro —dijo Sartê—, de pronto esta persona que estaba de pie observando los vinos les dijo:

—Discúlpenme, pero no pude evitar oír el nombre de Eranher. ¿Hablan de Mikahil Eranher? —Hablaba con un marcado acento alemán.

—Efectivamente —Rupert inmediatamente notó el nombre inscrito en su gafete—, Doctor Vogel —dijo Rupert.

—Así es.

—Usted es la razón por la que estamos aquí —poniéndose de pie—, es un placer conocerlo. Mi nombre es Julius Reed.

—¿Son del grupo de Greenwich?

—No doctor, venimos por nuestra parte, tenemos algo

que será de sumo interés para usted, necesitamos desesperadamente obtener respuestas.

—Con mucho gusto responderé a sus preguntas mañana durante la conferencia, discúlpeme pero me esperan
mis compañeros en la mesa.

—Por favor escúcheme por un momento. Tenemos las
notas de las investigaciones de Eranher cuando se encontraba en Greenwich.

—¿Cómo es posible?, hablé con su esposa poco después de que falleció  y me dijo que no le permitieron do-
cumentar sus experimentos, que no existían notas —les
decía sorprendido.

—Tenemos sus notas, se lo aseguro... un cuaderno forrado en piel con las iniciales MRET. Mikahil — Renek —
Eranher - Tabeah.

—Solo gente que lo conocía bien podría saber el significado de esas siglas. ¿Dónde estaban?

—En Greenwich, en su laboratorio.

—¿Tenían acceso ustedes al laboratorio de Eranher?

—No necesariamente. Por favor, necesitamos de su
ayuda.

—De acuerdo, por tratarse de Mikahil lo haré. Me in-
teresaría ver sus notas, estoy hospedado en el hotel cede,
el "Mayflower".

—Al igual que nosotros. Si accede, podríamos vernos
después de la cena, estamos en el cuarto 369.

—Bien, ahí los veré alrededor de las once —se retiró,
volteando a verlos intrigado poco antes de sentarse en su
mesa.

Al sentarse Rupert de nuevo en la mesa, miró a Sartê

diciéndole:

—No hay casualidades Kyle…

—De acuerdo —dijo Sartê.

—Estoy seguro que Vogel está tan o más interesado que nosotros, en leer los hallazgos de Eranher —dijo Niko.

Se retiraron calmadamente del establecimiento, caminaron al hotel y al llegar al cuarto de Rupert, prepararon las notas de Eranher. Sartê, sobre la cama, escribía en un papel las preguntas que le harían a Vogel, mientras Rupert y Niko le dictaban sus connotaciones personales tratando de atar cabos.

Se llegaron las once de la noche y no había señal de él, impacientemente Rupert tomó el teléfono para localizarlo en su habitación del hotel. Niko lo detuvo y le dijo que fuera paciente, que lo había notado muy interesado y seguramente estaría por llegar, probablemente se entretuvo en la cena. Sartê les dijo:

—Espero que no hallamos causado otra muerte.

—¡Por favor Kyle, no seas pesimista! —dijo Rupert

Pasaron treinta minutos, Niko se levantó y les dijo que se dirigiría a la recepción para encontrar el número de cuarto del doctor. Al caminar hacia la salida, escuchó que tocaban repetidamente en la habitación contigua, al abrir la puerta observó a Vogel y le dijo:

—Es por acá doctor.

—Discúlpame, soy muy distraído, no recordaba exactamente el número de la habitación ya veo que es la 369, que coincidencia, el número favorito de Tesla.

—¿Disculpe?

—No es nada, olvídalo.

—Por favor pase.

Rupert y Sartê recibieron a Vogel tomando un suspiro de despreocupación. Un hombre de gran estatura, complexión delgada, de aproximadamente cuarenta años, pelo entrecano, ojos azules, utilizaba lentes gruesos y una corbata de moño. Caminaba descoordinado, abstraído.

Al ver las notas de Eranher sobre el escritorio, sus ojos crecieron en asombro, inmediatamente tomó asiento enfrente de ella, acariciando el forro de piel, observando las iniciales de su desaparecido compañero. Fervientemente empezó a revisarlas, inmerso en un mundo de fórmulas matemáticas y números, no perdía un instante en sus alrededores. Los tres lo veían como devoraba apasionadamente las anotaciones de Eranher, por momentos, sonriente y otros desconcertado. Así pasaron por lo menos dos horas. Rechazaba las atenciones de Rupert quien le ofrecía algo de beber. Al terminar, cerró el libro de golpe, tomó un suspiro y les dijo:

—¡Es asombroso lo que Mikahil logró!, siempre creímos que matemáticamente era posible,  nunca pensé ver en mi vida algo similar a lo que el presenció en ese lugar.

—Tememos que fue asesinado —dijo Rupert.

—Fue un accidente de acuerdo a las noticias —afirmó Vogel.

»—Pero lo dudo muchísimo —agregó—, después de leer sus notas, claramente estaba temeroso por su vida, por ese grupo al que le llaman Hāru.

»—Hāru… quiere decir halcón, utilizado por la mitología egipcia, deidad de las batallas, del infierno, ése es su nombre original, es posible que lo conozcan como Horus o Ra. No soy experto en la mitología egipcia pero se piensa que venía de los cielos, fusionado con el dios Amun, creando al renombrado Amun-Ra.

—Es muy interesante la historia doctor Vogel, pero nuestro interés principal es el de localizar el lugar que pudiesen haber escogido para abrir el portal —interrumpió Niko.

—Todo lo contrario, creo que la clave está en la historia. Los sitios con actividad electromagnética inusual como Bermuda, al sur de Lima Perú, en el desierto de México, no parecen ser los lugares que buscarían. "El grupo del Hāru", como mencionaba Eranher, es probablemente la clave. Al oeste del Sahara está nada más ni menos que Guiza, es muy probablemente que ese sea el lugar que escogieron.

—Abu Rawash —murmuró Niko.

—¿Abu Rawash? —dijo Vogel.

—Al norte de Guiza, donde se encuentra la pirámide perdida de Djedefre. Es posiblemente que ese sea el sitio que escogieron. Es lo más lógico, donde todo comenzó.

—¿De qué hablas Niko? —dijo Sartê.

—Ingrid White, la egiptóloga que recobró el papiro de Aragus en Guiza, al revisarlo, encontró que contenía un intrincado mapa que finalmente logró descifrar, llevándola a ese misterioso lugar, olvidado por la civilización moderna. Es muy posible que el primer portal fuera abierto en esa precisa localización geográfica, hace ya más de dos mil años cuando Agedon poseía la capacidad de utilizar su *ditrane*, antes que fuera desterrado. Ingrid, navegando, guiada por las constelaciones inscritas en ese incógnito mapa estelar, afirma que claramente observó el símbolo de Aragus labrado en una de las piedras de la pirámide perdida.

— ¿De qué hablan? — Dijo Vogel —, ¿Aragus?

— No tiene importancia doctor — dijo Niko.

— Para mí es de extrema importancia. La "cavidad" de la que habla Eranher, será abierta en un lugar en el cual la energía electromagnética es extraordinaria, combinada con la fusión de la energía oscura producirán un portal temporo-espacial de dimensiones épicas. ¿Se han preguntado cuál es el propósito?

— Niko... — dijo Sartê —, ¿quieres contestarle?

— Intentan abrir un portal al infierno doctor Vogel. La persona que quiere crearlo, sospechamos que es responsable del asesinato de múltiples jóvenes, a los que les llaman "eventos", con el motivo de almacenar energía oscura al tiempo de su muerte, en un artefacto similar a éste —mostrándole su *ditrane*— Aparentemente será colocado en la torre central de su "cavidad", como le llama usted, para crear el puente dimensional. El doctor Sartê está aquí porque su sobrino fue una víctima más, seguramente por ese motivo, al igual que el hermano de Rupert. Necesitamos detener a estos monstruos.

— ¿Qué tú nombre no es Julius?, ¿quién es Rupert?, estoy confundido.

— Discúlpenos, utilizamos nombres falsos, tratamos de tomar todas las precauciones posibles. Él es Rupert Lewis, Kyle Sartê y mi nombre es Nikolaus Bremer, me llaman Niko.

— ¿Me permites ver tu amuleto? — dijo Vogel.

—Claro —mostrándole el *ditrane*—, Vogel lo observaba con cautela, acercó la luz de la lámpara que se encontraba en el escritorio para examinarlo, al terminar, se lo entregó a Niko, al colocarlo de nuevo en su pecho, sorprendido, notó el momentáneo destello azul en sus ojos.

—¿Quién es el dueño del otro amuleto?, aquél que utilizaron en Greenwich?

—No lo sabemos con certeza, es posible que le pertenezca a Naife, el director general del centro — —dijo Rupert.

—El amuleto sirve para acumular la energía oscura, ¿de qué forma?, es imposible para mí entenderlo. Al trabajar con Eranher y Nugarte, notábamos el grandioso flujo de una misteriosa fuerza que se generaba al desprenderse el alma del cuerpo, pero nunca pudimos almacenarla. No existe ningún precedente. De acuerdo a lo que leí en las notas de Mikahil, acumularon la energía oscura de esa separación, asesinando seres humanos. La energía generada por la muerte de animales es fraccional comparada con la de los seres humanos. El amuleto de Niko parece poseer esa energía, sin necesidad de acumularse, es inherente a él.

Al utilizar el amuleto con la energía oscura acumulada en el preciso momento, en el área geográfica privilegiada con el campo electromagnético adecuado, seguramente lograrán abrir ese portal. ¿Cómo detenerlos?, es la pregunta —tomó su bolígrafo y escribía fórmulas matemáticas en un trozo de papel, repetidamente lo destruía y empezaba de nuevo. Así pasaron por lo menos dos horas, finalmente se detuvo y les dijo:

—El resultado de las ecuaciones de Eranher extrapolados a la magnitud electromagnética de la localización geográfica que utilizaba en sus cálculos, resultarán en un evento donde la masa es equivalente a cero $M_0$, el tiempo es cero (se detiene) $T_0$, el espacio es cero $E_0$ y la gravedad es infinita $G\infty$, en pocas palabras, es una singularidad espacio-temporal.

—De qué habla doctor Vogel, por favor sea más explícito —replicó Niko.

—Simple, es similar a lo que se observa en un agujero negro. Al crearlo se abrirá el portal a un universo distinto al nuestro, será bi-direccional.

—Es obvio que es lo que quieren crear doctor Vogel —decía Niko frustrado.

—Espera un momento, tu amuleto tiene la capacidad de lograr una singularidad similar, ¿no es así?

—Correcto.

—¿Lo has realizado alguna vez?

—No.

—Necesito ver la reacción que crea al hacerlo.

—¿Con qué propósito?

—Primero que nada necesitamos saber si puede crearla. Al observar la singularidad que produzca, podremos utilizarla para lograr su objetivo.

—¿Cómo?

—Es complicado, primero necesitamos cerciorarnos que sea capaz de hacerlo.

—No puede ser aquí, necesitamos estar en suelo santo, en un lugar donde no puedan seguirnos los daimōnes.

—Bien, iremos a la Catedral de San Mateo estuve ahí hace un par de días.

Niko, escéptico al igual que Sartê y Rupert, acompañaron al doctor Vogel a la recepción. Tomaron un taxi dirigiéndose a la Catedral de San Mateo. Al llegar, Vogel apresurado, subió las escaleras que lo llevó a la entrada principal. Intentaba abrir sus grandes compuertas forcejeándolas una y otra vez, notando que estaban completamente cerradas. Eran cinco minutos antes de las tres de la mañana.

—¿Qué esperaban?, ¿qué les abrieran las puertas a estas horas de la mañana? —decía Rupert sonriendo.

—Están cerradas, lo siento —dijo Vogel.

—Ninguna puerta está cerrada... cerrada —dijo Rupert dirigiéndose a la parte lateral de la catedral, encontrando una entrada secundaria fuera de la avenida principal. Sacó un pequeño estuche de su bolsillo y en cuestión de momentos la abrió, diciéndoles—: por favor pasen, bien venidos a la Catedral de San Mateo.

Al entrar, el silencio era abrumador, solo el eco de sus pasos se escuchaba al transitar sus desolados pasillos dirigiéndose al centro de la catedral, frente al altar. Decidieron continuar en la oscuridad para no alertar a las autoridades y utilizaron únicamente linternas. La puerta lateral había quedado entreabierta y al cerrarse siendo empujada por una leve brisa, produjo un sonido ensordecedor que hizo eco dentro de los grandes techos, Sartê, temeroso, apuntaba su lámpara con sus manos temblorosas, alumbrando a los santos que se encontraban empotrados en las paredes. Vogel al llegar al pasillo central, se hincó y se persignó mirando al altar, Rupert al verlo le dijo:

—Es un astrofísico, y ¿cree en Dios?

—Al descubrir los secretos más íntimos de la ciencia, se vuelve evidente que, con la ausencia de un creador... nada es posible, de la nada absoluta, de una singularidad primaria, se creó todo y, al final, será recogida por la misma.

—Bien, dejemos las suposiciones, ¿qué es lo que necesita ver doctor? —dijo Rupert.

Niko lentamente se acercó a la entrada principal donde se encontraba el confesionario, imitando los movimientos de Markus cuando por primera vez, observó la aparición de la compuerta interdimensional en el enclaustro de aquella demacrada iglesia en Londres.

Cerró sus ojos imaginando la entrada del *Conventum Terra*, sujetando el ditrane en su mano derecha. Pausadamente una luz brillante se expandía sigilosamente originándose del pecho de Niko, creando una cortina de energía que semejaba a un espejo de agua suspendido frente a ellos. Al abrir sus ojos, eran de color zafiro, fosforescentes, surreales. Los tres lo miraban con gran asombro. Vogel, por su parte, apasionadamente anotaba en su cuaderno cada detalle de los eventos, la altitud, la distancia, los movimientos de los objetos aledaños al pequeño portal. Al estar completamente formado, Niko se dirigió a ellos diciéndoles:

—¿Quieren cruzar? —Rupert y Sartê lentamente caminaron hacia atrás moviendo sus cabezas negativamente. Vogel se acercó y lentamente toco la cortina, en el preciso momento que hizo contacto con ella, fue lanzado por lo menos tres metros hacia atrás, al reincorporarse, Niko le dijo:

—Sujete mi brazo doctor —se acercaron al portal y sumergieron su cabeza en él. Al hacerlo, su cuerpo quedaba atrás mientras su cabeza simultáneamente se transportaba a una dimensión paralela, al abrir sus ojos, a la distancia, se observaban los grandes pilares, las antorchas y los bellísimos murales del *Conventum*. Vogel observaba el bellísimo recinto atónito, desorientado, rápidamente retiró su cabeza al mismo tiempo que Niko, y tomando un gran suspiro le dijo:

—¿Qué es ése lugar tan maravilloso?

—La orden de los Atrespitus le llaman, *Conventum Terra*.

El doctor Vogel llevaba consigo un contador Geiger, el cual, para su sorpresa, no registraba señal alguna de radiación. La ventana creada por Niko, lentamente desapareció haciéndose cada vez más pequeña hasta finalmente absorberse en su totalidad en su misteriosa reliquia que colgaba de su cuello.

A la distancia, se oyeron pasos acercándose a ellos, Rupert, inmediatamente extrajo su pistola de su funda y la apuntaba a la silueta que lentamente se movía hacia ellos, al no poder identificar qué, o quién, se les acercaba en la oscuridad de la gran catedral.

Sartê, aterrorizado, apuntaba su lámpara erráticamente, desesperado, tratando de identificar a la acechante sombra. Cuál sería su sorpresa al ver que lo que se movía hacia ellos, era un hombre maduro, vestido completamente de negro, con indumentaria eclesiástica.

—¿Qué hacen aquí?, observé una magnífica luz que emanaba de los vitrales hace solo unos momentos, la puerta estaba abierta —calmadamente decía el Sacerdote.

—Niko… —decía Rupert mientras apuntaba su pistola a él.

—Todo está bien Rupert, guarda tu pistola.

—Lo sentimos padre, ya nos retirábamos —Replicó Rupert, guardando la pistola en su funda.

—¿Les puedo ayudar en algo?, ¿qué fue esa hermosa luz?

—Son nuestras lámparas padre —Dijo Vogel.

—Oh…, ya entiendo —decía el Sacerdote sarcásticamente. Vogel guardó sus notas cautelosamente en el bolsillo de su saco y se dirigieron a la puerta. El padre, al verlos aproximarse a la salida, les dijo:

—Les recomendaría que tuvieran cuidado con los daimōnes que están afuera —Los cuatro se detuvieron repentinamente al oírlo. Niko le preguntó:

—¿Quién es usted?

—Solamente un simple sacerdote.

—¿Cómo puede verlos?

—No puedo verlos, solo sé que están ahí —Niko estaba confuso, lo veía de cerca, notaba ese bellísimo halo alrededor de su rostro, pero era indistinto al de los seres humanos.

—¿Cómo es posible?

—Solo unos momentos antes de entrar a la catedral, apareció un joven frente a mí. Puso su mano sobre mi hombro y me dijo que no me preocupara, que al entrar les informara que estuvieran preparados para enfrentarse a un grupo de daimōnes. No estoy seguro si era un ángel. Un segundo después, desapareció sin rastro alguno. No les haré más preguntas, vayan con Dios, sé claramente a lo que se enfrentan. Recuerden que al final, después de que se haya derramado suficiente sangre, la batalla comenzará, esto es solo es el preámbulo.

Niko sospechaba que había sido Markus quien habló con el Sacerdote, probablemente estaba solo, resguardando la salida. La energía liberada al crear el portal seguramente atrajo a los sedientos c̄aimōnes. Colocó el atloticon en su mano, y cautelosamente salieron de la catedral. El padre los miraba desde la entrada, notaban que oraba en silencio. Se quitó la sotana y se dirigió hacia ellos diciéndoles.

—Yo también soy un soldado de Dios —exponiendo su crucifijo—, pelearé a su lado.

—Padre por favor regrese a la iglesia —Le dijo Niko.

—De ninguna forma.

De pronto, aquellos profundos sonidos guturales se escuchaban a la distancia, en la arbolada contigua a la catedral. Niko observaba las figuras de decenas de daimōnes acercarse a gran velocidad.

—¡Debemos regresar a la iglesia lo más rápido posible!, es un ejército de daimōnes —dijo Niko exaltado.

Las puertas de la catedral se habían cerrado, Vogel las forcejeaba con desesperación, Rupert rápidamente examinó la cerradura.

—Están abiertas, pero no puedo moverlas —repetía una y otra vez.

Habían quedado fuera, a la merced de los daimōnes que aún no se habían hecho visibles, acercándose a ellos silenciosamente. Sartê se posicionó detrás de Niko y unos segundos después, Vogel y Rupert se unieron a él. Niko observaba como los rodeaban, y finalmente, hicieron visibles sus horríficas figuras. El sacerdote continuaba orando, al verlos, repentinamente, hacerse presentes, su expresión cambió, azorado, su voz se volvió temblorosa. De pronto, uno de los daimōnes se acercaba disponiéndose a  agredir a Niko, pero el sacerdote rápidamente se interpuso entre ellos, tratando de evitar que le hiciera daño. El horrífico daimōn, con su apéndice puntiaguda perforó su abdomen haciéndolo caer al suelo, la biblia que sujetaba entre sus manos se deslizó hacia ellos, abriéndose, mientras sus páginas  pasaban rítmicamente en respuesta a la brisa de esa madrugada.

Niko y sus compañeros se encontraban inmovilizados, rodeados, por el grupo de daimōnes que  se preparaban a acometerlos cuando, de pronto, apareció Markus rompiendo a tres de ellos en mil pedazos. Utilizaba una espada corta, al igual que el atloticon moviéndose coordinadamente, como un arma letal para los engendros del décimo portal. Niko se unió a él, desafortunadamente el grupo quedó solo, desprotegido. Los daimōnes parecían solamente prestar atención a Niko y Markus, quienes desesperadamente luchaban con ellos, Vogel, tembloroso, cubría su rostro con su saco para evitar el desagradable olor a azufre. Rupert se acercó al sacerdote que se encontraba tendido en el suelo con su torso expuesto, sangrando profusamente. Con su sotana, intentaba cubrir la herida en su abdomen, quejumbroso le decía:

—No te preocupes por mí, por favor, no te preocupes por mí —hasta que su voz se desvaneció… quedando sin vida.

Rupert, absorbido por la tristeza de verlo tendido, sin vida, ahora poseído por una enorme ira, se incorporó rápidamente tomando su pistola, apuntaba y disparaba acertadamente a los daimōnes repetidas veces, sin lograr hacerles daño, solo distrayéndolos por unos momentos con los impactos de bala. Aunque el número ya había disminuido considerablemente, eran demasiados para Niko y Markus. Al observar que Vogel, Rupert y Sartê serían presa fácil, Niko decidió acercarse a ellos. Uno de los daimōnes que lo seguía de cerca, con sus enormes garras, logró conectarle un golpe, produciendo que se desbalanceara y cayera al suelo. Vogel, al verlo, se acercó a él para tratar de asistirlo y al agacharse, con su puntiaguda cola el daimōn que lo acechaba, perforó el pecho de Vogel. Niko, al ver lo ocurrido, rápidamente golpeó al daimōn produciendo que se moviera hacia atrás quedando desorientado, y fue cuando Markus enterró su espada en su pecho destruyéndolo.

Los daimōnes los acorralaban, acercándose cada vez más a ellos cuando, de pronto, sorpresivamente se detuvieron. Abrían paso a alguien que provenía detrás de ellos. Un joven, con un atuendo similar a los Atrespitus, portaba un abrigo negro, camisa roja, cabello largo y oscuro como la misma noche. Su mirada era intimidante, los iris de sus ojos eran color corinto, frívolos, penetrantes. Se les acercaba lentamente, mientras el resto de los daimōnes que parecían obedecerle ciegamente, jadeaban listos para atacar esperando la orden de su amo. Se detuvo frente a Niko, contemplándolo, sin prestar atención a los restantes. Al cruzar su mirada, Niko veía su verdadero y horrífico rostro, a pesar de que los demás solo observaban a un apuesto joven, elegantemente vestido. Markus lo interceptó antes que pudiera hacer contacto con Niko, diciéndole:

—¡Ah!, Junier, han sido siglos, nos vemos de nuevo, daimōn.

—Si quieres que vivan, haz que el Eligium me entregue su *ditrane*.

—¡Sabes bien que eso no sucederá! —dijo Markus.

—Ya has sacrificado a dos seres humanos, a pesar de que no puedes tocarlos, los has puesto en mi camino. ¿Quieres añadir más en tu cuenta?, Atrespitus, ¡entrégame al Eligium y su *ditrane*! —Junier lo decía con una voz grave, diabólica.

—Ah, Junier, trabajas ciegamente para Agedon, eres solo un sirviente, un esclavo, un títere barato, imaginaba que llegarías más lejos después de tres siglos —La cara de Junier se deformó, iracundo, subió su mano para ordenar el ataque.

—Esta es la perfecta oportunidad para regresarte al décimo portal —decía Markus.

—Atrespitus Markus… tu hermano en la orden, se encargará de destruirlos a todos —lo dijo, al tiempo que bajaba su mano señalando a sus fieles daimōnes comenzar el ataque, desapareciendo tras un destello de luz roja.

—¡Cobarde!, —gritaba Markus.

Los daimōnes se abalanzaron ferozmente sobre ellos, Markus no permitió que se acercaran, inagotablemente los destruía pero aún así, continuaban siendo un número considerable. Niko, al percatarse que sus amigos perderían su vida si no hacía algo en ese momento, les indicó gritando que se dirigieran hacia atrás, en proximidad a las paredes de la catedral, mientras él detenía a los daimōnes que se acercaban. Rupert y Sartê arrastraban a Vogel. Niko, dirigiéndose a ellos, les pidió que los tres hicieran contacto físico con él. Con su mando derecha sujetó el *ditrane* abriendo el portal, rápidamente cruzando al *Conventum Terra*. Poco antes de cerrarse el puente, tres daimōnes se deslizaron en él, cruzando a su lado. Al entrar, dos Atrespitus ya los esperaban en el punto de entrada, de inmediato se enfrentaron a los daimōnes destruyéndolos casi instantáneamente. Al terminar, se detuvieron, mirándolos fijamente.

Vogel, por su parte, jadeaba forzadamente al tratar de respirar, el impacto de la cola del daimōn había perforado su pulmón derecho. Al ver a Niko, desesperadamente trataba de decirle algo, se arrodillo frente a él, su voz entrecortada le decía:

—Tu medallón es la solución, tienes que activar una singularidad en proximidad al otro... —se detuvo por unos segundos cerrando sus ojos.

—¿Qué más? Por favor, dígame doctor —Niko movía desesperado el hombro de Vogel.

—Tiene que ser a una proximidad menor de tres metros, dentro de la cavidad, solo unos cuantos minutos después que lo abran, es posible que... —Vogel cerró los ojos y dejó de respirar—, Sartê inmediatamente trató de resucitarlo, dándole respiración de boca a boca intercalando compresiones en su pecho. En su segundo intento, se percató que el aire que le suministraba, brotaba mez-

clado con sangre, por el agujero del pulmón... Vogel, desafortunadamente, había quedado sin vida.

—¿Es posible?, ¿es posible? ¡Qué alguien muera en
el *Conventum Terra*! —Gritaba Niko—, a la distancia
caminaba Zophiel, acercándose pausadamente a él, diciéndole:

—Su alma ya no está aquí, está en camino a la dimensión
de Aragus, por favor transporten su cuerpo de regreso.

—¿Tan fácil así Zophiel?, peleamos a su lado, derra-
mamos sangre por la misma causa, ¡por favor ayúdalo! —
Los ojos de Niko se tornaron azul zafiro, mientras miraba
fijamente a Zophiel. Al verlo, por un momento veía a uno
de sus guerreros... como si fuera uno de ellos. Sin decir
una palabra, se hincó frente a Vogel cerrando sus ojos,
colocando su mano en su cuerpo inmóvil, mientras Sartê
lo sujetaba con lágrimas en sus ojos. Después de unos segundos, tras una brillante luz azul, de pronto, Vogel suspiró profundamente volviendo en sí, desorientado
mirando a sus alrededores.

—No recordará nada —dijo Zophiel— regresen ahora,
antes que amanezca, no pueden seguir aquí, ya no hay peligro al otro lado del portal. Estaremos próximamente en
contacto.

Los Atrespitus los escoltaron a la salida, Vogel continuaba desorientado. Uno a uno, cruzaron de regreso a
la catedral. Niko se detuvo por un momento, los Atrespitus, al verlo, pusieron su mano en su pecho y lo saludaron diciendo:

—Atrespitus Iericho,

—Atrespitus Kyros —antes de cruzar, se acercó de

nuevo Zophiel, entregándole una espada corta, plateada, resplandeciente, la cual estaba en un arnés de piel diseñado para asegurarla en su espalda. Niko al sujetarla, notó el símbolo de los Atrespitus labrado en ella, aceptándola con una gran sonrisa. Zophiel, le dijo:

—Es extremadamente eficiente en contra de los daimōnes.

—Se lo agradezco, la usaré bien —le dijo Niko empuñando la espada.

Inmediatamente después de cruzar, encontraron que Markus se encontraba enseguida del cuerpo del sacerdote gentilmente levantando su cabeza. Niko se acercó a él caminando lentamente, diciéndole:

—¿Hay algo que podamos hacer?

—No, Niko. Me duele ver que hombres inocentes, de alma pura, tengan que pagar con el precio más alto, en esta batalla.

—¿Qué le ocurrió?, ¿está muerto?, ¿quiénes son ustedes? —Decía Vogel desorientado, moviéndose erráticamente.

—Veo que Zophiel intervino, me alegra —dijo Markus.

—¿Qué recuerda doctor? —Dijo Rupert

—Mi última memoria es la de entrar al cuarto 369 en el hotel Mayflower. ¿Qué hago aquí?, ¿por qué estoy cubierto en sangre?

—Yo me encargo —dijo Markus poniendo su mano sobre la frente de Vogel. El profesor entró en un profundo trance, dejó de moverse con su mirada perdida. Obedecía instrucciones pero estaba en completo silencio. Markus les informó que el efecto duraría únicamente por un par de horas, y que al volver, no recordaría lo ocurrido pues Zophiel, seguramente había borrado su memoria en el *Conventum*.

Los cuatro se dirigieron de regreso al hotel. Mientras viajaban en el taxi, Sartê observaba por la ventanilla, que a la distancia, aparecían los primeros colores del amanecer, de un nuevo día.

Al llegar al vestíbulo del hotel, se dirigieron a la recepción para preguntarle a la joven que se encontraba detrás del mostrador por el número de cuarto del doctor Vogel, al mirarlo les dijo:

—¿Tomó un poco más de la cuenta?

—Así es señorita, se golpeó en la cabeza —dijo Rupert sujetando la cabeza de Vogel sobre su hombro—, ¿Por favor puede decirnos cuál es el número de su habitación?

—¿Vogel?, —tecleaba en la computadora— es el cuarto 718.

—Gracias, ¿podría hacerle una llamada de cortesía a las siete?, tiene que impartir una cátedra por la mañana.

—Así lo haré, será en menos de dos horas —les dijo sonriendo.

Al llegar a su cuarto, lo desvistieron, dejándolo solo en ropa interior, cubriéndolo con las sábanas de su cama. Vogel lentamente cerró sus ojos. Tomaron su ropa manchada de sangre y al salir del cuarto, Niko sintió su cuaderno de notas en su saco, lo tomó, guardándolo dentro de su camisa sin que se percataran los demás. Tomaron el resto de su ropa y la depositaron en el basurero más cercano.

Al llegar a su cuarto, revisaba las notas de Vogel, quien postulaba que la interacción de dos singularidades

a tal proximidad, seguramente cancelarían el evento temporo-espacial. Anotaba en una posdata. "Es posible que
dicha interacción desencadenara un violento tercer evento, como un horizonte de sucesos que sería... catastrófi-
co", las anotaciones terminaban.

Al cerrar el cuaderno, respiraba profundamente, sentía que era posible que al final, habían encontrado una solución para evitar lo que Vogel llamaba, curiosamente,
con el término astrofísico "singularidad", la cual, causaría
una curvatura en el espacio y tiempo, un evento expresa-
do por los científicos más audaces en teorías matemáticas,
sabiendo claramente, que no pueden crearlo. Curiosamente, era una puerta utilizada cotidianamente por entes
que nos rodean constantemente, en ese intangible balance,
imperecedero y a la misma vez, tan frágil. La humanidad,
indiferente, estaba en el completo olvido. "Singularidad",
repetía el término múltiples veces en su cabeza mientras
acariciaba su ditrane. Finalmente, quedó profundamente
dormido por varias horas.

El sonido de su teléfono lo despertó pasadas las ocho
de la mañana, era Sartê quien le decía:

—Niko, saldremos pronto, acompáñanos a desayunar.

—Seguro, los veo en la entrada del restaurante del hotel.

Al salir del elevador en el segundo piso, se encontró
con Sartê y Rupert, caminaban rumbo al restaurante
cuando a la distancia escucharon la voz de Vogel en el altavoz del salón de conferencias contiguo. Se miraron, y
decidieron asomarse a oír lo que Vogel decía, en fin, ya
estaban inscritos. Sacaron sus respectivos gafetes y se di-

rigieron a la parte trasera del salón. Al estar caminando, Vogel claramente los identificó.

—"Sé que esperaban oír más acerca de la expansión del universo, de aquellas fuerzas que interactúan creando una separación de las galaxias que aún con sus poderosas fuerzas gravitacionales en lugar de atraerse, se separan, en un universo creciente, insaciable, aumentando su espacio descomunalmente. No estoy seguro si esta expansión se detenga pronto, es posible que no lo haga nunca. Se habla de que posiblemente exista una energía anti—gravitacional, que lógicamente logra este efecto, pero... ¿dónde está?, ¿de qué está compuesta? La respuesta puede estar en nosotros mismos, al final, estamos compuestos de energía que nos da vida, la misma que posiblemente emana en cantidades fraccionales, comparado a lo que ocurre en el universo, pero estoy seguro que está presente y se libera en el preciso momento de la muerte. El poder atraparla y utilizarla será la meta de las generaciones venideras. No quiero entrar en detalles al respecto, no es el lugar y desafortunadamente aún no hay suficiente evidencia para postular una teoría firme —Hizo una pausa tomando un suspiro—, ayer, perdí mi corbata y mi saco favorito, desaparecieron sin rastro alguno. Me pareció tener un sueño o posiblemente una visión en la cual, alguien hipotéticamente me preguntaba como neutralizar una "singularidad" creada dentro de un gran campo electromagnético, dentro de una cavidad, sin estar en el espacio, aquí mismo en nuestro planeta. Sé que les parecerá una locura, pero por favor pongan atención por un momento. Obviamente, no existe precedente, pero la creación de otra "singularidad" que se pusiera en contacto directo con la primaria, según mis cálculos, en lugar de resultar en una sola, de mayores dimensiones como tradicionalmente se postula a nivel cósmico, seguramente... neutralizaría a la otra. La fuerza gravitacional se estabilizaría al igual que el tiempo y la masa. La interacción de las dos posiblemente crearía un horizonte de eventos donde toda la masa cercana desaparecería al igual que el tiempo y espacio por una fracción de segundo creando una explosión, seguida por una gran implosión, posiblemente, en menos de un microsegundo. Un puente como fue teóricamente descrito por Einstein y Rosen. En ese horizonte de eventos, el punto de no retorno, tendrá la capacidad de transportar a la masa a una nueva dimensión temporoespacial, sacrificando a la masa contigua al horizonte de eventos, cualquiera que fuera. Ésta, queridos amigos es seguramente la solución —Niko volteaba a ver a Sartê y Rupert, pues parecía que les hablaba a ellos específicamente. Uno de los astrofísicos que atendía la conferencia, se levanto de su silla y se dirigió al micrófono localizado en el pasillo central diciéndole:

—¿Qué ocurre Lucius?, queremos oír más sobre la teoría de la relatividad de Einstein y su constante cosmológica. Nos interesa profundamente, esa peculiar letra lambda en su ecuación. Las "singularidades" serán discutidas mañana, tu teoría es muy interesante, por favor puedes detallar más tus cálculos en cuanto a la expansión del universo, te lo agradecería —sonriendo, los tres se retiraron discretamente del salón. Al estar saliendo, Vogel dijo.

—Así es doctor McGregor, discúlpeme, es algo que

traía en mi mente desde esta mañana, espero haya sido de ayuda, a quienes tienen esa incógnita —mirando a los tres salir. Sartê se detuvo por un momento y Vogel bajó su cabeza levemente, como agradeciéndoles por salvar su vida.

Al caminar rumbo al restaurante, Sartê les comentó:

—¿Están seguros que aquel ángel borró la memoria de Vogel?, me pareció oír que nos daba la respuesta a lo que buscábamos, posiblemente una solución.

—Ya no sé qué pensar Kyle, parece todo ser un plan maestro —dijo Rupert— No estoy seguro que entiendo claramente esa solución.

—Está muy claro para mí, tenemos que encontrar ese sitio donde planean abrir el portal y "neutralizarlo" como mencionó el doctor Vogel —comentaba Niko.

—¿Cuál es el siguiente paso? —Decía Sartê con curiosidad.

—Abu Rawash —dijo Niko.

∞　∞　∞　∞　∞

# 16

## Julia Tommasi

"Una bellísima mañana de primavera en Anchorage", decía Julia entusiasmada, al prepararse para salir a su oficina. Tenía las llaves de su automóvil en sus manos cuando de pronto oyó su teléfono sonar. Al levantarlo, escuchó la voz de Niko, decirle:

—Julia mi amor, ¿cómo estás? —Se le oía distante.

—Niko, ¿qué tal?, ¿dónde estás? Estaba muy preocupada, hacía tiempo que no oía de ti —su corazón palpitaba de emoción.

—Estoy en Washington, hablándote de un teléfono público, disculpa si se corta la llamada, ya sabes cómo son estos sistemas. Tengo bastantes monedas, no te preocupes.

—No, por favor, quiero hablar contigo. ¿Cómo está todo?, ¿qué haces en Washington?

—Es una historia larga de contar. Si puedes creerlo, estoy con el doctor Sartê y Rupert, el oficial de policía.

—¿Cómo?, ¿con Kyle Sartê?

—Así es, estamos bien, les estoy ayudando a investigar sobre algunas pistas referentes al asesinato de su sobrino y a Rupert de su hermano.

—¿Cuándo regresas?, te extraño muchísimo.

—Aún no lo sé, posiblemente en un par de semanas, tú también me haces mucha falta.

—¿Por qué tanto tiempo?

—Haremos un viaje a Europa, parece que hay una conexión con el papiro que Ingrid me mostró y los asesinatos, viajaremos a Brighton.

—¿De qué hablas?

—¿Recuerdas ese manuscrito?, Aragus y su mapa secreto. Estoy seguro que lo leíste en mis notas, no importa, en verdad quiero ayudarles.

—Bien, pero... no entiendo.

—No te preocupes, solo quería oír tu voz, te quiero.

—¡No me dejes! espera.

—Aquí estoy, ¿qué pasa?

—Me siento sola. Ahora que no has estado a mi lado me doy cuenta cuanta falta me haces, quiero estar contigo de nuevo.

—Así será, te llevaré un recuerdo, ya verás, te mando un beso.

—Igualmente —lágrimas corrían sobre sus mejillas.

—Hasta luego Julia, estaremos juntos muy pronto.

—Adiós.

Al colgar el teléfono, lloraba de emoción, algo dentro de ella le decía que la espera sería muy larga. Al limpiarse las lágrimas y revisar su maquillaje, tomó su agenda y al leer sus notas, cayó en cuenta que tenía una cita para cenar con su hermana Karen y su esposo Seth.

Su hermana era dos años menor que Julia, siempre había sido el tipo de mujer "snob", no le gustaba trabajar y lo único que le interesaba era socializar y vestirse a la moda. Siempre buscando la ocasión de presentarle candidatos para que entablara una relación amorosa, lo cual, Julia odiaba.

Ese día, durante la consulta se sentía débil, abatida. Suponía que era posiblemente por la tristeza que sentía que Niko no estuviera a su lado, y pensaba que la llamada telefónica la había afectado mucho. Al terminar su largo día en el consultorio, se dirigió al restaurante localizado en uno de los hoteles céntricos de Anchorage frente al Lago Spenard. Se le había hecho un poco tarde. Al entrar al hotel, se dirigió inmediatamente a la parte trasera donde anunciaban que se encontraba el restaurante. Caminaba por largos pasillos, notando una gran exposición de arte moderno, diversos cuadros colgados en las paredes con pequeños títulos por debajo de ellos, explicando de sus respectivos autores e interpretaciones. No tenía el tiempo necesario para detenerse a admirarlos. Caminaba rápidamente, al final del corredor, una pintura le llamó muchísimo la atención. Se detuvo abruptamente y regresó a observarla, parada enfrente de ella, hipnotizada, miraba los múltiples colores entrelazados, sin bordes, en una distribución caótica, pero al mismo tiempo, la simetría era excepcional, casi matemática, sinfónica. Sentía que las emociones del autor luchaban por salir de la pintura. Puso su mano sobre su cara, sonriendo, pensaba en silencio que eso que lo que la pintura le transmitía, emulaba a lo que veía en la mente de Niko, así se la imaginaba, tan complicada y al final, tan simple, en una di sincronía tan especial, que era como el arte abstracto. Se acercó más a ella, a leer su título, decía. "Composición VI, 1913, (El Deluge), W. Kandinsky. Continuaba sonriendo cuando su hermana Karen le gritaba:

—Julia por acá, temía que no llegarías. ¿Qué estás

viendo? —decía Karen su hermana al verla parada enfrente del cuadro.

—Esta pintura, es fantástica.

—¿De qué hablas?, anda vamos —la jalaba del brazo.

Se dirigieron a la mesa del elegante restaurante, localizada frente a un gran ventanal donde se observaba la bahía del lago. Tommasi saludó a Seth, lo había conocido
desde la preparatoria antes de que fuera novio de su hermana menor. Karen notó que Julia se encontraba distraí-
da, pensativa.

—¿Te ocurre algo?

—No, estoy un poco cansada.

—No es eso, te conozco ¿qué ocurre hermana?.

—De nuevo, no es nada.

Al pasar la noche, después de haber bebido un par de
copas de vino, les confesó que estaba enamorada de uno
de sus pacientes. Karen, azorada le decía que si tuviera
otra especialidad no estaría preocupada, pero siendo psiquiatra, temía que su paciente fuera un enfermo mental.
Julia un poco molesta, sarcásticamente, le dijo que efectivamente Niko era un enfermo mental, pero lo quería con
todo su corazón. Seth y Karen quedaron callados por un
momento mientras Julia escupiendo su trago de vino se
reía a carcajadas.

—Mientes ¿no es así?, entonces ¿no es un paciente?

—¡Si lo es!, ya está casi curado hermana —reía Julia.

—¿Y dónde vive?

—En una cabaña muy cerca del parque nacional de
Chugach.

—¿Qué?, en verdad estás loca. Como se te ocurre

enamorarte de alguien así.

—Si lo conocieras Karen, tú también te enamorarías de el, sin ofender, Seth.

—No te preocupes Julia —dijo Seth.

—Sigo anonadada, y dónde está el tal Niko.

—En Washington, vendrá en un par de semanas, estuvimos juntos en Londres por diez días.

—Vaya, vaya, y nunca quisiste salir con Sergio, el primo de Seth, ¿cómo es eso?

—¿El abogado?, es un tipo aburrido, disculpa de nuevo Seth.

—Tú tan hermosa e inteligente. —decía Karen.

—Está bien, dejemos el tema en paz por favor.

Unos momentos después, se acercó un joven a la mesa de ellos, Karen, emocionada le pidió que se sentara enseguida de Julia. Los presentó diciéndoles:

—Hermana, el es Frank, administrador de una financiera importante de Nueva York, viene de Seattle, quería que lo conocieras.

—Mucho gusto Frank, —decía Julia mirándola irritada.

—Me dijo tu hermana que eras muy bonita pero nunca pensé que fueras tan hermosa.

—Te lo agradezco.

—Entiendo que eres psiquiatra.

—Así es, empecé a trabajar recientemente.

—Mi hermano fue diagnosticado recientemente con desorden bipolar. Es importantísima la labor de los psiquiatras en las enfermedades mentales, son tan frecuentes.

—Efectivamente —decía Julia con una falsa sonrisa—,

te voy a ser muy franca, tengo novio y la verdad no estoy interesada en relaciones románticas por ahora, lo siento.

—No importa, el simple hecho de haberte conocido es suficiente.

Los cuatro conversaban de trivialidades, política y el tema de la exposición de arte abstracto tomó precedente. Frank les decía que era una bella exposición y le preguntaba a Julia si le había interesado alguno de los cuadros que se desplegaban en el pasillo. Julia le preguntó que si conocía de arte, y el le contestó, alardeándose, que por un tiempo se dedicó a pintar arte abstracto. Al terminar de cenar, los cuatro caminaban por el pasillo y Julia de nuevo se detuvo frente al cuadro que le había llamado la atención camino al restaurante.

—Ah, Wassily Kandinsky. Este cuadro es extraordinario, veo por qué te interesa... —Frank daba una explicación del cuadro, cuando de pronto Julia se sintió mareada. Se disculpó y se dirigió al baño. Pasados unos minutos, no regresaba. Karen inmediatamente se dirigió a donde se encontraban los sanitarios y la vio devolviendo el estómago.

—¿Te cayó algo mal?

—No lo sé, tengo un dolor horrible en el abdomen, por favor llévenme al hospital.

Karen ayudó a su hermana a caminar y la llevaron a la sala de urgencias del hospital más cercano. La admitieron y unas horas después la pasaron al quirófano. Al salir de cirugía, en la sala de espera, el médico les dijo:

—Fue un ataque de apendicitis, todo salió bien, agraciadamente no se había perforado, se recuperará en un par de días.

—Qué bien doctor —dijo Karen. Al retirarse el doctor, repentinamente se detuvo diciéndoles:

—¡Ah! Disculpen —dirigiéndose a Frank, suponiendo que era su esposo— también el embarazo está bien. Tiene solo un par de semanas. Muchas felicidades.

Los tres se quedaron fríos al oír la noticia. Frank no pudo decir una palabra. Seth le dijo a Karen:

—¿Sabías del embarazo?

—¡Claro que no! —sollozaba.

—Yo creo que ni ella misma lo sabe, tendrás que notificarle por la mañana.

Karen visitó a Julia el día siguiente en su cuarto de hospital. Se sentó frente a ella, mirándola fijamente.

—¿Cómo te sientes?

—Mucho mejor, todavía tengo mucha náusea.

—Fue apendicitis.

—Eso me imaginaba. Disculpa que haya arruinado la velada.

—No te preocupes. Hay algo más...

—¿Qué pasa Karla?, ¿por qué tanto misterio?

—Estás embarazada.

—¿Disculpa?

—Así es, el doctor nos informó anoche, después de la cirugía.

—No me mencionó nada por la mañana, es una broma ¿no es así?

—No —lo decía seriamente, mientras Julia sonreía.

—¿No estás triste?, acuérdate que no estás casada.

—No importa, es del hombre que amo —tocaba suavemente su abdomen.

—La verdad, no te entiendo, necesito conocer a ese Niko.

—Ya lo conocerás Karla, es un gran hombre.

Esa misma tarde fue dada de alta del hospital. Al estar recuperándose  en casa, esperaba la llamada de Niko, no estaba segura si darle las noticas por teléfono o hasta que regresara de su viaje. Su madre, Lisa, viajó de Fairbanks a Anchorage por avión para visitarla. Solamente su hermana Karen, Seth y Frank sabían del embarazo, Julia les pidió discreción absoluta.

∞  ∞  ∞  ∞  ∞

# 17

## La Orden de la Medianoche

AL TERMINAR DE DESAYUNAR, NIKO SE DIRIGIÓ A SU habitación en el hotel, tomó sus pertenencias poniéndolas en su mochila de hombro. Retiró la espada de su arnés y funda, mirándola, suavemente tocando el símbolo de los Atrespitus labrado en ella. Colocó el arnés de piel abrochándolo en su pecho y puso la espada en su funda. Al mirar su imagen en el espejo, veía cómo la empuñadura de la espada apenas se asomaba detrás de su hombro derecho, como un guerreo de la antigua Grecia preparado para la siguiente batalla. Suspiraba profundamente al saber que muy pronto, se enfrentaría con su destino. Desabrochó el arnés y fervientemente escribía en su diario los sucesos ocurridos hasta ese momento.

Al salir del cuarto y caminar por los pasillos que lo llevarían a los ascensores, a la distancia, observó que Markus se encontraba de pie, apoyándose en la pared del pasillo pacientemente esperándolo. Se dirigió rápidamente a él, notando que el piso estaba completamente desolado. Markus lo miraba fijamente, movió su cabeza para indicarle que fueran a un cuarto contiguo donde se servían café y aperitivos. Cerró la puerta detrás de él, diciéndole a Niko:

—Es inminente que Agedon abra ese portal. Tienes que apresurarte.

—Lo sé, planeamos ir a Brighton, para que Ingrid nos dé información precisa de cómo localizar el lugar donde posiblemente ocurrirá el evento. Pensé que todavía estabas detenido en el *Conventum*.

—No, por lo pronto estoy solo, los demás Atrespitus por indicaciones de Zophiel no estarán conmigo. Piensan que Agedon abrirá el portal en Sudamérica según la información que analizaron una y otra vez, Eryx está convencido que ocurrirá en ese preciso lugar.

—¡Espera!, no será así, de acuerdo con nuestros hallazgos ocurrirá en Egipto, donde todo empezó.

—En el *Conventum* piensan que es simplemente una trampa.

—¿Por qué?

—Hubo movilizaciones financieras y de material electrónico a Perú, específicamente a Markawasi en la cordillera de los Andes. Zophiel movilizará a los Atrespitus a esa área.

—¡Están en un error Markus!, tengo que hablar con Zophiel.

—No es necesario, él ha observado cada uno de tus movimientos desde que Eryx te obsequió el ditrane en mi nombre.

—Pero… ¿no me lo enviaste tú?

—No, Niko, es todo un plan maestro de Zophiel.

—Por favor explícame, ¿qué está ocurriendo?

—Llamaste la atención de los daimōnes con tus cualidades. Zophiel al otorgarte un ditrane, lograría dos cosas. Una, podría monitorizar todos tus movimientos en el *Conventum* como si fueras un Atrespitus, y la segunda, servirías de carnada para localizar a Agedon, quien estaría muy interesado en obtenerlo, robarlo, para cumplir su cometido.

Al enterarme de sus intenciones, estuve inmediatamente en desacuerdo, estaba poniendo tu vida en peligro utilizándote de esa forma, le pedí que me diera la oportunidad de ayudarles. Al darse cuenta que su plan había fallado, pues al encontrar otra forma de utilizar la siniestra energía oscura prescindiendo de tu ditrane, se han concentrado en tratar de establecer el lugar específico donde Agedon planea crear el portal. Han desarrollado un plan de ataque en el momento que ocurra. Yo en lo personal, pienso que ustedes están en lo correcto, Egipto, es seguramente el sitio designado, el lugar más propicio. Agedon, con su genialidad sabe perfectamente como engañar a Zophiel, ya lo hizo una vez en el pasado, como te diste cuenta, es brillante, ha reclutado poderosos daimōnes como Junier, con el cual, tuvimos el desagradable encuentro afuera de la catedral. Pero hay algo más...

—¿Qué ocurre?

—De acuerdo a los hallazgos y cálculos de los dos investigadores tanto Eranher como Vogel piensan que el portal, la "singularidad" creada será de proporciones épicas. Zophiel ha sido muy optimista, creo que ha subestimado erróneamente los hallazgos y está cometiendo un grave error.

Agedon ciertamente estuvo en Markawasi antes de abrir el portal en Egipto hace más de dos mil años, poco antes de que abiertamente aceptara que dejaría la orden de los Atrespitus y cayera en las tinieblas décimo portal, visitaba frecuentemente las montañas de Markawasi. Existe evidencia concreta de que abrió un puente, discretamente liberando un centenar de daimōnes. "Marchauasi", así también llamado por los antiguos habitantes de los Andes, debido a su privilegiada localización montañosa y desolación, fue la localización perfecta. El desaparecido Eranher, al analizar las diferentes áreas geográficas, dada la información provista por los satélites, nunca lo consideró, por la simple razón de que no tiene un campo electromagnético tan prominente como las otras, Zohpiel está enterado de estos hallazgos, pero al mismo tiempo se ha cegado por la razón de que anteriormente, en secreto, fue burlado por Agedon, quien abrió el portal en esa área cuando su ditrane aún estaba activo, cuando formaba parte de la orden de los Atrespitus. Al ser desterrado, eso terminó, ahora depende exclusivamente de la energía oscura que acumula en su ditrane, y del misterioso lugar donde pretende crear esa brecha dimensional.

Recuerdo claramente que alrededor de mil años AC, Agedon y yo fuimos a ese lugar, él insistía que había reportes de actividad de daimōnes en el área, por lo cual decidimos investigarlo. Al llegar, recuerdo con claridad que subimos a la parte más alta de la planicie donde encontramos nuevas estructuras forjadas de rocas volcánicas, labradas en forma peculiar, emulando formas de animales y una cara humana. Se encontraban aproximadamente a cuatro mil metros por encima del nivel del mar. Te aseguro que no fueron creadas por seres humanos, eran sin duda las huellas de daimōnes, secretamente bajo la influencia de Agedon. Poco después, tuvimos un breve encuentro con algunos de ellos, y noté algo muy peculiar en él. Al participar en el ataque, no los destruía como solía hacerlo en el pasado, con gran destreza y veracidad, sus movimientos eran torpes como si les diera oportunidad de escapar ilesos.

Después de su destitución, cuando finalmente lo encontré en Egipto, como recuerdas, después de cientos de años de búsqueda, al estar frente a frente, me fue imposible destruirlo. Fue tiempo después cuando entendí, que al haber dejado de ser un Atrespitus, ahora siendo semejante a los seres humanos, no estaba a nuestro alcance, la orden nos prohíbe rotundamente tocarlos. Agedon, de ese momento en adelante, era inmune a nosotros.

Al tú haber encontrado pistas sobre su paradero, Zophiel decidió que tú serías el indicado para destruirlo si así fuera necesario. Cuando investigué sobre el origen de tus cualidades tan inusuales, fue evidente que *arcággelos Mikhaél*, en su búsqueda milenaria de un guerrero entre los seres humanos, al toparse con tu alma, encontró lo que buscaba. Cuando te conoció por primera vez en el tercer portal, al tú tener dieciséis años, percibiendo tu increíble pureza de alma, tu determinación y valentía, decide encausar tu destino. Zohpiel, no lo entendía hasta que finalmente estuvieron frente a frente en el *Conventum*, está convencido de que eres...

—¿De qué hablas?

—En una de nuestras más antiguas leyendas, una predicción, si así quieres llamarla, hecha y escrita antes que la Tierra existiera, en la cual, brevemente se habla de un ser humano, con las cualidades de los Atrespitus, quien retará y finalmente vencerá a uno de los caídos, definiendo su destino, por otros dos mil años, antes de que ocurra el gran conflicto. Muchos de nosotros no creemos en esas predicciones, otros, opinan que el momento ha llegado donde se peleará la gran batalla, atrespitus, ággelos, humanos y daimōnes".

—¿Por otros dos mil años?

—Así es, ¿recuerdas como te llamó Junier en la Catedral?

—No.

—Te llamó *"Eligium"*, es el nombre del ser humano de quien habla la leyenda.

—Sí, ahora lo recuerdo. De ninguna forma, no creo que ése sea el caso y tú lo sabes Markus. ¿Por qué dos mil años? no entiendo.

—El tiempo que se le regalará a la humanidad si no se abre ese portal ahora. —Niko guardaba silencio.

—Iremos a Brighton, creo que es lo más indicado, necesitamos hablar con Ingrid para que nos exponga los detalles del sitio que descubrió en 1948.

—Bien, así será, recuerda que estaré cerca.

Markus se retiró, Niko bajó al vestíbulo del hotel donde lo esperaban Rupert y Sartê. Habían hecho arreglos para viajar a Londres esa misma tarde. Notaron que se encontraba pensativo y distante, más no sospecharon que Niko se sabía poseedor del nuevo legado que Markus le había descifrado hacía unos minutos. Abordaron al taxi que los llevaría al aeropuerto. Cada uno iba absorto en sus propios pensamientos, mientras recorrían la ciudad. Durante el trayecto, pasaron frente a la Catedral de San

Mateo, los tres observaron cómo una multitud esperaba frente a la entrada. Los reunidos, portaban veladoras en sus manos, seguramente en honor al sacerdote que había muerto poco antes del amanecer, durante una silenciosa batalla que, sin duda, aquellos devotos ignoraban. Desafortunadamente, jamás sabrían que este soldado terrenal de la fe, se había enfrentado valientemente a las fuerzas del mal, con la convicción y promesa de un nuevo comienzo. Su heroico recuerdo quedaría, sepultado bajo el anonimato eterno.

Niko veía como la mano de Rupert se convertía en un puño, era obvio que guardaba en sí un gran odio. El haber sido testigo de la pérdida de una vida más cobrada injustamente por alguien o por "algo", de quien no podía siquiera mencionar su nombre, le provocaba un llanto silencioso por la muerte de su hermano, quién de la misma forma y por la misma casusa, había sido arrebatado de su juventud. Los tres claramente entendían la enorme posibilidad de no regresar con sus seres queridos, pero sentían la fuerza suficiente para luchar hasta el último suspiro de su ser, para alcanzar y detener al monstruo que se escondía detrás de todo.

∞ ∞ ∞

Llegaron a Londres por la tarde, el último tren a Brighton había salido una hora antes, por lo que decidieron pasar la noche en un hotel cercano al Palacio de Windsor. Rupert les avisó que saldría por la noche, nece-

sitaba despejarse, oír música, bailar y beber alcohol incluso hasta embriagarse. Les sugirió que lo acompañaran,
Sartê prefería descansar y tranquilamente rechazó la oferta. Niko, dudoso, decidió acompañarlo. Se dirigieron a
una taberna cercana al hotel, pretendían aunque fuera por
un momento, olvidarse completamente de su cometido.
Caminaron sin rumbo, sin un destino específico. Rupert
avanzaba decidido a entrar a la primera Taberna que
ofreciera comida y cerveza.

Cruzaban un gran parque donde los gigantescos árboles cubrían los albortantes, dejando una iluminación mí-
nima. Al final de los estrechos pasillos de piedra,
observaron lo que parecía ser un bar, apresuraron sus pasos deseosos de entrar lo antes posible. Rupert se detuvo
por un instante al oír  pasos, moviendo su cabeza, observando a sus alrededores, notó que se encontraban en
completa oscuridad, Niko, por su parte tomó el atloticon
de su bolsillo y lo colocó sobre su mano. Al estar en completo silencio, finalmente se percataron que en realidad no
había nadie. Se miraron a los ojos moviendo su cabeza,
dándose cuenta que se encontraban extraordinariamente
tensos y continuaron su caminata hasta llegar a la Taberna.

Era un local antiguo, revestido en piedra, dos puertas
de madera de color verde oscuro, resguardaban su entrada. Un letrero demacrado colgaba sobre las puertas presentando la alcurnia del lugar: "Taberna del Palacio de
Windsor", "Establecido en 1875". Al entrar, inmediatamente se dirigieron al bar, tratando de calmar una sed milenaria que los asediaba. La barra era de madera

resquebrajada por el pasar del tiempo, cada ranura seguramente acumulaba ambiguas historias. De las paredes, en ladrillo añejo, colgaban ancianas fotografías, algunas de ellas, de principios de siglo, todas, observantes de los forasteros allí reunidos. Rupert ordenó un par de cervezas que sirvieron en tarros despostillados y colosales. Al pasar el tiempo, se divertían, jugaban a los dardos, oían música de la rocola y gritaban con júbilo al acertar en el centro del blanco. Así, aislados de la realidad, pasaron varias horas, la camisa de Rupert se encontraba completamente mojada por la cerveza que había caído en ella, al beber más de la cuenta. Niko, asimismo, sentía ya los efectos del alcohol, a pesar de que se había moderado al beber. Los dos se sentaron en la barra, brindando:

—¡Regresaremos a Agedon al infierno! —Decía Rupert gritando, golpeando su tarro con el de Niko derramando la mitad de la cerveza en el piso.

—¡Al demonio con los demonios!, —decía Niko riéndose a carcajadas.

Al brindar en voz alta, sin ser su intención, llamaron la atención de dos jóvenes sentadas en una mesa por detrás de ellos. Niko se levantó para ordenar su canción favorita en la máquina de discos. Las muchachas, discretamente se acercaron a Rupert y una de ellas tocó su hombro suavemente, volteó a verla de reojo, y al notar que era bellísima, vestida con una camiseta negra entallada, pantalones de piel, y tatuajes diversos, levantó su tarro diciéndole:

—Hola, ¿cómo están?, les invito una cerveza, —decía pisándose la lengua.

—No, gracias, mi nombre es Yelena, ¿cómo te llamas?

—Craig Newton, para servirle a usted.

—¡Ah!, bien... noté que tu amigo te llamaba Rupert mientras jugabas a los dardos, ¿cuál es el verdadero?, guapo —Rupert separó el tarro de su boca diciéndole:

—Muy observadora, ¿quién eres?, ¿policía?, ¿MI6?, no espera... ¡ya lo sé!, agencia de inteligencia interior británica, SIS. —Lo decía burlándose.

—¿Crees que un agente de MI6 tenga este cuerpo?, o el de mi amiga Polinia. —refiriéndose a su compañera.

—Posiblemente no, la verdad, no estamos interesados en pagar por compañía, muchas gracias —Yelena sonreía al oír el comentario.

Unos momentos después, se acercó Niko a la barra y empezó a escucharse la canción de "Paranoide" del grupo Black Sabbath, que solo unas semanas antes, había sido estrenada en Londres. Saludó a las muchachas sentadas en la barra junto a Rupert. Polinia se acercó a Niko, seductoramente tocando su pelo y abrió el botón de su camisa, al exponerse el ditrane, cambió completamente su expresión facial, lo veía constantemente, diciéndole:

—En unos minutos saldremos a un concierto en el "Underground" es de rock psicodélico, como el que se escucha ahora, estoy segura que les encantará.

—¿Qué piensas Rupert? —Dijo Niko.

—¿Dónde está localizado este lugar? —decía Rupert dirigiéndose a Yelena.

—Es muy cerca, tomaremos el Metro —decía Polinia

—¡Vamos! —Dijo Rupert.

—Espera, saldremos temprano mañana ¿en realidad quieres ir? ...es casi medianoche —replicó Niko.

—Les aseguro que quedaran sorprendidos en más de una forma.

Los cuatro salieron de la Taberna, Rupert se tambaleaba al caminar, disfrutando de la noche, cantaba desafinado abrazando a Yelena en camino a la estación.

Subieron al Metro, fue un viaje relativamente corto, al abrirse las puertas automáticas y bajarse del vagón, los dos se dirigían hacia las escaleras para subir a la avenida más próxima, cuando las muchachas, sonriendo, les indicaron que ése no era el camino. Al partir el tren y pasar el último carro, saltaron a las vías y les pidieron que las siguieran. Caminaron por aproximadamente veinte metros en el túnel del metro, hasta encontrar una puerta sin inscripciones, la abrieron, y los cuatro bajaron por una escalinata. A la distancia, podían escuchar el retumbar del sonido de música de rock metálico. Al final, estaba una puerta iluminada con luz negra, donde resplandecían letras que decían "Bienvenidos al Underground". Yelena tocó la puerta rítmicamente, y abrió un hombre con cabello largo, sujetado por una banda en su frente, dos anillos colgaban de su nariz y sus brazos estaban cubiertos con tatuajes sin dejar libre un solo pedazo de piel. Se escuchaba claramente el alboroto de voces y gritos alentando al grupo de rock. Al pasar, la oscuridad se rompía rítmicamente al encenderse las lámparas del escenario al ritmo de la música que apenas iluminaba las caras de jóvenes, algunos bailando, otros gritando, en una densa nube de humo que era una combinación de tabaco con cannabis. Los techos eran amplios en forma de catedral, las paredes de piedra, se encontraban cubiertas con humedad. A la distancia, Niko claramente observó a dos daimōnes con forma humana entre la multitud de gente.

Se acercaron a la barra, el camarero los atendió amablemente, sirviéndoles un trago. Yelena quien parecía conocerlo, le indicó con un movimiento de su cabeza hacia la derecha, a lo cual, el camarero accedió. Les pidieron que las siguieran tomándolos de la mano, dirigiéndose hacia la parte trasera de la barra. Rupert movía su cabeza al ritmo de la música, Niko por su parte, observaba sus alrededores, cauteloso, atento. El camarero sacó una llave de su bolsillo y abrió la puerta, dos individuos la resguardaban por dentro, los cuales, inmediatamente la cerraron con llave detrás de ellos. Rupert sintiéndose incómodo, les dijo que de qué se trataba todo eso, que el quería regresar al bar. Al tratar de abrir la puerta, los dos guardias se postraron enfrente de ella.

—Por favor muévanse —dijo Rupert irritado, los guardias, no movieron una pestaña.

—¡Espera! —Dijo Yelena— solo queremos hacerles unas preguntas.

—Bien, pero que sea rápido, no me gusta la cara de tus guardias —sonreía Rupert.

—No pudimos evitar oír el nombre de Agedon y la palabra demonios, cuando brindaban a gritos en la Taberna. ¿A qué se refieren con eso?

—No es nada, era solo un brindis.

—¿Cambiaría tu opinión si te dijera que nosotros nos dedicamos a destruir demonios?

—¿De qué hablas preciosa? —Dijo Rupert.

—Han pasado solo dos años, parece que el destino si-

gilosamente unió nuestros caminos —sus ojos se humede-
cieron y su rostro invadido de tristeza miraba a Rupert fijamente—. Uno a uno, atormentados por sucesos aledaños a estos demonios, víctimas silenciosas con temor a
la verdad que lejos de ser creíble se convertía en burla con
las autoridades, que desinteresadas, desechaban los casos
claramente asociados a una realidad esotérica como ilusorios, irreales.

Polinia perdió a su padre en las manos de un demonio, mi hermana asimismo fue asesinada, la gran mayoría de nosotros hemos sido víctimas, sufriendo en
silencio, sin poder gritar, actuar, reivindicar a nuestros
seres queridos. Finalmente, al encontrarnos, fusiona-
mos nuestros sentimientos en uno, el resarcimiento. Al
punto de las doce salimos a cazarlos, destruyendo a
cuantos crucen nuestro camino. Somos un grupo de jóvenes, una alianza, a la cual denominamos, "La Orden
de la Medianoche".

—Me parece muy interesante, pero no tenemos interés
en sus aventuras, ¿podemos retirarnos?

—Espera un momento Rupert, ¿cómo es que los pueden ver, detectarlos? —dijo Niko dirigiéndose a Yelena.

—Cuando toman forma humana, emanan energía que
podemos captar con un instrumento especializado que
detecta su presencia, fue diseñado por Clark Dawson, en
la Universidad de Oxford —volteando a verlo al final del
cuarto, mientras levantaba su mano Clark, quien se encontraba sentado en la esquina, frente a una computadora— Al punto de las doce, patrullamos la ciudad en busca
de ellos.

—¡Es imposible!, ¡vámonos!, esto es una farsa —decía Rupert.

—Por favor caminen con nosotros, sé que es difícil de creer —Las dos mujeres y Clark se dirigieron a una puerta de metal sellada con una doble cerradura.

Los guardias extrajeron de una funda colgada en su cinturón, un instrumento cilíndrico, que producía una luz roja intermitentemente, en su parte inferior contenía un gatillo. Al abrir cautelosamente la puerta, detrás de un ventanal se encontraba un demonio sentado en una silla, sus manos y pies estaban atados firmemente a ella, gruñendo, vociferando. En su cuerpo, se encontraban enterrados múltiples electrodos que a su vez, se unían a una consola la cual manejaba las descargas eléctricas por medio de un control similar al botón de volumen de un radio. Yelena les dijo:

—He aquí la evidencia, lo atrapamos ayer por la noche —Yelena aumento la descarga de energía girando el botón. El demonio se retorcía produciendo quejidos guturales, cambiando su expresión facial.

Niko se acercó al ventanal para observarlo más de cerca, al verlo, el demonio, le dijo:

—Corazón de Atrespitus, Eligium, serás destruido muy pronto —Niko observaba al daimōn fijamente, muy dentro de él, deseaba romper el cristal para después hacerlo  mil pedazos. Sus ojos se tornaron repentinamente de color azul zafiro, Yelena lo observaba sorprendida.

—¿Atrespitus?, ¿Eligium? —decía Yelena— ¿a qué se refiere?

—Tonterías —dijo Niko.

—Ayer por la tarde, al incrementar las descargas de energía y producirle extremo dolor para interrogarlo, mencionó ese extraño nombre, "Agedon", por el cual brindaban en la taberna, fue el motivo por el cual nos interesó tanto conocerlos —decía Polinia.

—¿Dónde abrirá el portal?, ¡daimōn! —Niko aumentó la energía al máximo, mientras el demonio se retorcía.

—¡Jamás te lo diré! —Reía el demonio, que pronto estalló en mil pedazos.

—¡Qué bien Niko!, así podremos hacerle más preguntas —Reía Rupert.

—¿De qué hablas? —preguntaba Yelena— ¿cuál portal?

—No importa. ¿Podrían enseñarnos cómo funcionan sus armas?

—Necesitaremos salir a buscarlos y encontrar uno para demostrártelo, pues destruiste al único que teníamos en cautiverio.

—No será necesario, hay dos de ellos en el bar.

—¿Qué dices?, ¿cómo es posible que puedas distinguirlos de los seres humanos?, Clark... ¿puedes verificarlo?

En el gran salón, donde el concierto tenía lugar, varias cámaras de circuito cerrado de televisión equipadas con los detectores que había diseñado Clark, estaban posicionadas estratégicamente. Emocionado les dijo:

—¡Efectivamente!, aquí están —apuntando a la pantalla de televisión— ¿quién eres?, ¿cómo los pudiste detectar?

—Son daimōnes rastreadores, serán relativamente fáciles de atrapar —dijo Niko.

—Todo lo que tienes que hacer es apuntar el arma a corta distancia, al dispararse los electrodos se enterrarán en la piel, inmovilizándolo, si mueves el interruptor hacia abajo y la luz se vuelve roja, la descarga será letal, los hará mil pedazos como en la sala de interrogación —decía Clark sonriendo.

—Bien, pongámoslo a prueba.

—Me interesa mucho, finalmente encontramos algo mejor que mi pistola —decía Rupert pisándose la lengua.

Salieron de nuevo al bar, Niko escudriñaba con su mirada entre la gente, hasta que finalmente observó a los daimōnes localizados en la esquina posterior del bar. Les informó discretamente quienes eran, Rupert se acercó lentamente a uno de ellos mientras Niko lo observaba a la distancia. Al estar en posición de disparar, Niko se acercó al segundo, quien lo miraba fijamente, con curiosidad y asombro al percatarse que veía su verdadera identidad. Rupert bajó su cabeza señalándole que estaba listo, simultáneamente dispararon los electrodos, el interruptor estaba en forma letal. Los dos daimōnes estallaron produciendo un prominente resplandor rojizo y el característico olor a azufre. La multitud alrededor de ellos, gritaba emocionada, imaginando que era parte del espectáculo, mientras continuaban moviéndose, brincando al ritmo del rock psicodélico.

Yelena les indicó que la siguieran de nuevo a la central de operaciones, al entrar les dijo:

—Son bienvenidos a nuestra orden si así lo desean. Serían de mucha utilidad para nosotros, especialmente tú Niko —decía Yelena.

—Se los agradezco, pero nuestro cometido es distinto.

Nos dirigimos a Egipto, a tratar de detener la posible apertura de un puente dimensional de donde miles de daimōnes potencialmente pueden emigrar a la tierra.

—¿Podemos ayudar de alguna forma?

—Un par de sus armas serían geniales. —Dijo Rupert

—Te refieres al "fuego de Dawson", así es como les llamamos. Ningún problema, tómenlas, aquí están — entregándole dos pistolas.

—Por cierto, estoy trabajando en un nuevo modelo, mucho más eficiente —dijo Clark.

—Muchísimas gracias, te prometo que les daremos buen uso —decía Rupert sujetándolas en su mano.

—Si no es indiscreción Niko, ¿quién eres en realidad? —Dijo Yelena.

—Una persona como cualquier otra.

—No estoy convencida, al investigar sobre la presencia de los demonios en nuestra dimensión, el nombre "Atrespitus" aparecía varias veces en las lecturas de nuestros libros que datan desde el año quinientos DC.

—Definitivamente no soy uno de ellos.

—Observé el cambio en tus ojos, tu medallón, la capacidad de ver en la dimensión de los "daimōnes", como les llamas, eres extraordinario. Anda, por favor únanse a nosotros.

—"La Orden de la Medianoche" —murmuraba Niko.

—Yo los acompaño a Egipto —decía Clark—, creo que podría ser de gran utilidad.

Momentos después, entraron al cuarto un grupo de siete jóvenes, todos portando las armas de Dawson. Al quitarse sus chamarras, notaron que cada uno llevaba el mismo tatuaje plasmado en su hombro izquierdo, una media luna cubierta por nubes en su parte inferior y una espada cruzándola. El mismo que Polinia y Yelena portaban discretamente en su espalda.

—¿Quiénes son?, —dirigiéndose a Polinia utilizando el rastreador electrónico, decía uno de ellos llamado Lucas. Al pasarlo frente a Niko, se activó, señalando la presencia de la energía característica de los daimōnes, por lo cual sacó su pistola, apuntándola a Niko, quién inmediatamente con un rápido movimiento lo desarmó, los demás desenfundaron sus armas apuntándolas a ellos.

—¡Esperen! —Dijo Yelena—, ¡no son demonios!

—Éste de aquí sí lo es, la señal es altísima —decía Lucas.

—¡No lo es!, por favor entiende, acaban de destruir a dos de ellos en el salón.

—Bien —dijo Lucas, ¿entonces quiénes diablos son?

—Él es un Atrespitus —decía Polinia.

—¡Basta! —Dijo Rupert, ¿cuál es tu problema?— dirigiéndose a Lucas poniendo su cara frente a la de él.

—¡Esperen!, dejen la testosterona a un lado —gritaba Yelena.

Al bajarse las pasiones, Lucas se sentó cómodamente en un sillón adyacente. Yelena narró detalladamente lo ocurrido, cómo los habían conocido y las misteriosas cualidades de Niko. También les informó que los dos se dirigían a Egipto, a tratar de detener la apertura de ese misterioso portal que pretendía abrir Agedon, una compuerta… al infierno.

El grupo, inquisitivo, los interrogaba exhaustivamente, tratando de encontrar respuestas, seguramente buscando justificar su abnegación. Niko, les daba explicaciones diversas sin divulgar los secretos de Aragus.

Después de unas horas, Lucas y los demás miembros de la orden, hablaban de sus aventuras, de los daimōnes que habían cazado y destruido, de sus temores, al igual que sus estrategias utilizando el "fuego de Dawson". Continuaron bebiendo como los mejores amigos hasta el amanecer.

Al salir del local, se dirigieron al hotel, los dos sentían los efectos de la resaca, dolor de cabeza, nauseabundos y exhaustos. Rupert sonriendo, sacó las pistolas de la bolsa en la cual las habían depositado, diciéndole a Niko:

—Quien se iba a imaginar que encontraríamos algo así en la oscuridad de los túneles de Londres, un grupo dedicado a cazar y destruir daimōnes. La verdad, anoche, yo solo quería distraerme. Todo parece que el destino nos persigue sin escapatoria, sin piedad. A pesar de que siempre he dicho, "en las aventuras siempre surgen nuevos caminos, ocultos, reminiscentes, que sin tomar riesgos jamás hubieran sido descubiertos", aún sigo sin entender estas coincidencias.

—Así es Rupert, pero siento que no son coincidencias. —Le decía Niko decía poniendo su mano sobre su frente.

—Anda, vamos al restaurante, no quiero hacer esperar a Kyle, el tren a Brighton saldrá en solo dos horas. Pero también quiero… hacerte una pregunta muy personal.

—Dime, ¿de qué se trata?, ¿por qué tanto misterio?

—¿Cuál fue tu impresión de Yelena?, la encuentro tan bella. No puedo dejar de pensar en su hermoso rostro.

Mientras ustedes hablaban de tonterías, nos besábamos apasionadamente en el baño.

—¿Qué?, no me di cuenta —sonreía Niko—, estoy de acuerdo, es preciosa.

—Me encantaría volver a verla algún día.

—Así será, no tengo la menor duda.

Al llegar al restaurante del hotel, se encontraba Sartê sentado en la mesa leyendo el periódico de la mañana, los vio acercarse con cara de trasnochados, con ese característico olor a alcohol y tabaco. Al sentarse, Rupert colocó las pistolas sobre la mesa diciéndole:

—Te presento al "fuego de Dawson", Kyle.

—¿Qué es esto?

—Parece que para los dos, es lo único que nos ayudará a defendernos de los daimōnes.

—¿Perdón?

—Así es, estas armas son extraordinariamente eficientes en contra de los daimōnes. Destruimos a dos de ellos al caer la "medianoche", en el subterráneo del Metro —decía Rupert sarcásticamente.

Narraron con lujo de detalles los acontecimientos durante su salida a la Taberna del Castillo de Windsor. Al oírlos, con incredulidad les preguntaba que cómo era posible que hubiera un grupo dedicado a destruirlos. Rupert, entusiasmado, le platicaba que dos de los integrantes de esa orden, eran unas bellas chicas, y que estaba seguro, que se había enamorado de una de ellas.

Sartê, los escuchaba atentamente con una sonrisa en su rostro, diciéndoles.

—Creo que me perdí de una noche excitante.

—Así es Kyle, eso te pasa por aburrido.

—Es tiempo de irnos.

—¡Espera!, necesito algo de comer y un café negro —agregó Rupert.

∞  ∞  ∞  ∞  ∞

# 18

## El Cairo

ESA MAÑANA, UN POCO MÁS TARDE, LLEGARON A LA estación de trenes de Waterloo, al recorrer sus pasillos, Niko recordaba claramente su primer encuentro con Markus, que finalmente le abriría los ojos a una realidad oculta, de la cual, se encontraba aislado. Caminaba lentamente recordando lo que quería olvidar, aquellos días de oscuridad, que ahora había permutado por el esoterismo y surrealismo que no prometían nada más que ser una luz, envuelta en el peligro que así mismo, le ofrecía la verdad que buscaba.

Rupert cayó rendido, seguido por Niko. Dormían en sus respectivos asientos en el tren durante el viaje a Brighton mientras Sartê, afanosamente leía el periódico. Al oír anunciar la llegada en el altavoz, despertaron de golpe, Niko tomó su maleta, había olvidado abrocharla y al hacerlo, su cuaderno de apuntes cayó al suelo. Al verlo, Rupert le preguntó:

—¿Llevas un diario?

—Solo son algunas notas.

—Bien, por favor apunta ahí mismo, que estamos completamente locos.

—De eso no te preocupes… ya lo hice.

—¿Algún día me dejarás leerlo?

—Seguramente.

Niko se comunicó con Ingrid desde Londres, habían planeado reunirse en un establecimiento frente a la agencia de viajes donde harían los arreglos para transportarse a El Cairo.

Al salir de la estación de trenes de Brighton, se dirigieron prontamente a dicho lugar. Al llegar, descendieron del taxi sobre la calle principal buscando afanosamente el "Pub" con el nombre de "Druid's Head", lugar que Ingrid había escogido para su reunión.

Niko se detuvo momentáneamente a observar el cartelón del restaurante, donde se encontraba una parodia desplegando a un mago celta con cabello y barbas blancas, lo que rememoró la imagen de *Sanum,* aquel guardián omnipresente de Aragus. Rupert al ver que se detuvo, lo empujó levemente para que avanzara y pasaran dentro.

Buscaba a Ingrid entre los comensales, dirigiéndose a la parte posterior del establecimiento donde la observó sentada en una mesa esperándolos impacientemente. Se dirigió a ella con una gran sonrisa, Sartê y Rupert lo seguían de cerca. Vestía un sombrero inglés de vuelta de siglo al igual que un elegante vestido celeste, de su cuello, colgaban lentes para leer y una multiplicidad de notas se desplegaban sobre la mesa acompañadas por una copa de vino. Al acercarse, le presentó a Sartê y Rupert, ella los saludó amablemente y les pidió que la acompañaran en su mesa. Al estar todos sentados, emocionada les dijo:

—¡Ah!, vienen tantos recuerdos en este lugar. Fue en 1948 cuando nos encontrábamos aquí precisamente, donde solíamos reunirnos mi esposo Richard y yo con el grupo de arqueólogos e historiadores, en preparación para nuestras expediciones… qué tiempos aquellos —hizo una pausa—, lo desconocido siempre fue, y ha sido, el más grande incentivo para mí, ese siguiente descubrimiento, esperándome en la sombra, en la oscuridad, susurrándome al oído: "aquí estoy, soy tu reto", —suspiraba profundamente.

—De nuevo nos encontramos, Ingrid, tengo el presentimiento de que definitivamente nos enfrentaremos a algo desconocido.

—Así es Niko, me da gusto verte de nuevo.

—Venimos en búsqueda de ese recóndito lugar del que me hablaste. Todo parece apuntar a que ahí tratará Agedon de abrir la compuerta al décimo portal.

—Eso me temía. ¿Y ellos?, ¿por qué están aquí?

—Los dos perdieron a seres queridos en manos de Agedon, quien parece que finalmente encontró una forma de capturar suficiente energía para abrir el temido puente dimensional. Lo hizo de una forma macabra, arrebatándoles las vidas al sobrino de Sartê y el hermano de Rupert, entre muchos otros más.

—Lo siento —Tocaba las manos de Sartê y Rupert.

—Bien, necesitamos ponernos en marcha…

Ingrid describió con lujo de detalles la ubicación de Abu Rawash. Al revisar sus notas, les aclaró que no era tanto el "dónde" sino el "cuándo". Les explicaba cómo logró descubrir la situación específica de la entrada al laberinto a través del uso sistemático de las constelaciones, siendo la más importante "la del cazador", Orión, que al observarse en el horizonte, establecía las precisas coordenadas del acceso a la buscada guarida de Agedon.

—El *Katarráktēs occultum* —Replicó Niko.

—¿Así es como le llaman los Atrespitus? —Dijo Ingrid.

—Correcto.

—Me temo que puede estar a gran profundidad por debajo de la pirámide perdida, esas cuevas son abismales.

—Lo sé… esperamos el peor escenario, deséenos suerte.

—¿A qué te refirieres con que les desee suerte?, ¡yo iré con ustedes! Te aseguro que me necesitarán mucho más de lo que ustedes piensan.

—¡De ninguna forma! Ésta no es una expedición en busca de descubrimientos, marchamos al campo de batalla.

—¿Tú piensas que esa posibilidad me va a detener?, gente como yo, vivimos precisamente para ese momento, no estoy dispuesta a sentarme detrás un escritorio por el resto de mis días.

—Por favor piénselo bien, no creo que sea prudente. —Niko miraba a Sartê y Rupert.

—¡Mi decisión está tomada! —Golpeando la mesa.

—Bien, así será, en unos momentos nos dirigiremos a la agencia de viajes para finalizar los detalles de nuestro viaje a El Cairo —dijo Niko.

—Tenemos que ser cuidadosos, Egipto está en conflicto por la guerra de Vietnam y también por la otra, "la guerra de desgaste" con Israel, ustedes siendo ciudadanos norteamericanos pueden ser sujetos a represalias. Por fortuna aún tengo algunos contactos en la embajada británica en El Cairo que pueden sernos útiles.

Al terminar, se dirigieron a la agencia de viajes localizada solo al cruzar la calle. Hicieron los arreglos necesarios para su viaje a Egipto. Ingrid por su parte, realizó varias llamadas telefónicas en preparación para su llegada a El Cairo. El vuelo saldría a primera hora del día siguiente.

Al caminar en busca de un taxi, Rupert tenía el presentimiento de que alguien los seguía, les pidió que se detuvieran por un instante. Entraron a un pequeño callejón escondiéndose detrás de la pared y ahí esperaron a que pasara la persona que según él, los acechaba. Rupert, pistola en mano, saltó a la calle con la intención de sorprenderlo, pero para su sorpresa, no encontró a nadie, había desaparecido en la nada. Sartê cerrando sus ojos le dijo:

—¿Qué pretendes Rupert?

—Juraría que alguien nos seguía, vestía un atuendo negro con gorra y lentes oscuros.

—¿Quién?, por Dios, no veo a nadie.

—No estoy seguro, disculpen —mirando a sus alrededores, pensativo.

—Anda vamos al hotel, nos espera un largo viaje.

Al subir al taxi, a la distancia, nuevamente observó la silueta de la persona que los seguía, pero esta vez... no dijo una palabra, quedando completamente abstraído en sus pensamientos.

Ya estando en el hotel, los tres se sentaron a discutir la estrategia que seguirían al llegar a El Cairo. La incógnita continuaba, a pesar de que los tres, estaban convencidos de que Abu Rawash era el preciso lugar, esa legendaria cuna de una civilización que en el pasado vivió la inmundicia de un líder y que eventualmente los llevaría a la ruina. Una fe ciega los guiaba, pero al mismo tiempo el temor llenaba su espíritu de incertidumbre, la posibilidad de que fallaran era tangible, tan real que era más fácil ignorarla.

Por la mañana se dirigieron al aeropuerto internacional de Heathrow. Antes de abordar, el departamento de inmigración del aeropuerto daba boletines a los pasajeros con destino a El Cairo, describiendo las precauciones que deberían tomar, al igual que los riesgos a los que se sometían al estar en un país en conflicto militar. Con cierta ansiedad en su tono de voz, Sartê le preguntaba a Rupert:

— ¿Crees que sea lo más adecuado viajar ahora?

— Si no es ahora, ¿cuándo Kyle?, es posible que no haya un mañana.

— De acuerdo, solo necesitaba tu reafirmación.

— Todo va estar bien, no te inquietes, algo me dice que estamos en el camino indicado — colocando su brazo sobre el hombro de Sartê.

— Eso espero.

Los cuatro abordaron el avión con destino a la capital de Egipto, en un vuelo tedioso de aproximadamente cinco horas. Al llegar al aeropuerto internacional, notaron que había decenas de guardias armados. Calmadamente se dirigieron a la cabina de inspección migratoria donde fueron sujetos a un interrogatorio minucioso. En la maleta de Rupert se encontraban los aditamentos electrónicos, "El Fuego de Dawson".

Al pasar, tomaron un gran suspiro de despreocupación, pero notaron que Rupert ya no se encontraba detrás de ellos. Ingrid, preocupada, le preguntó a uno de los guardias que le hiciera el favor de informarle acerca del paradero de su compañero. El guardia, le comentó que se encontraba en la sala de interrogación y que seguramente saldría en unos momentos. Así pasaron más de treinta minutos sin respuesta, Ingrid, quien hablaba el árabe a la perfección, de nuevo se acercó al agente preguntándole que si había alguna contrariedad, un poco molesto, le contestó que posiblemente se demoraría unos cuantos minutos más.

Decidieron dirigirse al área de recobro de equipaje. Al estar recogiendo sus maletas, en la sala de espera se encontraba la gran amiga y colega de Ingrid, la afamada Zeila Kraus, quien planeaba recogerlos esa tarde para transportarlos al "Gran Hotel de El Cairo". Zeila, poco después del incidente de Abu Rawash en 1948, secretamente había asistido a Ingrid a traducir aquel manuscrito que había encontrado en una de las cámaras ocultas de la pirámide de Kefrén en conjunción con el mapa que ciegamente la llevaría a ese lugar donde perdieron la vida sus asistentes.

Saludó calurosamente a Ingrid, mientras tanto, desconocían que dentro de la sala de interrogaciones, Rupert se encontraba esposado, había sido arrestado como sospechoso de espionaje.

Al esperar más de una hora, Ingrid exasperada, llamó a su contacto en la embajada británica, explicándole lo ocurrido, el asistente del embajador le informó que se pondría en contacto con la embajada estadounidense para ayudarle a aclarar la situación. Fue cuando de pronto, vieron salir a Rupert del área restringida, con la mochila sobre su hombro, sangrando por debajo de su ceja derecha, acercándose a ellos de prisa. Su expresión facial era de preocupación, desasosiego. El equipaje ya se encontraba en el maletero del automóvil. Rupert al verlos les dijo:

—¡Rápido, al coche!

—¿Qué ocurre? —Dijo Niko

—Te explicaré después, ¡debemos irnos ahora!

Los cinco abordaron el automóvil y rápidamente salieron del aeropuerto. Zeila observó a través de su espejo retrovisor que  dos camionetas del ejército los seguían muy de cerca, inmediatamente le preguntó a Rupert:

—¿Por qué nos persigue el ejército?

—No te detengas, —decía Rupert—, cubriéndose la herida con un pañuelo.

—¿Qué ocurrió?, más vale que me digas la verdad ¡o me detengo!, y te aseguro que pasarás los siguientes cinco años en la prisión más miserable que te puedas imaginar.

—¡Está bien!, por favor no se detenga. Se lo diré todo.

Al cruzar por migración, en mi mochila cargaba dos instrumentos electrónicos que planeamos utilizar para defendernos... —lo interrumpió Zeila diciéndole:

—¡Trataste de introducir armamento!

—De ninguna forma, son utilizados para un objetivo específico, no lo entendería.

—¡Claro que entiendo!, Dios mío —sus manos temblaban sujetando el volante.

—No es así, estos instrumentos no podrían dañar a un ser humano... eso creo. Al estar revisando mi mochila, los detectaron, sorprendidos, me hacían preguntas en árabe, al percatarse de que no les entendía una palabra de lo que me decían, me trasladaron a la sala de interrogación, me esposaron, sentándome forzadamente donde a través de un traductor me realizaban múltiples preguntas acerca de mi historial militar y del uso específico de los aparatos electrónicos. Les contesté que simplemente eran radios de comunicación. El soldado egipcio me golpeó en la cara al estar desesperado y no encontrar respuestas, poco después, llamó a un "experto" que trató de activar uno de ellos, afortunadamente estaba en modo de inmovilizador. Accidentalmente lo disparó haciendo contacto con su compañero, el traductor, quien instantáneamente se desplomó al suelo, al tratar de ayudarlo, se descuidó, y fue cuando lo golpeé en la cabeza dejándolo inconsciente, tomé sus llaves, me quité las esposas, recuperé los instrumentos que llevaba, y lo demás... es historia —sonreía Rupert.

—¡No puedo creerlo! —gritaba Zeila manejando como desaforada tratando de perderlos de vista. Tomó un atajo hacia el sur de la ciudad, manejaba por estrechos caminos mientras los dos pesados camiones militares quedaban atrás. Al llegar al mercado, donde se encontraba una multitud de gente sin dejar espacio para el automóvil, forzosamente se detuvieron por completo—. Creo que los perdimos —suspiraba Zeila profundamente.

—¡Por aquí! —Gritaba Niko —por ese callejón.

—¡No creo que mi coche quepa por ahí! —Gritaba Zeila.

—Claro que sí —replicó Rupert—, ¡vamos!—, Zeila rápidamente giró hacia su derecha dirigiéndose al callejón produciendo una sensacional polvareda al derraparse sobre la terracería. Su automóvil se encontraba a solo centímetros de las paredes laterales, raspándolo constantemente, lo que producía chillidos agudos. Ingrid por su parte, solo se tapaba los oídos al igual que Sartê, quien aterrorizado miraba indistintamente a sus alrededores.

Continuó hacia delante por el estrecho callejón hasta encontrar una avenida más amplia. El convoy militar se detuvo del otro lado, frustrado y sin hacer más esfuerzos
por perseguirlos.

Después de manejar sin decir una palabra, Zeila se detuvo en una pequeña villa localizada a las afueras de El
Cairo, estacionó el automóvil dentro de una cochera en la
parte trasera de la casa, bajó rápidamente estrellando la
puerta del coche con gran fuerza.

—¡Maldita sea!, arruiné el automóvil de Francis —los
demás bajaron cautelosamente, Rupert tenía una gran
sonrisa en su rostro.

—¿Te parece gracioso Rupert? —decía Zeila.

—No, es solo que hacía ya mucho tiempo que no me
encontraba en una persecución como ésta —Rupert
aplaudía—, es usted una gran conductora —dijo, mirándola fijamente a los ojos. Zeila sonrió por primera vez.

—Solía ir con mi padre a la pista de carreras en Edim-
burgo, anda ven, tenemos que atender a tu herida.

—Gracias por su ayuda, dígame que puedo hacer para
ayudarle a pagar los daños.

—No te preocupes, el auto está asegurado por la Embajada Británica. Por favor pasen, ésta es mi casa y la de
ustedes, no creo que sea buena idea que vayan a un hotel
después de lo ocurrido, seguramente los estarán cazando,
especialmente a ti, Rupert. Siéntanse en casa, descansen,
yo prepararé la cena.

—Necesitamos ir a Abu Rawash —dijo Niko.

—Ya hablaremos de eso, pónganse cómodos —
contestó Zeila

Después de un par de horas se reunieron a cenar, Zeila había preparado un manjar de comida árabe, la cual sirvió en una gran mesa de madera rústica, iluminada con un candelabro donde múltiples veladoras encendidas iluminaban tenuemente la velada. A distancia, en una mezquita cercana a la villa, se escuchaba el llamado a la meditación del almuédano, haciendo eco en la silenciosa habitación, aunándose al misterio que se develaba lentamente frente a ellos.

Durante la cena, el inevitable plan de acción surgió en la conversación antes del postre, oscureciendo aún más la lúgubre habitación. Zeila se dirigió a Ingrid diciéndole que había visitado Abu Rawash hacía solo unos días, en preparación a su llegada, habiendo encontrado una agrupación de guardias armados en los caminos circunvecinos. Al preguntar a los transeúntes, en cercanía al entronque donde se encuentra la desviación hacia Abu Rawash, la gente murmuraba que se reunirían los del "Hāru". Les comentaba que quedó sorprendida al escucharlo, siendo que ese grupo era solo una leyenda del antiguo Egipto, perteneciente a la segunda dinastía. Al escuchar el nombre de "Hāru", Sartê le preguntó a Zeila:

—¿Quiénes son los de ese extraño grupo?, ¿alguna secta religiosa? —Niko y Rupert voltearon a verse, ya que reconocieron ese nombre, claramente descrito en las notas de Eranher.

—Nadie lo sabe con seguridad. Según cuenta la leyenda, fue formado poco antes de la segunda dinastía Egipcia. Sus integrantes eran hombres poderosos, sin ser sangre real, fueron cuidadosamente seleccionados por los dioses, provenientes del espacio, le otorgaban poder al faraón quien en recompensa, los mantenía en el anonimato y les otorgaba riquezas inmensurables. La palabra Hāru, es el uso moderno de "Horus", aquel dios quienes los egipcios dibujaban con la cara de un halcón. Dirigiéndose a Ingrid, le dijo:

—Creo que tú eres la más apropiada para continuar la historia. Por favor prosigue.

—Así es Zeila, "Horus", representando al espacio, era un venerado dios egipcio, pero la leyenda del Hāru es distinta, se mantenía en completo secreto únicamente perteneciendo a la realeza, como un preciado tesoro. El faraón los utilizaba para diseñar estrategias militares, ganar batallas. Se cree que fue precisamente debido a su influencia que decidieron entregar su imperio a manos de Alejandro Magno, para evitar la sangrienta batalla, y posteriormente poder destruir a su acérrimo enemigo, el Imperio Persa, lo cual, realizaron adjuntos al ejército de Alejandro Magno años después.

Se habla de un hombre en específico, con poderes infinitos, ocultos, utilizaba magia negra. Ese mismo individuo, deificado por ellos, fue el líder de los Hāru por siglos hasta que se desvaneció en el olvido, sin dejar huella alguna. La pirámide perdida, que se piensa fue erguida en Abu Rawash, aún más grandiosa que las otras tres, fue edificada por el faraón Djedefre, un tirano desalmado, que reinaba en la oscuridad, hijo de Kefrén. Por debajo de la pirámide, se especula que existe un gran laberinto de subterráneos donde solían reunirse los Hāru. Con el pasar de los años, el pueblo Egipcio, veía a Abu Rawash como un lugar que se asociaba a la perversidad, la ignominia y la pobre fortuna. La pirámide, finalmente fue completamente desmantelada, no se conoce con exactitud cuándo ocurrió, pero piedra por piedra fue destruida tras la muerte del faraón, con el fin de disipar a los demonios y el mal que emanaba de su intrincado subterráneo.

Aparentemente, los descendientes del grupo continuaron reuniéndose en secreto, por cientos de años y por lo que veo, aun continúan en la actualidad. La última vez que se escuchó hablar de ellos fue próxima al inicio de la segunda guerra mundial, según decían los historiadores, su líder milenario había regresado y aconsejaba al "Tercer Reich" especialmente a Hitler. No estoy segura, pero es posible que el líder de los Hāru y Agedon... sean uno mismo.

—Al igual que el director general de Greenwich... A A Naife, seguramente la abreviación AA simboliza el nombre de "Atrespitus Agedon" —agregó Niko.

—¿Greenwich?, qué coincidencia... Al detenerme en cercanía a los caminos que llevan a Abu Rawash, me llamó la atención ver pasar dos enormes camiones de carga con ese preciso nombre inscrito en sus puertas. Se les cedió el paso sin ningún obstáculo —decía Zeila.

—Lo sabía, ¡ya están aquí! —Dijo Rupert—, debemos apresurarnos.

—Según mis cálculos, a solo dos días de hoy, en el equinoccio de primavera, la constelación de Orión estará sobre el horizonte de Abu Rawash, creando las condiciones tan esperadas por los Hāru, para crear ese portal —decía Ingrid con un suave tono de voz

—Iremos por la mañana a inspeccionar los alrededores de Abu Rawash para prepararnos lo mejor posible —
dijo Rupert.

—No hay forma de prepararnos Rupert, entiéndelo,
estoy seguro que nos esperan, es un callejón sin salida,
harán todo lo posible por detenernos, por favor cambien
de parecer, déjenme hacerlo solo, es mi destino, esa res-
ponsabilidad no les pertenece a ustedes —decía Niko.

—De ninguna forma, no hablo por Sartê, pero yo estaré ahí, cueste lo que cueste. Sin ofender, no lo hago tanto
por ti Niko, es en memoria de mi fallecido hermano, quiero ver la cara de Agedon cuando...

—¿Cuándo qué?

—¡Vea que su plan se va al demonio! Al igual que él.

—No tienes remedio —sonreía Niko.

Poco antes del amanecer, los tres se dirigieron a Abu
Rawash, portaban consigo el mapa trazado por Ingrid en
Londres. Durante el camino, al transitar por la planicie de
Guiza, el sol apenas se asomaba por detrás de las pirámides, tenuemente iluminando su grandeza milenaria recordándoles los días de gloria, de sangre, que aquella
tierra había presenciado y lentamente absorbido con el
pasar del tiempo, quedando casi en el olvido. Una civilización perdida, misteriosa, escondiendo los secretos inal-
canzables de una dinastía que había creado un altar para
al final despojarse de los recuerdos, desnuda, sería ahora
la anfitriona de una batalla sin banderas.

Al mirar al norte, a solo cinco kilómetros en una elevación, con sus faldas acariciando al Nilo, estaba Abu
Rawash, esa inalcanzable cúspide, invitándolos con bra-

zos abiertos a la aventura más grande de sus vidas.

Al acercarse, disminuyeron la velocidad del automóvil para minimizar el polvo que producía al transitar sobre la terracería. Rupert le pidió a Sartê que se detuviera, descendió del auto, y observaba con sus binoculares los puntos de seguridad, apuntando los detalles sobre un mapa. Niko le pidió prestados los binoculares, a la distancia, detectaba con claridad la presencia de múltiples daimōnes, algunos de ellos en forma humana y otros en su forma natural. Rápidamente los separó de sus ojos, tomando un suspiro, al verlo Rupert le preguntó:

—¿Qué pasa Niko?

—Son más de lo que esperaba.

—Solo son siete en la parte sur, otros dos en la parte norte.

—No, Rupert, son por lo menos veinte.

—¿De qué hablas? —Observando de nuevo contando en voz alta, de pronto se detuvo mirando a Niko —ya entiendo, ¿daimōnes?

—Así es.

Regresaron calmadamente por el camino, Sartê, cabizbajo, les dijo que sería mejor que esperaran, que la misión era suicida. Repentinamente, una camioneta negra sin marcas, se cruzó frente a ellos, forzando a Sartê a aplicar los frenos derrapando el automóvil. Al tratar de ponerlo en reversa, otra camioneta los bloqueó por detrás, los tres quedaron inmóviles por un momento. Del vehículo frente a ellos bajo una persona, dirigiéndose a su automóvil, despojándose de su gorro. Rupert gritando les dijo:

—¡Es el mismo que observé en Brighton!, el que nos

seguía —Por la ventana, se asomó  el hermoso rostro de Yelena quién sonriendo les dijo:

—Son difíciles de encontrar, guapos.

—¿La conoces Rupert? —Dijo Sartê temblando.

—¡Claro!, Yelena, ¿pero qué demonios hacen aquí?

—Si creían que nos perderíamos de esto, están muy equivocados.

—La verdad, me da gusto verlos, ¿cuántos son?

—Somos doce en total, vinieron los más activos miembros de la orden.

—Bien, ¿tienes alguna otra duda Kyle? —Decía Rupert sarcásticamente.

—Deben regresar y no utilizar este automóvil, los busca la policía militar, hemos estado monitoreando su frecuencia.

—Qué les parece si nos siguen, estamos hospedándonos en una villa al sur de la ciudad.

—De acuerdo.

Se encontraban Ingrid y Zeila tomando una taza de té esperándolos en el balcón de la villa, cuando al notar que se acercaban acompañados de dos camionetas desconocidas, Zeila inmediatamente se hizo de una escopeta recortada que guardaba en el armario de la cocina. La colocó por debajo de la mesa y esperaron pacientemente a que llegaran. Al descender de las camionetas doce personas vestidas de negro con múltiples maletas estilo militar, Zeila expuso su escopeta y disparó dos tiros al aire diciéndoles:

—Esto es propiedad privada, será mejor se retiren — inmediatamente, Rupert bajo del automóvil diciéndole:

—¡Por favor no dispare!, están aquí para ayudarnos.

—¡Rupert!, ¡por Dios!, tienes que mantenerme infor-mada, ¡me vas a volver loca! —Moviendo su cabeza nega-tivamente—, por favor pasen.

—Lo siento, no los esperábamos, es una grata sorpre-sa, los encontramos casualmente en el camino de regreso de Abu Rawash, nos seguían desde Londres —Yelena y Polinia se acercaron a Zeila diciéndole:

—No la importunaremos, completaremos la misión y nos retiraremos.

—¿Quiénes son ustedes? —Dijo Zeila consternada.

—Le presento a "La Orden de la Medianoche", nues-tra misión es acabar de una vez por todas con los daimōnes, al igual que ustedes.

—Creo que es tiempo que me expliquen qué es lo que traman.

—¿Niko?, —dijo Rupert—, ¿quieres explicarle?

—Bien, ese mansucrito que usted ayudó a Ingrid a traducir habla de una dimensión, Aragus, en la cual el dé-cimo portal, el *"infernus"*, contiene un ejército de daimōnes que esperan impacientemente cruzar a nuestra dimensión, y lo harán a través de un portal que Agedon planea abrir en las siguientes veinticuatro horas en Abu Rawash. Si es exitoso, será un desastre para la humani-dad. Ellos, "La Orden de la Medianoche", se ha dedicado a perseguir y destruir a los daimōnes que han cruzado ilegalmente a nuestro plano, desde hace años, los conoci-mos por casualidad en Londres hace solo unos días. Tra-taremos de detenerlos lo antes posible.

—Y, ¿qué hay de los Atrespitus? De los cuales habla el

manuscrito.

—La verdad, no lo sé. La última vez que tuve contacto con uno de ellos fue en Londres, por alguna circunstancia piensan que el portal lo abrirán en Sudamérica y no aquí en Egipto.

—Caminarán a sus tumbas —Decía Zeila.

—Con todo respeto señora, nos hemos enfrentado a ellos exitosamente en el pasado —decía Yelena—, si fallamos... le aseguro... que usted también caminará a la suya.

—Bien. ¿Cómo puedo ayudar? —Ingrid, solamente sonreía, bebiendo lentamente su taza de té.

Dawson se acercó a Rupert, poniendo su maleta encima de la mesa diciéndole:

—Hicimos algunas mejoras al armamento.

—¿De qué se trata? —Dawson extrajo cautelosamente una de las nuevas armas, demostrándole a Rupert el mecanismo de acción.

—No necesitamos utilizar cables. Con este nuevo modelo puedes disparar hasta a treinta metros de distancia con gran precisión —Las armas, "el fuego de Dawson" eran similares a una metralleta de asalto AK-47—, múltiples disparos, todos letales, este nuevo instrumento no tiene modo de seguridad. Las probamos anoche con excelentes resultados, las cargas están contenidas en las balas, al hacer contacto con los daimōnes producen la descarga similar a los electrodos. Cuando ustedes llegaron al "Underground" eran solo un prototipo, ayudarán enormemente en la batalla, ¿no lo crees? —Niko tomó una de ellas, la observaba cautelosamente, acariciándola, poniéndola lentamente sobre la mesa.

—¿Qué pasa Niko?, —decía Dawson—, no te veo entusiasmado.

—Es solo que, tengan por seguro, que algunos de nosotros... no regresaremos.

—¡No me importa!, seguramente me llevaré muchos de esos demonios conmigo, ¡será un placer!

—No te preocupes Niko, no es únicamente tu batalla, ¡es de todos! —Rupert ponía su mano sobre su hombro apuntando a los integrantes de la orden.

—¿Cómo pudieron introducir todo este armamento sin problemas con las aduanas?, estuve a punto de que me encarcelaran por dos de ellas, y debo de reiterar que eran de la versión anterior.

—Lo sé, te siguen buscando Rupert —reía Yelena—, volamos en un avión militar a la base de Koubri el-Quba, controlada por los ejércitos norteamericanos y de Gran Bretaña, gracias a nuestro contacto en el MI6, Gregg Lance, el rubio fornido que está atrás de Dawson.

Rupert, Ingrid, Zeila y Sartê, concentrados, frente a la mesa, sobre los mapas, planeaban estrategias de asalto con los integrantes de La Orden de la Medianoche, quienes les enseñaban como activar las armas, usar los radios, utilizar el equipo de seguridad, chalecos y demás. Estudiaban detalladamente el plan de ataque. Niko por su parte, dos pasos atrás, ensordecido, callado, los observaba indistintamente a la distancia. Su mente estaba en otro lado, absorto, pensando en el momento en el que se enfrentaría al caído Atrespitus, al líder de los Hāru. Sonreía levemente, al ver que la orden les había inyectado una

nueva energía, aquella esperanza perdida de poder vencer a alguien muy superior, en número y fuerza. Muy
dentro de él, decepcionado, sentía que Markus y los
Atrespitus, los habían abandonado a su suerte.

∞  ∞  ∞  ∞  ∞

# 19

## Abu Rawash

—Pensé que nunca lo harías Rupert.
    —Tenía que robarte un beso antes de la gran batalla.

—Espero que sean muchos más —a la distancia, Zeila los observaba, se acercó y le dijo a Yelena:

—No es un mal chico, es solo que siempre esta metiéndose en problemas —lo dijo con una gran sonrisa.

—¿Qué le parece?, ahora me he metido en el más grande de ellos —le dijo Rupert mirándola con una gran sonrisa en su rostro.

—Espero que no sea lo que estoy pensando —dijo Yelena, alejándose de ellos en busca de Dawson.

El grupo finalmente estaba listo al filo de las ocho de la noche. Abordaron las camionetas, Zeila le insistía a Ingrid que se quedara con ella, la miró dulcemente a los ojos diciéndole:

—Prefiero vivir un día con esta intensidad a diez años detrás de un escritorio.

—Nos veremos por la mañana, cuídate mucho —dijo Zeila abrazándola.

Dos de los integrantes de la orden, Gregg y Sergei, se habían adelantado para comunicarse con el grupo en caso de que hubiera habido cambios en la situación de los puntos de seguridad. Niko les pidió que mantuvieran su distancia, pues había observado a un grupo de daimōnes en forma natural, invisibles para el ojo humano. Le informaron que estaban equipados con lentes de visión nocturna, para tratar de detectarlos a la mayor distancia posible.

Al acercarse al entronque donde se encontraba el convoy de seguridad más numeroso, se separaron en dos grupos, uno de cinco personas incluyendo a Niko y Rupert quienes se dirigirían al borde del río Nilo, ya que era el sitio más vulnerable. Planeaban escalar hasta llegar a las ruinas donde se encontrarían con el segundo grupo que estaría dirigido por Yelena. Ingrid, serviría de guía para detectar la entrada a los laberintos de Abu Rawash una vez burlada la seguridad.

Era una noche oscura, de interlunio, el viento arreciaba en el desierto sin producir, por el momento, los característicos arenales asociados con la primavera en Egipto, las constelaciones eran claramente visibles en un cielo estrellado, esa vigilia, serviría a su propósito de dibujar un mapa, una guía al *katarráktēs occultum*.

Dentro de la camioneta, solo el movimiento de las llantas sobre la arena rompía el silencio abrumador dentro de la cabina.

El primer grupo se acercó al punto de seguridad, la mayor parte de los integrantes bajaron con la excepción de dos, Ingrid y Lucas que utilizaban la camioneta como distracción mientras los demás, que caminaban silenciosamente se aproximaron por los flancos guardando su distancia. Ingrid manejaba y, al verlos, se detuvo frente a ellos. Uno de los guardias se avecinó repentinamente, comunicándole que la entrada estaba prohibida, que diera marcha atrás. Les informó que se encontraba perdida y les pedía direcciones para llegar a Abu Rawash, los guardias, enfadados, le reiteraban que la entrada estaba censurada, que regresara inmediatamente por donde vino. En ese momento, Dawson poco después de utilizar sus sofisticados métodos de detección, le mencionó a Yelena a través de la radio que se trataba de daimōnes, y silenciosamente le indicó al grupo que apuntaran sus armas a los cuatro guardias y esperaran su señal. Ingrid, movió la camioneta hacia atrás y al exponerse los guardias, eran blancos claros, dispararon al unísono, tiros certeros que produjeron que los cuatro explotaran en mil pedazos produciendo ese olor petulante y flamas rojas. Sorprendida, cubría su nariz y con los faros del vehículo apagados lentamente dio marcha hacia delante, acercándose lo más posible a la entrada de las ruinas. Tomó la radio, descendió de la camioneta y con binoculares observaba a la distancia aquellas estructuras circulares, donde hacía ya veinte años se encontró con la entrada a los laberintos internos. Trataba lo más rápido posible de identificar cuál de ellas era la correcta, pensando en silencio, "por fin, volvemos a encontrarnos".

La constelación de Orión se encontraba sobre la tercera estructura circular. No estaba completamente segura de ello, vacilaba en sus decisiones, pero tenía que actuar lo más rápido posible. A la distancia, no observaba guardias, pero sabía claramente que había daimōnes resguardándola en su proximidad. Le pidió a través de la radio a Dawson que activara el detector. Sin embargo, la explosión de los daimōnes ya había alertado al segundo punto de seguridad que se encontraba sobre las ruinas.

Los daimōnes se dirigieron a la entrada, Ingrid descendió de la camioneta acompañado por Lucas, se movían pausadamente tratando de no producir sonido alguno que pudiese alertarlos en proximidad al umbral del laberinto.

En la oscuridad y silencio de la noche, ahora aunados al viento que aumentaba en intensidad, escuchaban movimientos desorganizados al igual que sonidos graves, diabólicos. Se encontraban aproximadamente a cincuenta metros de la entrada que Ingrid les había indicado. Lucas, se movía por enfrente de Yelena, se detuvo momentáneamente al ver a Gregg y Sergei tendidos sobre las rocas, iluminó sus cuerpos con la lámpara de mano que portaba, y notó que en su abdomen demostraban enormes perforaciones, las rocas donde yacían los cuerpos estaban cubiertas de sangre. Lucas se puso de rodillas, tomó a Gregg del cuello, levantando su cabeza con cautela, sus ojos se llenaron de lágrimas al ver su cuerpo inerte, sin vida. Volteó rápidamente a ver a Yelena, quien murmurando le dijo:

—No podemos hacer nada por él. Déjalo ir Lucas — utilizando movimientos con sus manos, indicó a los demás que se separaran en grupos de dos. Tomó a Ingrid de la mano quien se encontraba catatónica—, vamos, tenemos que seguir adelante.

Lucas cerró los ojos de Gregg acostándolo pausadamente en el suelo al igual que a Sergei, diciendo una oración en silencio. Se puso de pie y continuó hacia delante, dejando atrás a sus caídos compañeros.

Dawson continuaba intentando fervientemente detectar la presencia de daimōnes, Yelena con cierta desesperación, le señalaba que se apresurara. Momentos después, volteó a verla moviendo su cabeza negativamente, indicándole que había por lo menos cinco de ellos en proximidad a los monumentos circulares. Yelena le indicó al grupo que utilizaran los lentes de visión nocturna, Dawson insistía que aún así, iba ser complicado identificarlos, solamente podrían verlos a unos cuantos metros, lo cual sería muy tarde, forzosamente tenían que crear una distracción lo antes posible.

Mientras tanto, el segundo grupo se encontraba muy cerca de llegar a la cúspide de la meseta donde se encontraban las ruinas de la pirámide. Rupert fue el primero en llegar, ancló un punto de seguridad y lanzó cuerdas hacia abajo para asistir a Sartê quien estaba teniendo dificultad al subir. Una vez estando los cinco ya sobre las ruinas, Rupert se comunicó con Yelena notificándole que estaban listos, específicamente quería saber cuál era el punto de entrada. Le informó que había cinco daimōnes resguardándola, dándole indicaciones precisas sobre la localización del monumento circular, también les notificó que Gregg y Sergei habían muerto, víctimas de un previo enfrentamiento con los daimōnes. Niko, al escucharla, sacó su espada del arnés y se dirigió rápidamente al sitio que Yelena les había indicado.

Poco antes de llegar, identificó a los daimōnes, guerreros, muy similares a aquel con el cual, se había enfrentado en Aragus frente al tercer portal. Tenían facciones más definidas, semejantes a los seres humanos, portando cuerpos bestiales que contaban con puntiagudos apéndices letales, de por lo menos dos metros de altura.

Al notar que Niko se aproximaba, se abalanzaron sobre él, Rupert quién corría a su lado notó cómo los ojos de Niko brillaban con aquel destello de color azul zafiro que iluminaba la oscuridad de esa noche. Con una destreza inusual, destruyó a tres de ellos con movimientos coordinados de su espada, la velocidad con que la que se desplazaba era asombrosa. Rupert disparó su rifle destruyendo a uno de ellos mientras Yelena y Lucas hicieron lo mismo por el flanco derecho. Al detenerse, Niko, volteaba a sus alrededores que parecían estar en calma. Inmediatamente, amarraron dos cuerdas sobre el monumento que había escogido Ingrid, y tiraron de ellas hasta mover la pesada placa de piedra circular que se encontraba cubriendo la entrada, para encontrarse que por detrás de ella había solo piedra caliza. Ingrid, intranquila, utilizando su lámpara se dirigió a la siguiente estructura, analizaba las constelaciones en un cielo que ahora se cubría con arena, en silencio, escudriñaba su segunda opción, finalmente encontrándose con ese símbolo inadvertido, esa 'Y' tergiversa labrada en la parte lateral, cubierta parcialmente por las rocas adyacentes.

—Por favor discúlpenme, después de ver los cuerpos, olvidé por completo la marca —Sartê se acercó a observar el símbolo que le traía amargos recuerdos—, ayudó a atar las cuerdas a la estructura.

—En efecto, éste es el símbolo, espero que sea la correcta —volteaba a su derecha divisando por lo menos otras veinte estructuras similares.

—¡Estoy segura! —Decía Ingrid.

Al movilizarse, despidió una ráfaga de viento de manera violenta, tres daimōnes saltaron golpeando a Lucas, lanzándolo diez metros en el aire, Niko inmediatamente los embistió, destruyendo a dos de ellos casi instantáneamente, el tercero, con cautela se acercaba a él, de gran estatura con  apariencia inusual, algo que no había observado anteriormente. Su figura de pronto se volvió visible, sonreía tenebrosamente moviendo su cola lanzando golpes indistintos, Yelena disparó su arma sin avío al igual que Rupert, quién lo hacía sin cesar gastándose la totalidad del cargador. El daimōn, al verlo, cambió de dirección y se abalanzó sobre Rupert, golpeando la tierra con su letal apéndice a solo unos cuantos centímetros de donde se encontraba. Niko, se desplazó con tal velocidad, que en una fracción de segundo estaba enfrente de él, deslizándose por la arena hasta llegar por debajo de su cuello, movió su espada ágilmente decapitándolo de un solo tajo. Se reincorporó, mientras el cuerpo del daimōn se consumía en flamas rojas. Los miembros de la orden, azorados, guardaban completo silencio al ver a Niko destruir a ese gigantesco monstruo.

—Gracias por salvar mi vida Niko. —dijo Rupert. — ¡Vamos! no debemos perder más tiempo, traigan sus lámparas.

Iluminaron la entrada al laberinto, sus paredes eran de piedra y observaron una larga escalinata, con pendiente muy aguda. Un prominente olor a enclaustro emanaba del fondo de la caverna. Yelena preparó una antorcha mojando un trozo de tela con keroseno, atándola a una roca, la encendió y la lanzó hacia la profundidad del túnel, observando su caída de por lo menos treinta metros, cuando finalmente tocó el suelo. Levantó su cabeza al oír a Rupert decir:

—No entiendo cómo pudieron introducir equipo electrónico a este lugar a través de esta cueva, debe forzosamente de existir otra entrada.

—Al pie de la colina noté una estructura extraña, parecía que recientemente fue cubierta por grava aparente y rocas en el suelo —dijo Sartê—, está localizada poco antes de donde empezamos a escalar.

—Si ése es el caso, está apuntando al norte, tengámoslo presente en caso de emergencia. ¿Listos? —dijo Rupert.

—¡Espera!, Rick, Jake, por favor vayan a ese sitio del que habla Sartê y traten de abrir esa entrada. Será de suma utilidad en el peor de los casos, ¿quiere acompañarlos doctor Sartê? —dijo Yelena.

—De acuerdo, pero entraré por ahí. No quiero perderme de nada.

Niko fue el primero en descender por la escalinata, lo hacía con su espalda hacia el túnel, fue seguido por Yelena y muy pronto por el resto del grupo. Colocaron lámparas en su frente con arneses especializados y caminaban lentamente tratando de ser lo más silenciosos posible. Al avanzar a través de los lóbregos túneles, Yelena hablaba para sí misma en voz baja:

—"Aún si voy por valles tenebrosos, no temo peligro alguno, porque tú estás a mi lado".

—Me gusta lo que dices, ¿de dónde lo sacaste?

—¿No lo habías escuchado?

—No.

—Es de un gran libro, donde hay muchísimas más reflexiones como ésta, prometo regalarte uno si salimos con vida de esto —le dijo sonriendo.

—Bien —le dijo Rupert en voz baja.

Recorrían los pasillos en busca de la gran incógnita, la oscuridad que los rodeaba no solo era física, era mucho más profunda, solo se escuchaban los sonidos de su forzada respiración y el ocasional golpear de las gotas de agua acariciando el suelo que pisaban. No era un momento de reflexión, estaban ahí porque convencidos, buscaban una solución a eventos pasados que casi ciegamente los habían llevado a ese laberinto. La adrenalina era casi palpable, se apreciaban sus rostros sutilmente iluminados por las lámparas, algunos, llenos de temor y otros de convencimiento, se apoyaban unos con otros, con una insaciable necesidad de hacer contacto para olvidar la soledad.

Después de unos momentos, al haber recorrido casi cien metros, sonidos grotescos, a la distancia, rompieron finalmente el silencio. Decidieron apagar sus lámparas y continuar con sus aditamentos de visión nocturna, en completa oscuridad. El túnel, poco más adelante se dividía en tres, se detuvieron abruptamente para decidir cuál de ellos tomar. Ingrid se acercó a Rupert y a Yelena, observaba las paredes detenidamente, tocaba el suelo en busca de pistas que les permitieran tomar la decisión adecuada. Notó pisadas en el túnel que se dirigía hacia el este, les indicó que avanzaran por ahí, marcándolo con una estaca. Los sonidos se hacían aún más audibles al acercarse al final del túnel.

Niko observó un objeto moverse a la distancia, se colocó al frente del grupo, extendió sus manos señalándoles que se detuvieran. Les pidió que lo esperaran por un momento mientras se dirigía a esa silueta distante, Rupert le preguntaba:

—¿Qué ves Niko?

—Espera, ahora regreso.

Avanzó unos cuantos metros, notando que esa silueta se acercaba sigilosamente hacia a él, decidió encender su lámpara frontal, desenfundó su espada y poco antes de llegar, tomó un suspiro al ver a Markus, colocando su dedo frente a su boca, pidiéndole silencio. Al estar más cerca, le dijo:

—Solo son unos cuantos metros para llegar a la cámara del *katarráktēs occultum.* Hay por lo menos cincuenta daimōnes guerreros junto a Agedon y Junier, al igual que algunos de los científicos de Greenwich. Al entrar, estaremos en una posición elevada. Tenemos que actuar rápidamente.

—Ellos son un grupo de jóvenes que se dedican a destruir daimōnes —decía Niko.

—Lo sé, he seguido sus pasos en Londres por varios años. Serán de gran ayuda.

—¿Con quién hablas? —Decía Rupert.

—Discúlpame, no soy visible para ellos —Niko se acercó a Rupert diciéndole:

—Es Atrespitus Markus —volviéndose visible se acercó a ellos diciéndoles:

—Deben ser precisos en sus disparos, colóquense en

una posición cubierta al entrar, en completo silencio, antes de hacer cualquier movimiento. Ahora se encuentran en una ceremonia, se autodenominan los Hāru —Ingrid sonreía al oírlo—, es un placer conocerles y les agradezco su ayuda —poniendo su puño sobre el pecho.

Los miembros de la orden al igual que Ingrid, asombrados, miraban a Markus sin cesar, al Atrespitus, un monumento en sus mentes, del aquél de quién hablaban las leyendas.

Lentamente se dirigieron a la cámara donde la gran ceremonia tenía lugar, diseñada por Djedefre, no para su glorificación, sino para hospedar al grupo de los Hāru, en la profundidad de la tierra debajo de su sepulcro, de su gran pirámide, sirviendo irónicamente a la oscuridad. Por encima, su monumento sería destruido para solo dejar raíces enterradas en esos laberintos, que finalmente resurgiría de la muerte, a un ejército proveniente de una dimensión desconocida, con el único propósito de desmembrar el edificio de la humanidad.

Al entrar, notaron que era un amplio salón lúgubremente iluminado, más grande aún que las tumbas de los faraones. El techo de la bóveda era de gran altitud, rebasando fácilmente los cincuenta metros. El dios egipcio "Horus" se encontraba plasmado en la pared edificada hacia el Norte, con múltiples jeroglíficos rodeando la figura de la deidad con rostro de halcón. En el centro del salón, estaba la cavidad de la que elocuentemente hablaba Vogel, muy similar a la que habían visto en Greenwich, una torre central rodeada de cables y grandes estructuras de metal encerrándolo, aquel brillante diseño creado por la genial imaginación del astrofísico, Mikahil Eranher.

La mayoría de los daimōnes tenían forma humana, encabezándoles, estaba su líder, el apuesto joven, vestido con un atuendo reminiscente al antiguo Egipto, con sus cabellos largos y ojos soñadores. Niko, por su parte, claramente podía observar su verdadero rostro detrás de su apariencia angelical. Agedon, enfáticamente hablaba ceremonialmente en un dialecto sucedáneo al griego antiguo, preparándolos para la entrada del ejército proveniente del décimo portal en Aragus.

Se posicionaron cautelosamente detrás de grandes estructuras rocosas, tenían la ventaja de estar en una posición elevada, con blancos estáticos, solo esperaban la señal de Markus para iniciar la batalla.

Por su parte Sartê, Jake y Rick se dirigían a través de los túneles en busca de la cámara donde pretendían abrir el portal. Entraron al laberinto por el este, donde arduamente habían abierto la entrada alterna que Sartê había descubierto, a solo unos metros del afluente del Nilo.

Al llegar a la unión de los tres túneles, notaron la marca que Ingrid había dejado, a la distancia, oían claramente la voz de Agedon hacer eco por los pasillos, como una llamada a su destino. Caminaron, jadeando, hacia la cámara central y al llegar, Sartê perdió el balance, cayendo muy cerca de la escalinata que los llevaba a la parte inferior donde se reunían los Hāru. Solo tomó un instante, para que ese tenue sonido los alertara, uno de ellos saltó con gran velocidad posicionándose enfrente de Sartê, en ese momento, inevitablemente los disparos surgieron, había dado comienzo la gran batalla.

El daimōn frente a Sartê se disponía a atravesarlo con su puntiaguda cola cuando Niko, saltó cortándola y con una estocada de su espada lo partió en dos. Sartê, confuso, se reincorporó, mientras Niko con un salto colosal, descendió a la plataforma donde Agedon se dirigía al centro de la cavidad para colocar su *ditrane*, con la intención de iniciar la singularidad que crearía el portal.

Estaban finalmente frente a frente, se miraban en lo más profundo del alma, mientras detrás de ellos, tenía lugar la épica batalla.

Markus con increíble sagacidad destruía a los daimōnes que a pesar de su velocidad, perecían al filo de su espada. Próximo a él, lo inevitable, un grupo considerable de los miembros de la orden, habían perecido tras los ataques de estos feroces daimōnes guerreros. Junier, aquel demonio milenario, fiel sirviente de Agedon, se acercaba a Niko por su espalda desenfundando su espada, al verlo, Markus se interpuso en su camino, diciéndole:

—¡No te permitiré que le hagas daño! —Junier sonreía, al escuchar a Markus decirlo.

—Es el destino de la humanidad, ¿por qué te resistes Markus?, tú mejor que nadie lo sabes bien, permite sin más obstinación que Agedon abra el portal, a cambio, le perdonaré la vida a los restantes de tus queridos seres humanos. Déjanos terminarlo, no te interpongas. Para serte sincero, pensaba que te encontrabas acompañando a tus confundidos compañeros Atrespitus, en Markawasi.

—¡Ah! Junier, siempre tan jovial. Es tiempo que regreses al décimo portal, daimōn.

Los destellos de sus espadas al hacer contacto, iluminaban la cámara del *katarráktēs occultum*, por momentos, desaparecían para volver a resurgir violentamente en otro sitio, no tan distante, renaciendo, para finalmente cesar al son de la voz de Markus, quién derribando a Junier, ahora susceptible tendido en el suelo, imploraba piedad. Cerrando sus ojos, Markus enterró su espada en lo más profundo del pecho de Junier. El demonio milenario partía por siempre, dejando atrás una nube negra con destellos corintos, que se elevaron hasta la parte más alta de la cámara.

Por un instante, desorientado, Markus, volvió su mirada a la cavidad donde se encontraban Agedon y Niko. Al acercarse, por sus costados le atacaban daimōnes tratando de detenerlo, mientras observaba a la distancia a Niko enfrentarse a otros en proximidad a la torre, en el centro de la cavidad donde ya se encontraba Agedon haciendo las preparaciones finales para crear el infame portal, se despojó de su atesorado *ditrane* frente a ellos, donde escondía la energía oscura proveniente de las vidas de jóvenes inocentes, escondiéndose detrás de un brillo incesante, intenso. Lentamente lo colocó en la hendidura diseñada para absorber y multiplicar esa energía que le permitiría crear la deseada singularidad, era el momento y el lugar preciso que cambiaría el destino de los seres humanos. Sonreía macabramente.

Rupert, al verlo, gritó con gran fuerza.

—Niko, ¡ahora!, ¡por favor, tienes que detenerlo!

Niko, al observar que el momento llegaba, aquel espejismo que lo acosaba noche tras noche sin cesar, finalmente estaba frente a él. Continuaba ferozmente luchando con los daimōnes que protegían a Agedon, sabiendo ahora, más claramente que nunca, que tendría que activar el suyo, para crear esa doble singularidad de la que Vogel le hablaba, donde se escondería ese horizonte de eventos, que lo llevaría a perderse en el infinito, posiblemente de nuevo a Aragus.

Sus pensamientos fluían tan rápidamente en relación a la batalla, que todo parecía ocurrir con extrema lentitud, lo que le daba una inusual claridad a sus pensamientos. "La doble singularidad", pensaba Niko, crearía seguramente una explosión masiva que, sin duda, destruiría todo lo que yacía en la cámara. Sin inmutarse, se dirigió a Rupert quién se encontraba próximo a la escalinata.

— ¡Deben salir ahora! — Al oírlo, Agedon le dijo:

— ¿De qué hablas Eligium?, no habrá lugar en este mundo donde se puedan esconder al descender mi ejército.

Rupert, al ver a Niko frente a Agedon, observando la inevitabilidad de saber que no había escapatoria, decidió salvar a quienes aún se encontraban con vida. Tomó a Lucas del brazo y él, por su parte a Dawson y Polinia que se encontraban próximos, buscando con desesperación a Yelena.

Al borde de las escaleras se encontraba Sartê, tendido en el suelo, mal herido. Lo levantó colgándolo sobre su hombro, y con la ayuda de Dawson finalmente lo sacaron de la cámara infernal. Yelena disparaba incesantemente, al observar a los miembros de la orden salir, decidió correr lo más rápidamente posible para encontrarse con los brazos de Rupert, quién le indicó que estaría detrás de ellos muy pronto, debería seguir a Lucas para encontrar la salida alterna mientras él buscaba a Ingrid. Al entrar de nuevo a la cámara, Agedon con sus brazos al aire observaba con júbilo como se creaba ese majestuoso portal, la cúpula de la cámara se convertía en un cielo abierto, transparente. Al otro lado, no había estrellas, solo un vislumbre del décimo portal de donde descendían figuras indescriptibles. Las paredes comenzaron a temblar rítmicamente.

Los científicos de Greenwich que acompañaban a Agedon, temerosos, salieron apresurados de la cámara por la parte trasera, entre las rocas. Al correr, el último de ellos se despojó de su máscara y Rupert alcanzó a ver su desnudo rostro por solo un instante, que quedaría marcado en su memoria por siempre.

Niko, lentamente entró a la cavidad, sujetando su *ditrane* que pulsaba brillantemente siguiendo el ritmo de su corazón. Al verlo, Agedon de nuevo se dirigió a la torre central, tratando de evitar que interrumpiera al portal, sonriendo. Markus de un salto se introdujo en la cavidad. En ese preciso momento, los tres estaban atrapados en el centro del origen de la singularidad.

Repentinamente, el *ditrane* de Niko, creaba su propia energía, pulsando una hermosa luz azul que crecía a cada segundo, finalmente, hizo contacto con la singularidad creada por Agedon. Rupert tomaba lentos pasos hacia atrás, en espera. Al estar al borde de la salida, escuchó un quejido distante, la voz de Ingrid, que se encontraba atrapada, mal herida, entre rocas que habían caído de las paredes de la cámara durante la batalla, inmovilizada, miraba atónita los eventos dentro de la cavidad. Rupert se dirigió apresuradamente hacia a ella y, poco antes de llegar, notó que la mirada de Ingrid, se desvanecía. Al estar junto a ella, tomándola de la mano, se percató que se encontraba sin vida. Una sonrisa había quedado marcada en su rostro, al verla, con gran tristeza pensaba: "La gran aventurera, historiadora, ha partido, nos ha dejado, siendo parte de un épica historia, de la cual, partícipe, jamás podrá relatar ".

Cerró sus ojos acariciando su cara, rápidamente se dispuso a salir de la cámara al sentir que el temblor se convertía en un terremoto. Las singularidades chocaban una con otra.

∞ ∞ ∞

Rupert describió esos últimos momentos de la vida de Niko en su codiciado diario diciendo:

"Era como ver, por un momento, por un breve instante, como el bien, neutralizaba al mal. Un espejismo, una alucinación, una dualidad, un infinito conflicto, no sé cómo llamarlo. La calma, el silencio, el pasar de los segundos, parecían detenerse enfrente de mí, incoherentemente, como acariciándome, invitándome a presenciar el final.

Los esotéricos conceptos en los cuales los grandes protagonistas eran el tiempo, espacio, energía, masa, palabras que aprendí de la boca de grandes científicos, no significaban nada para mí, un simple oficial de policía. Fue hasta ese momento que comprendí, siendo testigo presencial, la grandeza de su relación.

Me retiré lentamente al sentir una combinación de tristeza y alegría, al ver a Niko, mi gran amigo, frente a su destino, mártir por la gran causa, desaparecer por siempre en compañía de Markus y Agedon, detrás de una nube cristalina, seguida por un... fabuloso destello. Fue un privilegio para mí, haber cruzado su camino.

Poco después, una ola de energía surgió del centro de la cavidad, extendiéndose rápidamente, destruyendo la gran paz que solo por unos instantes se apoderaba de mi ser.

Corrí lo más rápido posible a través de los intrincados túneles del laberinto hasta encontrar la salida en la base de cima, donde oía mi agitada respiración aunarse con la corriente del Nilo. Los miembros de la orden y Sartê me miraban, el montículo temblaba sin cesar. Mi acerqué a Sartê, suspiraba dificultosamente preguntándome con sus ojos cerrados,

—¿Lo logramos Rupert?, ¿destruimos al monstruo?

—¡Así es Kyle!, Agedon ya no existe, ahora descansa.

Fueron solo unos instantes después cuando su respiración se apagó, como si hubiera esperado pacientamente para escucharlo de mis labios antes de partir, dándole cierre a su anhelado cometido. No estoy seguro del todo, pero me pareció percibir... su alma, separarse, seguida por una explosión colosal detrás de mí. Sus bellísimos destellos iluminaron la noche, elevándose al cielo, seguramente seguidos por las almas de los caídos miembros de la orden, Sartê, Ingrid y Niko.

Todo finalmente había terminado, detrás de esa masi-

va explosión que observábamos en silencio, se desvanecía un plan macabro, solo dejando huella en nosotros, testigos de una historia que inevitablemente, con el pasar del
tiempo, terminaría en leyendas y mitos.

Al paso de las horas, de los días, sentía finalmente el
frío de un vacío indescriptible, al haber perdido a grandes
amigos en la oscuridad de una noche en el desierto de la
cuna de una civilización perdida, que escondía los secretos de una batalla que jamás podré contar con detalles.

De los escombros, las historias surgieron como hierba
mala en los medios de comunicación, manejándose como
un fallido atentado por parte del pueblo judío, de destruir
la historia del antiguo Egipto. Sonreía, al ver como nosotros, la humanidad, buscamos las explicaciones simples a
eventos que no podemos entender, tratando lo más posible de hacerlos mundanos, lógicos, incorruptibles."

∞ ∞ ∞ ∞ ∞

# 20

## El encuentro

*E*L SOL APENAS SE ASOMABA EN UNA MAÑANA ÁLGIDA *después de una noche tormentosa en Fairbanks, Alaska. El doctor Bremman se asomaba por la ventana observando la belleza de los nuevos rayos del sol reflejarse sobre la nieve y el hielo. Clayton y su padre habían pasado toda la noche envueltos en la asombrosa historia.*

*— ¿Qué pasó con Rupert papá?, ¿murió mi abuelo en Abu Rawash? — Preguntaba Clayton ansiosamente.*

*— Limpiándose las lágrimas de sus ojos, el doctor Bremman abrió de nuevo el diario de Niko, que leía fervientemente diciéndole:*

*— No es aún el final de la historia, Rupert continuó escribiendo en el diario, hasta que una tarde de primavera, dos años después de haber ocurrido los eventos en Abu Rawash, después de haber aparecido en las noticias de Anchorage, le entregó este diario a tu abuela.*

*— Por favor continua papá.*

—Al oír que se acercaban las autoridades a Abu Rawash después de la gran explosión, Yelena, Polinia, Dawson, Lucas y Rupert, los únicos sobrevivientes de los eventos, se retiraron silenciosamente a la villa de Zeila.

Al llegar, Zeila ansiosamente esperaba el regreso de Ingrid, se encontraba pegada a la radio escuchando las noticias del "bombardeo", que según ellos, había ocurrido al norte de Guiza. Las camionetas se detuvieron por la parte trasera de su casa. Al bajar los integrantes y no ver a Ingrid, sus ojos se llenaron de lágrimas, sabía que jamás regresaría. Lucas, tenía heridas en su cara y sus brazos, la mayoría presentaba únicamente pequeñas lesiones, solo huellas, marcas transitorias, de la batalla.

Los invitó a entrar a su casa donde atendió las heridas de Lucas. Al ver a Rupert, se abalanzó sobre él, sujetándolo de su chaleco para después abrazarlo llorando histéricamente.

—¿Murió Ingrid? —Rupert solo movió su cabeza afirmativamente. Zeila lo abrazaba, inconsolable.

Yelena le explicaba calmadamente lo que ocurrió en los laberintos de Abu Rawash, mientras Rupert guardaba silencio, reminiscente, reflexivo.

Zeila hizo planes a través de la embajada británica para que viajaran por automóvil hasta Argelia, donde tomarían un vuelo al corazón de Europa. Temía que las autoridades militares aún continuaran buscándolos, serían presa fácil en el aeropuerto de El Cairo.

Los sobrevivientes de la orden, regresaron a casa en Londres con la excepción de Yelena, quien acompañaría a Rupert a Anchorage por una temporada.

Unos meses después de regresar, Rupert fue reinstituido a la fuerza de policía de Anchorage, trabajando como detective bajo la supervisión de Groenning.

Una tarde lluviosa, al estar a punto retirarse de la

comandancia de policía, Rupert se encontraba abrumado, al estar acomodando el escritorio de su nueva oficina, cuando accidentalmente, ese nombre, que en el
pasado lo ha-bía atormentado, embrujado, quedando en
el olvido, ahora resurgía de entre los papeles que se disponía a archivar.

"Steven Giley", leía Rupert, tomando la gruesa carpeta
entre sus manos. Al abrirla sobre su escritorio, miraba sus
notas, las grotescas fotografías de la autopsia de Steven y
al final del folio, encontró las notas de Mikahil Eranher,
donde estaba adjunta la traducción que Sartê había realizado. Al mirarla, una gran tristeza lo envolvía, no solo era
el hecho de que sus compañeros, que se habían converti-
do en grandes amigos, habían dejado de existir, de ser.
No podía darle cierre a la historia, sentía cómo sus cora-
zones pulsaban con el suyo, indicándole que algo más en
el horizonte... se asomaba.

Al salir se topó con Groenning, quien al mirarlo veía
como la tristeza lo ahogaba entre sollozos. Le dijo que tomara unos días de asueto, que visitara a su familia, que se
dejara crecer la barba, que olvidara. Rupert, con una media sonrisa, aceptó su ofrecimiento. Le indicó que regresaría en un par de semanas. Guardando el expediente de
Steven en su portafolios, se dirigió a casa.

Al llegar, Yelena estacionaba su auto frente al departamento, los dos, cubriéndose de la lluvia bajo el tejado, se
vieron a los ojos, sin importarles la tormenta, se besaron
apasionadamente, Rupert no podía dejar de abrazarla, sus
lágrimas se mezclaban con la lluvia, desapareciendo, sin
dejar huella. Entraron al departamento y Yelena le dijo:

—Me encantó tu beso, ¿besarme bajo la lluvia?, te adoro, pero no eres tan romántico, ¿qué te ocurre?

—No es nada. Un poco triste, es todo. Qué te parece si vamos a visitar a mi tía Euphigenia en Letchworth, estoy seguro que te agradará el bosque, tomé un par de semanas de vacaciones, después, iremos a Londres.

—Ahora mismo saco mi maleta.

Yelena, al empacar sus objetos personales, su mirada se fijó en la esquina del armario donde guardaba en una caja de cartón, los aditamentos que utilizaron para la incursión en Abu Rawash, lentes de visión nocturna, el "Fuego de Dawson" y su pistola Luger 9 mm, la cual, acariciaba entre sus manos.

—¿Qué hacemos con todo esto?

—Tráelo contigo, al regresar a Londres seguramente lo necesitaras.

—¿En el avión?

—No te preocupes, irán en el área de cargamento, con mis credenciales de detective no habrá problema alguno.

Volaron a Rochester por la mañana, al rentar una camioneta en el aeropuerto les notificaron que se encontraban bajo la primera tormenta invernal, y seguramente los caminos se encontrarían cubiertos de nieve, difíciles de transitar.

Salieron rumbo al sur de Rochester, sorpresivamente encontrándose con un bloqueo en la autopista interestatal 390 hacia Letchworth, debido al mal clima y un accidente automovilístico, las autoridades les pidieron que se desviaran por la carretera a Clifton, hacia el oeste, lo cual agregaría varias horas a su viaje, el tráfico fue tedioso por

tres horas, cubriendo un tramo de distancia que normal-
mente era de una hora.

Llegaron al atardecer, al hermoso y denso bosque de
Letchworth. Al ascender a través del inclinado camino
que afortunadamente habían recientemente limpiado del
hielo y la nieve, a la distancia, Rupert observaba salir humo de la chimenea de la cabaña del profesor Rike, vecino
de su tía. Al estar más cerca, le comunicó a Yelena que
pensaba visitarlo durante su estancia, reminiscente de los
eventos ocurridos en su última visita, como reviviendo
recuerdos perdidos.

Al llegar, Rupert sorprendió a Euphigenia, siendo que
no la había llamado con anterioridad para informarle que
llegaría esa tarde. Estaba feliz de verlo, curiosa por su
compañía, le preguntaba acerca de Yelena. La presentó
como su novia, poniendo una gran sonrisa en el rostro de
su tía. Les preparó una deliciosa cena, cocinando los plati-
llos favoritos de Rupert, que traían memorias de su infancia en compañía de su hermano Laurence.

Al día siguiente, entre la nieve, caminaron por el bosque hasta llegar al lago donde encontraron a su hermano
sin vida. Los tristes recuerdos lo invadían ensombrecien-
do a la gran alegría que Rupert sentía en compañía de su
amada Yelena.

Se sentaron en la misma banca de madera donde ellos
solían pasar horas disfrutando de la naturaleza, Yelena,
notó las iniciales "L y R" inscritas en la madera, deslizaba
sus dedos sobre ellas, mientras  Rupert le contaba de sus
días de infancia, lo felices que fueron visitando a su tía
todos los veranos y días festivos.

Yelena, tiritando de frío, le pidió a Rupert que regresaran a casa de Euphigenia. De camino, observaron el bello atardecer en el bosque, el filtrarse de los últimos destellos del día entre la densa arboleda que los rodeaba.

Al observar a la distancia la casa de Rike, decidió visitarlo, pidiéndole que lo acompañara. Yelena, cansada, friolenta, se disculpó, diciéndole que lo alcanzaría mas tarde.

Al ver que Yelena entraba a casa de su tía, se despidió de ella con un apasionado beso y continuó caminando rumbo a la antigua cabaña del profesor Rike. Poco antes de llegar, escuchaba rápidos movimientos aunados a gruñidos con entonación grave, se detuvo por unos segundos, temía que fuera algún depredador del bosque. Al no observar nada, los sonidos finalmente desaparecieron a la distancia.

Se acercó a la puerta, notó que estaba entreabierta, y a través de la apertura, observaba fuego que ardía en la chimenea en una sala vacía, tocó suavemente llamando al profesor.

—¡Profesor Rike!, soy Rupert, —sin respuesta.

Decidió cerrar la puerta, y caminaba de regreso a casa de su tía, cuando de pronto, a la distancia, oyó que lo llamaban:

—Rupert, ¡qué gusto!, anda pasa, hace mucho frío, estaba en mi estudio, ¿qué ocurre ahora?, ¿se averió tu automóvil de nuevo?

—¿Cómo está profesor?, solo vengo a visitarlo —sonreía.

—Por favor pasa.

Al entrar, Rike le pidió que se sentara frente a la chimenea. Rupert, se despojó de su chamarra y disfrutaba el agradable calor que emanaba de la fogata, poniendo sus manos cerca de ella.

—¿Visitando a tu tía?

—Así es, tomé unos días libres, necesitaba despejarme.

—Usted, ¿cómo ha estado?, ¿qué tal el trabajo en la universidad?

—Estoy casi retirado, en los últimos meses solo me dedico a escribir los resultados de mis experimentos —sentándose frente a Rupert, su rostro iluminado por las flamas del fuego que ardía en la chimenea, como un destello de claridad, aparecieron en su mente las imágenes de aquella noche en la cámara de los Hāru, en Abu Rawash. Aquel científico, quién corría tratando de escapar poco antes de la explosión. "Será posible, se preguntaba Rupert incesantemente". Se levantó, de golpe, del sillón donde estaba cómodamente sentado —¿Qué pasa Rupert?

—¿Podría usar su baño?

—Claro, está al final del pasillo, mientras prepararé un té caliente.

Su corazón palpitaba rápidamente, faltándole la respiración al caminar, nauseabundo, su cuerpo se doblaba hacia adelante intentando externar esa lacra que se acumulaba dentro de él. Humedeció su cara, tomaba grandes suspiros con la intención de controlar esos sentimientos a flor de piel, necesitaba su mente clara, poder ver lo que se escondía en la oscuridad, por todos estos años, ese parásito que lentamente se alimentaba de su alma.

Rupert, de naturaleza impulsiva, temía que sus sentimientos lo traicionaran al confrontar a Rike. En su camino de regreso a la sala, miraba los diplomas colgados en las paredes, donde una de ellas decía: "Quintesecnce W. Rike PhD, doctorado en neurociencias", al pasar por su estudio, notó que la puerta estaba abierta, titubeando, se detuvo por un momento. A la distancia, lo escuchó preparando té en la cocina, por lo que decidió aventurarse a entrar por un momento. Silenciosamente, observaba los documentos en su escritorio, pasaba uno a uno cuando de pronto, se detuvo al observar una carpeta con el logotipo de Greenwich en su portada, al abrirla, veía recibos de pagos hechos a Rike por la macabra compañía, cartas firmadas por nada menos que AA Naife. Momentáneamente, escuchó pasos en el corredor, cerró la carpeta e inmediatamente se dirigió a la entrada de la oficina, al intentar salir, el profesor se encontraba al umbral del pasillo, observándolo, sorprendido, le dijo:

—¿Te perdiste Rupert?

—No, disculpe mi osadía, solo observaba las fotografías en su oficina, espero no se moleste.

—¿Cuál te interesa?

—Ésta, aquí en la pared, con sus compañeros de laboratorio —Rike se dirigió a su oficina.

—¡Ah!, es en Rochester, tenía aproximadamente tu edad, fue en la graduación de la clase de 1954 —Rike observó sus documentos en desorden, al final de ellos, se asomaba la carpeta de Greenwich. De su armario, tomó un frasco sin etiqueta y se dirigieron a la sala. Rupert caminaba enfrente del profesor, al toparse con el diploma le dijo:

—La letra W, su segundo nombre, es ¿William?

—No, no lo es.

—¿Entonces?

—¿Porque tanto interés?, nadie me llama por ese nombre.

—Solo curiosidad, déjeme adivinar, es ¿Wolf? —lo miró fijamente.

—Así es, anda siéntate, tu té está listo.

Al servir el té, sin que Rupert lo observara, introdujo el químico en la taza. Momentos después, tomaron asiento junto a la chimenea, frente a frente, mirándose sin parpadear, en absoluto silencio. Rupert bebía de la taza contaminada con el potente narcótico que Rike había preparado.

—¿Cuál era su trabajo en Greenwich, profesor?

—¿Greenwich?

—Así es, fue usted quien le ofreció la aplicación a mi hermano Laurence, ¿no es así?

—¡Ah!, ya veo, ¿quieres culparme de su muerte?

—¡Compruebe los contrario!, usted trabajaba para ese monstruo, Agedon, alias AA Naife, no entiendo como no até cabos años atrás.

—Interesante... —levantándose de la silla, acercándose al fuego —No entenderías, todo fue en el nombre de la ciencia, de una gran causa, Naife, era solamente el vehículo.

—¡Agedon está en el infierno!, y usted bien lo sabe, seguramente Niko lo llevó de la mano para encerrarlo por siempre. Usted no fue ni la sombra de Mikahil Eranher —

Rike volteó enfurecido a verlo.

—Veo que estás bien enterado de lo ocurrido, Eranher merecía morir al igual que tu hermano, solo eran instrumentos para poder empezar un nuevo reinado, aquí en este podrido planeta, víctimas necesarias para lograr finalmente establecer la verdad, esa oscuridad que intenta salir de cada uno de nosotros, debemos dejarla ser, es la verdadera identidad de cada uno, ¡estamos atados!, ¡no lo entiendes! Naife o Agedon, como quieras llamarle era la respuesta, la liberación, ese llamado que no quieres oír, que está adentrado en ti, día a día, creciendo, bloqueado por mentiras absurdas, morales, a lo que le llaman Dios. Nos hemos vuelto títeres negando nuestra propia libertad, el mal, el infierno, como le llaman las ovejas solamente para internalizar los miedos, son nuestra salvación — Reía macabramente.

—¡Es usted un asesino!, no me importa en nombre de quién lo haya hecho, me da gusto haber sido parte de su gran fracaso en Abu Rawash.

—¡Estuviste allí! —Gritaba enloquecido acercándose a Rupert, quien intentó levantarse sintiendo un fuerte mareo.

—¿Estás bien? —Lo decía sarcásticamente.

—¿Qué fue lo que puso en mi bebida? —Cayendo al suelo la taza de Rupert.

—En unos segundos estarás inmovilizado, pero consciente, si tienes curiosidad, te enseñaré exactamente qué fue lo que hice con tu hermano Laurence y los demás.

Rupert intentaba levantarse, tratando de golpearlo, sin poder apenas levantar su brazo. Rike colocó un cinturón

alrededor del pecho de Rupert y lo arrastró hasta las escaleras del sótano, levantando su cabeza, para que no per-
diera la conciencia y sintiera cada paso de la tortura. Lo
deslizaba por las escaleras, mientras su cuerpo golpeaba
contra cada uno de los escalones. Al llegar al sótano, cuidadosamente lo levantó, colocándolo sobre una antigua
mesa de operaciones, atando sus brazos y piernas al frío
metal. Encendió veladoras en las cuatro esquinas y vocife-
raba versos ceremoniales en una lengua que Rupert no
entendía. Expuso su abdomen bruscamente, por un momento, se retiró de la mesa obteniendo de un roído maletín de piel, instrumentos de disección, que colocó en una
consola adyacente. Tomó un bisturí, tocando el abdomen
de Rupert, deslizándolo rítmicamente, dibujando esa 'Y'
invertida con precisa disección. Intentaba fallidamente
gritar del dolor que le producía su piel al separarse.

—¡Ah!, esto es solo el principio. —Le decía mirándolo
a los ojos —grita, nadie podrá oírte.

Mientras tanto, Yelena, al terminar de cenar, le comentó a Euphigenia que se acercaría a la cabaña del profesor
Rike, ya que le había prometido a Rupert que lo acompañaría, estaba deseosa de conocer al profesor. Euphigenia
le ofreció que usara su automóvil, pues ya era de noche,
pero Yelena le respondió que usaría la camioneta que habían rentado, más apta para las condiciones del clima.

Antes de salir, Euphigenia le indicó que usara el camino por la parte trasera, se encontraba en mejores condiciones y el viaje sería más corto. Yelena subió a la
camioneta, la encendió y esperó unos minutos a que la ca-

lefacción empezara a funcionar. Transitaba lentamente por el camino que se encontraba cubierto con nieve y hielo, poco antes de llegar, una sombra de gran tamaño cruzo por enfrente de la camioneta, aplicó los frenos firmemente ocasionando que se deslizara sin control hacia afuera del camino, sin poder reincorporarse debido a que las llantas se enterraron profundamente en la densa acumulación de nieve, sorprendida, estaba casi segura de que se trataba de un daimōn por el tamaño y la forma en que se movía. Lentamente, con una leve sonrisa en su rostro, volteó hacia el asiento de atrás donde habían colocado la caja que contenía sus conocidos aditamentos de batalla. "Gracias Rupert por no bajarla", se decía a sí misma repetidamente.

Brincó rápidamente al asiento trasero, abriéndola, se despojó de su chamarra, e inmediatamente amarró el cinturón que contenía su pistola "Luger" de 9 milímetros a su cintura, colocó sus lentes de visión nocturna y tomó el rifle, "Fuego de Dawson". Apagó las luces, y observaba detenidamente a sus alrededores, a la distancia, de nuevo observaba movimiento, descendió silenciosamente de la camioneta, se movía utilizando aquellos instintos que había adquirido a través de los años cazando daimōnes en Londres, respiraba calmadamente, acercándose con gran destreza a su presa. Al estar a solo unos metros de la cabaña, observó a los característicos daimōnes guerreros, resguardándola, calmadamente removió los guantes de sus manos, calentaba sus dedos con su aliento y fijó la mira de su rifle en uno de ellos, el más próximo, sabía claramente que el primer tiro alertaría al segundo daimōn.

Forzosamente tenía que ser rápida y precisa para evitar a todo costo, enfrentarse a él. Disparó con gran destreza destruyendo al primero, recargando inmediatamente, el segundo se movía erráticamente, buscándola ávidamente, cerró sus ojos por un instante, tomando un gran suspiro, para después gritarle:

— ¡Por acá, demonio!

Al oírla, el daimōn se aproximó velozmente a su localización, con la serenidad que solo la excitación más grande puede producirle a un gran cazador, oprimió el gatillo, la especializada bala se depositó en el tórax de su objetivo, destruyéndolo en mil pedazos. Cautelosamente guardaba silencio, notaba que no había más movimiento, por lo que rápidamente se reincorporó, dirigiéndose a la entrada de la cabaña.

Rike afortunadamente no había escuchado los disparos debido a que se encontraba enfocado en su aterrorizante proceso. Le ilustraba calmadamente a Rupert, su intrincada técnica para producir un paro cardíaco temporal, mostrándole un instrumento metálico puntiagudo, el cual rutinariamente utilizaba en sus víctimas, utilizándolo para perforar pequeños orificios en el músculo cardiaco y el pulmón.

—Al fallar tu corazón y empezarte a separar de tu cuerpo, te regresaré, resucitándote, reactivándolo cuantas veces resista, con este desfibrilador. Así era como acumulaba la bella energía oscura en el *ditrane* de Agedon, ¡Ah! , —suspiraba Rike—, nada como un corazón joven — colocó una línea intravenosa, donde infundiría epinefrina para ayudar a los esfuerzos de resucitación—, la única diferencia es que mis víctimas estaban bajo la influencia del éter, adormilados. En tu caso haré una excepción, para que aprecies la belleza del proceso, paso a paso —Rupert lo miraba, desvalido cerrando sus ojos.

—¡No te duermas! —Inyectando epinefrina en su vena. Tienes que ser testigo de tu propia muerte.

Yelena se asomó por la ventana, observando las llamas rojizas de un fuego que se extinguía en la chimenea, decidió silenciosamente entrar a la cabaña, la puerta estaba entreabierta. Caminó por el pasillo hasta que logró escuchar una voz distante. La seguía cuidadosamente hasta encontrarse con la puerta del subterráneo de donde provenía esa macabra voz. De pronto, escuchó a Rupert gritar del dolor que le producía Rike al insertar el instrumento punzante en su tórax. Inmediatamente desenfundó su pistola y entró de golpe al subterráneo, bajando las escaleras cautelosamente, observando como en una película de terror, a Rike extraer el instrumento cubierto en sangre del tórax de Rupert. Con una malévola mirada, observó sorprendido a Yelena, quien dirigía el cañón de su pistola a él, mientras Rike reposicionaba el instrumento apuntándolo al corazón de Rupert. Sin titubear, disparó certeramente, agujerando el cráneo de Rike, seguido por otros dos disparos que se depositaron en su caja torácica. Se desplomó, cayendo al suelo seguido por el instrumento de metal que sujetaba en sus manos. Yelena, miraba a sus alrededores pistola en mano, sin encontrar a nadie más en ese enclaustro. Inmediatamente, se dirigió a Rupert quien abrió sus ojos lentamente al oírla decir:

—Todo estará bien, voy a llamar a una ambulancia.

—Gracias —Dijo Rupert desvaneciéndose.

Yelena, cubrió la herida de su abdomen, observando el signo de *Aragus* perfectamente trazado, formando una cicatriz perene, una marca que le recordaría, mientras viviera, la verdad de lo ocurrido esa noche.

Decidió dejar su acceso intravenoso abierto y rápidamente desamarró sus extremidades. Salió del sótano lo antes posible, hablando a la línea de emergencia por el primer teléfono que encontró dentro en la cabaña. Les pidió que enviaran una ambulancia al igual que un automóvil de policía, regresó rápidamente al subterráneo donde sujetaba la mano de Rupert, hasta que llegó la ambulancia que lo transportaría al hospital más cercano, donde lo intervinieron quirúrgicamente, salvando su vida.

∞ ∞ ∞

Semanas después, estando en Anchorage, completamente recuperado físicamente, presentó su informe policíaco al detective Groenning. Al terminar de leerlo, volteó a verlo seriamente, mirándolo a los ojos le dijo:

—Una historia verdaderamente increíble, incoherente, épica. Será difícil de creer para el público, omitiremos los detalles sobrenaturales. A Rike le llamaremos... "El Asesino Lambda".

—¡No es una lambda!, por Dios —levantando su camiseta mostrándole su cicatriz.

—No importa, capturaste a un asesino en serie, es posible que lo demás... fuera solo producto de su enferma imaginación, los sueños de un verdadero enfermo mental.

—La verdad, tiene usted razón, publique lo que usted crea pertinente —Rupert colocó su placa de policía y pistola sobre el escritorio de Groenning.

—¿Qué ocurre?, ¿a dónde vas?, entiéndelo, eres un héroe.

Rupert partió de la comandancia de policía con su frente en alto, le había puesto fin a su cometido, en un camino lleno de tropiezos, oscuridad y muerte, detrás de él, caminaba el recuerdo de sus compañeros, los caídos y los sobrevivientes de una saga que continuaría... por siempre.

Al salir, los camarógrafos y reporteros esperaban ansiosamente la declaración de Groenning en referencia a la captura de ese asesino en serie, sin prestar atención a Rupert quién pasó frente a ellos, anónimo, un héroe silencioso, que desaparecía en la neblina de una tarde invernal quedándose oculto en un mar de misterios, donde la simplicidad no existe, solo un espejismo de la realidad. El "Asesino Lambda", como le llamaron, formó parte de los encabezados en periódicos, revistas y noticieros, un monstruo más, del cual, la gente se preguntaba el porqué de sus motivos, quién se convertiría en una leyenda, donde los verdaderos protagonistas inevitablemente quedarían en el olvido.

∞　∞　∞

En una tarde tormentosa, en vísperas del día de acción de gracias, Rupert se acercó al departamento de Julia Tommasi, consigo llevaba el diario de Niko. Al entrar, sin decir una palabra, Julia se lanzó a sus brazos llorando. Rupert al percatarse que estaba embarazada le dijo:

—¿Cuando darás a luz?

—Será en solo dos semanas.

—La verdad siento mucho la muerte de Niko, me fue imposible venir antes, discúlpame.

—No te preocupes, me encuentro muy sentimental al saber que mi hijo, jamás conocerá a su padre.

—Estoy seguro que le enseñarás lo importante que fue para nosotros, y especialmente para ti. Este es su diario —entregándole aquel cuaderno que Niko llevaba, narrando con lujo de detalles, su increíble saga. Julia, inmediatamente lo reconoció al tenerlo entre sus manos.

—Sí, lo recuerdo.

—Espero que no te moleste, pero tomé la libertad de llenar sus últimas páginas, grabando los eventos ocurridos en Egipto hasta su último suspiro.

—Te lo agradezco Rupert, se que pasaron por momentos muy difíciles, especialmente tú, hace unas semanas. No pude decirle a Niko que estaba embarazada la última vez que hablé con él, cuando se encontraban en Washington —Julia sollozaba.

—Estoy seguro, que conocerá a su padre algún día, ¿cuál será su nombre?

—Si es varón, será Klaus Nikolaus, si es niña la llamaré Sara.

—Suena muy bien.

—¿Quieres algo de comer?

—Te lo agradezco, me espera mi novia en casa. Estamos listos para partir a Londres por la mañana —Se despidieron amablemente.

— *Me parece que fue la última vez que se vieron.*

»*Al salir y cerrarse la puerta detrás de él, Julia, mi madre, leía el diario de Niko hipnotizada, aquellas palabras que en el pasado le producían incertidumbre, tristeza, por creer a Niko enfermo.*

»*No estoy seguro si alguna vez entendió fuera de su ámbito científico, lo que Niko le quería decir, lo que veía, aquellos recónditos lugares que describía con tal precisión, casi palpables, en una realidad paralela, Aragus. Los seres angelicales, los Atrespitus y los daimōnes de los que hablaba con absoluta convicción. La verdad, es mi parecer, que hasta el día que murió en el accidente automovilístico hace solo unos años, nunca aceptó completamente la verdad.*

»*Las últimas palabras escritas por Rupert en el diario de Niko decían:*

"*Fue un privilegio para mí, haber cruzado mi escabroso camino con el de Niko, ensombrecido por sangre y muerte, por miseria y gloria. Fui testigo de su hermosa transformación, en algo que solo en sueños, pueden imaginar los grandes guerreros de todos los tiempos.*

*Un hombre, un caballero, héroe sin medallas, un joven que se creía perdido, desvalido por el destino que lo acosaba, forjado por ángeles en aquel lugar de las diez compuertas, nuestro destino final, donde los caminos se hacen al llegar, para tocar la puerta que se nos ha asig-*

*nado.*

*No lo sé, la tristeza me envuelve al pensar lo contrario, siento que algún día volveré a verlo en todo su esplendor, aquella luz que aprendí a admirar desde la primera vez que lo conocí, la que me enseñó a ver más allá de las apariencias, lo palpable que es el mal y cómo, al final, el gran triunfador siempre será el bien que llevamos dentro, porque al sentirlo, es casi imposible separarse de su agarre.*

*Por mi parte, seguiré el camino trazado, como un bote en contra de la corriente, en contra del viento, en el sentido a donde me lleve ese destino invisible, imperceptible, al cual, le agradezco por haberme puesto en el camino de mi gran amigo, Nikolaus Bremer."*

*Klaus cerró el diario y con una sonrisa veía a su hijo Clayton con lágrimas en sus ojos, abrazándolo le dijo:*

*— Esta es la historia de tu abuelo, mi padre.*

*— Es muy triste papá.*

*— Al contrario, gracias a su diario y lo que me platicaba tu abuela, aprendí a conocerlo, siempre lo he imaginado como un gran hombre, en mis malos momentos, el solo hecho de recordar sus palabras escritas, como enfrentaba a sus miedos, siempre me ha ayudado a salir adelante.*

*— Me hubiera encantado conocerlos — decía Clayton con la voz entrecortada.*

*— Lo sé.*

*— ¿Iremos a poner flores en su cripta hoy?, como lo hacemos todos los años.*

*— Así es, saldremos en un par de horas a Anchorage.*

— *Quisiera conocer a Rupert, ¿todavía vive en Anchorage?*

— *Se rumora que después de la muerte del "Asesino Lamb-da", se mudó a Londres, donde en compañía de Yelena, continuaron con "La orden de la Medianoche".*

∞ ∞ ∞ ∞ ∞

# 21

## El presente es eterno

—¿QUÉ OCURRE?, ¿DÓNDE ESTAMOS?
—Por lo visto en el mismo lugar… en otro tiempo.

—¿De qué hablas?

—El horizonte de eventos creado por el choque de las singularidades, de los portales, nos ha transportado en el tiempo, puede ser el pasado o el futuro. Observa tus alrededores, es la cámara de los Hāru, completamente destruida, estamos bajo tierra.

—Es posible que afuera, ya no exista la humanidad, solo mis soldados, triunfantes —decía Agedon.

—Qué osadía la tuya en pensar que triunfaste —dijo Niko, colocando la punta de su espada en el cuello de Agedon.

—Nos transportaremos al *Conventum Terra*, ahí quedarás prisionero por siempre, hermano —dijo Markus abriendo el portal utilizando su *ditrane*.

Entraron a la sala principal del *Conventum*, estaba desolada, caminaban ansiosos por los amplios pasillos sin decir una palabra, mientras Niko resguardaba a Agedon, lo apuntaba con su espada como a un prisionero. Momentos después, aparecieron Atrespitus Eryx y Lucius, quienes cordialmente los saludaron, para momentos después escoltar a Agedon a su prisión, donde poco después sería transportado al décimo portal. Lucius se acercó a Markus diciéndole:

—Es un placer verte de nuevo Markus —poniendo su mano sobre su pecho.

—El sentimiento es mutuo Lucius, ¿estamos en el futuro?

—Así es, cuarenta y tres años terrestres para ser exactos.

—Disculpa Lucius, ¿dijiste cuarenta y tres años? — agregó Niko.

—Efectivamente, mientras ustedes estaban en Abu Rawash, el grupo de Atrespitus tuvimos, en Markawasi, una batalla corta con un grupo de daimōnes, sabíamos que todo era una farsa, la verdadera batalla estaba en Egipto. Cuando finalmente llegamos, todo había acabado. Tras la desaparición de Markus en Markawasi, pensamos que había sido víctima de un daimōn.

—¿No entiendo? —dijo Niko.

—Ya te explicaré —contestó Markus.

—Zophiel los espera en el *Vestigium*.

Markus le pidió a Niko que lo esperara en el *Vestigium* mientras él hablaba con Zophiel en privado en su sala de conferencias.

Niko, por su parte, descansaba en un sillón, observando a un nuevo mundo frente a sus ojos, las imágenes del futuro en una tierra próspera pasaban como escenas de una película desconocida. Solo podía imaginar lo que había hecho el pasar del tiempo con sus seres queridos. Minutos después quedó profundamente dormido. Al despertar, había pasado más de una hora, se acercó a

Eryx, diciéndole:

—Sé que han pasado solo unos cuantos años para ustedes, pero para un ser humano es más de la mitad de una vida. Me podrías decir cuál fue el paradero de mis compañeros.

—Ingrid, Sartê y la mayoría de los miembros de la Orden de la Medianoche murieron en Abu Rawash esa noche —Niko cerró sus ojos, lamentándose.

—¿Julia... Rupert?

—¡Espera Eryx! —Dijo Markus—, creo que es mi deber explicarle lo ocurrido.

—Bien.

Momentos después, entró Zophiel al *Vestigium*, dirigiéndose a Niko. Tocando su hombro, le agradeció su sacrificio, diciéndole:

—Tu corazón está lleno de bondad y valentía, eres un gran guerrero, digno de tomar el lugar de Agedon en la orden de los Atrespitus, formarás parte de nosotros... "Atrespitus Nikolaus".

—Es un verdadero honor para mí escuchar sus palabras Zophiel, pero pienso que aún no es mi tiempo, tengo que regresar a la Tierra, a mi hogar, aún me queda vida por vivir.

—Entiendo, pero tu tiempo ya ha pasado, regresarás a un futuro en el que, lo que conocías, ya ha desaparecido... tú mismo, has desaparecido.

—Le pido esa oportunidad, creo que la merezco.

—Yo iré con él —dijo Markus.

—Bien, pacientemente esperaremos tu regreso —dijo Zophiel.

Markus le pidió a Niko que bajara a la cámara histórica de los Atrespitus mientras el visitaría por última vez a
Agedon.

Se dirigió a la celda, al caminar por los pasillos, recordaba las batallas que habían peleado juntos, desde el
momento que fueron creados habían sido inseparables,
como hermanos, muy dentro de él, Markus sentía un
gran aprecio por Agedon, a pesar de haber caído en la
oscuridad.

Al llegar, lo observaba prisionero, en una celda  cubierta por paredes transparentes, resguardada por Atrespitus, en espera a ser transportado a Aragus, al décimo
portal. Se acercó pausadamente a la puerta, los Atrespitus
resguardándolo, dieron paso a Markus, quien les pidió un
momento para hablar con él a solas. Sorprendido al verlo,
se acercó diciéndole:

—Markus, ¿qué me espera?

—Tú lo sabes, al transportarte, tu alma irá a la prisión
eterna del décimo portal, a los laberintos del infierno. Tú
cuerpo desaparecerá por siempre.

—¿A qué has venido entonces?

—La verdad, no lo sé. Creo que todos debemos tener
otra oportunidad.

—¿De qué hablas?, yo tomé mi decisión hace ya más
de dos mil años.

—Solo quiero saber una cosa.

—¿De qué se trata?.

—¿Cambiarías de opinión?, ¿volverías a luchar al lado
de los Atrespitus, si tuvieras la oportunidad de hacerlo?

—No, de ninguna forma —sus facciones cambiaron,

reflejando la oscuridad de su corrompido espíritu —, ustedes son una farsa, volvería a hacer exactamente lo mismo. Sabes bien que solo pospusieron la batalla, ocurrirá antes de lo que esperas, y ahí estaré frente a ti hermano, si tengo oportunidad, sin piedad, atravesaré tu alma con mi espada.

—Veo que pierdo mi tiempo, siento mucho que pienses así. Estás a punto de ir al infierno y no hay un solo indicio de esa alma pura con la que empezaste, de aquel joven intrépido, decidido, bondadoso.

—¿Qué te propones?, sé que hay algo más, ¿por qué esas preguntas?, ¿qué le otorgó *arcággelos Mikhaél* al *eligium*?, ¿es capaz de...?

—Hubiera dado mi vida por ti, tú lo sabes. Ahora estás perdido, solo reina la maldad en tu ser, perteneces al lugar a donde te diriges.

—Te veré pronto hermano.

—Lo dudo mucho —Markus se retiró dándole la espalda a Agedon, los Atrespitus, inmediatamente regresaron a sus posiciones de resguardo.

Al llegar a la sala histórica, Markus, cargando la tristeza que invadía su alma, tomó a Niko del brazo, se disponían a cruzar cuando le dijo:

—¿A dónde vamos?

—A Anchorage, al cementerio, por ahí empezaremos.

Al cruzar, Niko sentía el frío de una tarde invernal en Anchorage, era el día después de la cena de acción de gracias del año 2013, Markus, le indicó que los siguiera a través de la arboleda que rodeaba a las lápidas, hasta llegar a una pequeña cripta al final de una vereda cubierta por hojas secas.

Abrieron la puerta de metal, y bajaron dos escalones. Al entrar, por debajo de una escultura del Sagrado Corazón, estaban dos sepulcros contiguos, como perteneciéndoles a una pareja de casados. La inscripción en la lápida de la izquierda decía:

*Nikolaus Bremer, nos dejaste una tarde de*
*primavera de 1971, tu amor, por siempre.*
*Julia Tommasi y Klaus Bremer*

A su lado estaba inscrita en la segunda lápida, el nombre de Julia Tommasi:

*Aunque pasé por el valle de sombra de muerte,*
*no temeré mal alguno, porque tú estás conmigo,*
*tú vara y tú cayado me infunden aliento.*
*A mi madre querida, 1942-2011.*

—¡Julia está muerta!

—Así es.

—¿Quién es Klaus Bremer?

—Es tu hijo Niko, Julia estaba embarazada cuando desaparecimos en Abu Rawash.

Niko silenciosamente observaba las lápidas con sus nombres inscritos en ellas, acariciaba el álgido mármol del sepulcro de Julia, mientras sus ojos se llenaron de lágrimas, pensativo, miró hacia arriba, puso una rodilla en el suelo y sostenía su espada en su mano derecha anclada en el concreto de la cripta, apretándola firmemente.

El pasado ahora se volvía un espejismo, lo abrumaba, lo consumía lentamente. Fue solo un momento para él, solo un instante en el que perdió todo lo que conocía, para cambiarlo por una realidad esotérica, donde los protagonistas de la historia que había forjado con dolor y sangre, casi en su totalidad, habían desaparecido, sin ignominia, sin tiempo. Ahora, su mortalidad, en plenitud de vida, estaba frente a él, era un recuerdo, una leyenda para los que le sobrevivieron en esa incoherente y torrencial batalla con el tiempo.

Se puso de pie y fue cuando percibió el olor de flores frescas en las urnas, sin poder evitar escuchar voces que provenían de la pequeña avenida relativamente cercana a la cripta.

Colocando su espada en su arnés, salió rápidamente, acercándose a las personas que se retiraban del cementerio dirigiéndose a su automóvil. Caminaba lentamente, sin despegar su mirada de ellos, la brisa de esa tarde movilizaba cientos de hojas secas, que arrastrándose en el suelo hacían eco con aquellos sentimientos de pérdida, de olvido.

El joven que había quedado atrás, caminaba con su mirada hacia el suelo, su silueta, el color de su cabello, la forma de andar, le rememoraban a sí mismo, en su juventud. Al sentir que lo observaban, el joven se detuvo, dando una media vuelta, y fue cuando sus miradas se encontraron, como un tropiezo con el destino, Niko sonrió, observando la belleza de su alma, envuelta en un inusual halo lleno de luz que lo cubría como una sábana celestial. Bajando su cabeza levemente, lo saludó. Markus, por su parte, en su forma de Atrespitus, no era visible, y al notar la intención de Niko se dirigió rápidamente a él, diciéndole:

—No creo que sea conveniente que te acerques.

—¡Es mi familia!, ¿quién es él?, ¿mi nieto?

—Es posible —A pesar de que Markus trató de evitarlo, Niko se acercó aún más a él. Extendió su mano, y el joven atentamente le dijo:

—Clayton Bremer, ¿visitando algún familiar?

—Así es, ¿ustedes?

—A mis abuelos, Julia y Nikolaus.

—¿Tus abuelos?

—Sí, desafortunadamente no tuve la suerte de conocerlo a él, año con año los visitamos el día de acción de gracias.

—Ya entiendo —Niko lo miraba con tristeza—, a la distancia, Klaus le gritaba a Clayton que subiera a la camioneta, a lo que Niko le dijo:

—¿Es tu padre?

—Sí, es un gran hombre.

—Estoy seguro.

—¿Cuál es tu nombre?.

—Niko —Clayton sonrió, moviendo su cabeza afirmativamente dándose la vuelta dirigiéndose de nuevo al automóvil. Unos pasos adelante, se detuvo repentinamente, segundos después, volteando a verlo, le dijo:

—Hasta luego... a los dos. Ha sido un placer Niko, Markus.

—¡Espera! —le dijo Niko tratando de que se detuviera sin poder lograrlo.

—Es curioso —replicó Markus—, al igual que tú, tiene la capacidad de ver en nuestra dimensión.

—Espero que no sea el caso, sabes a dónde me ha llevado —Markus puso su mano sobre el hombro de Niko diciéndole.

—Hay algo más que debes saber, pido tu comprensión de antemano.

—¡Habla con claridad por favor Markus!

—Recuerdas cuando visitamos a la dimensión de Aragus, *arcággelos Mikhaél,* en el tercer portal, preconizó que tú serías capaz de caminar no solamente entre las dimensiones, sino doblar la esencia del tiempo. Al oírlo, egoístamente me despertó una esperanza, un sueño de erróneamente usar ese regalo que te habían otorgado para cambiar el futuro, regresar al momento en el cual, mi querido hermano Agedon cambió, cuando cayó en la oscuridad sucumbiendo en las intrincadas veredas del mal, del oprobio.

Yo fui el responsable de que los demás Atrespitus y Zophiel se dirigieran a Markawasi, fue un engaño, teníamos que estar los tres solos en ese instante, en esa singularidad, desaparecer para regresar al pasado, para forjar un nuevo futuro antes del nacimiento de la tercera dinastía egipcia, todo cambiaría de esa forma, estaba seguro que podría convencerlo, liberarlo del yugo eterno.

Dentro de mí, temía que él fuera el protagonista del final, de aquella gran batalla que se profetizaba por milenios, y no veía más allá... estaba ciego. Ahora, después de lo ocurrido y el daño que el pasar del tiempo te ha hecho, de todo lo que te ha privado, entiendo que estaba en un gran error, logramos evitar la batalla pero nada ha cambiado. Agedon será condenado a una eternidad en la prisión del décimo portal y tú has perdido a tu familia. Por favor acepta mis disculpas —Niko guardaba silencio, observando a Markus.

—No sé qué decirte, no me siento víctima de un engaño, solo del inevitable pasar del tiempo. Recuerda que vivía en la oscuridad, tú me ayudaste a salir, a encontrar un nuevo camino. No necesitas de mi perdón, lo sabes, como yo, estabas ciego por el amor de hermanos. No te angusties, buscaremos otra salida. Algo me dice que esto no acaba aquí, en esta soledad, en el abandono, es solo es el comienzo. ¿Sabes si Rupert vive?

—Así es, en Londres, en compañía de Yelena, tiene casi setenta años.

—Visitaremos a un viejo amigo.

—¿Qué pretendes?

—¿Cómo podemos transportarnos?

—Forzosamente tenemos que regresar al *Conventum Terra*, de ahí será fácil localizarlos.

∞  ∞  ∞∞∞

Desaparecieron, sin dejar rastro en el cementerio, solamente una marca en el alma de un joven, un sello que sería abierto a su tiempo.

Al llegar al *Conventum*, Niko retiró su espada de su arnés al observar en la gran sala principal, un desenfrenado enfrentamiento entre los Atrespitus, ángeles y los daimōnes que habían invadido al sagrado recinto.

Lycus, Lucius y Kilus luchaban exasperados, contra el gran número de daimōnes, de todas formas y tamaños. Las hermosas estructuras de mármol, fracturadas en el suelo daban fe de lo que había ocurrido en ese recinto de paz.

En un instante, Markus y Niko se unieron a la batalla, Markus se acercó a Lycus preguntándole:

—¿Qué ocurre?

—Fue Eryx quien liberó a Agedon después de eliminar a Atrespitus Silares y Nubersis, abrieron el portal inferior, escapando a la Tierra, así mismo, permitieron la entrada de cientos de daimōnes, para momentos después, deshabilitarlo. Solamente los ángeles que se encontraban aquí para transportar a Agedon y nosotros estamos defendiendo al *Conventum*, temo que van a terminar con nosotros.

—Eso jamás ocurrirá —gritaba Markus.

Los Atrespitus dotados con grandes cualidades se movían a gran velocidad en comparación a los daimōnes, destruyéndolos a diestra y siniestra, sin embargo, debido a su gran número, ya exhaustos, les era difícil sostener el ritmo. Durante el enfrentamiento, Atrespitus Lycus celoso guardián del portal inferior, sucumbiendo detrás de un brillante  destello de luz, desapareció por siempre. Al ver lo ocurrido, Zophiel se enfrentaba con ferocidad a ellos, cuando de pronto, tras una hermosa nube azul que momentáneamente detuvo el ardiente enfrentamiento, apreció la figura del gran general, líder de los guerreros del tercer portal, *arcággelos Mikhaél*, seguido por sus fieles *ág-*

*gelos*, quienes vertiginosamente dieron fin a la batalla.

Zophiel, suspirando, agradeció profundamente al arcángel por su oportuna intervención.

—Por favor revitaliza el *Conventum* y los portales lo antes posible, el tiempo se acerca —dijo *arcággelos Mikhaél* a Zophiel.

—De inmediato —movilizando a los restantes Atrespitus, el arcángel se acercó a Niko, observándolo con una dulce mirada que lo llenó de calor, de esperanza. Repentinamente, venían a él, imágenes perdidas que habían quedado extraviadas en su subconsciente, memorias de su breve estancia en el tercer portal en Aragus, al tener solo dieciséis años de edad. Aquellas vivencias de su exhaustivo adiestramiento recobraban presencia en su memoria, como si solo ayer, hubieran estado juntos en aquellos campos tras la grandiosa compuerta que resguarda al invulnerable ejército de los ángeles.

Markus, reverentemente inclinó su cabeza ante el arcángel, dirigiéndose, poco después, a rehabilitar el portal inferior, del cual, había sido el encargado siglos atrás. Niko acompañó a Markus, mientras Zophiel rastreaba a Agedon a través de Eryx, siendo que sería más evidente en el *Vestigium* al ser un Atrespitus y portar el *ditrane*.

De los cinco Atrespitus restantes , tres se encontraban en la Tierra, dos en Europa y uno en América. Se movilizaban rápidamente sin encontrar rastro de Agedon y Eryx.

Así pasaron veinticuatro horas, hasta que por la tarde del día siguiente, Zophiel, casualmente observó actividad incrementada de daimōnes en el corazón de Londres. Inmediatamente indicó a los Atrespitus empezar la búsqueda. Al enterarse de lo ocurrido, Niko le pidió a Markus que se dirigieran a ese lugar, transportándose por separado de los Atrespitus, por el portal inferior que ahora era completamente funcional.

Entraron a la dimensión terrenal por el pequeño confesionario de aquella antigua y dilapidada iglesia localizada en las afueras de Londres. Caminaban por las calles oscuras, neblinosas, en una noche de luna llena, atentos.

Antes de llegar al centro de la ciudad, Niko decidió emprender la búsqueda de su viejo amigo Rupert. Descendió al túnel del metro en proximidad al Castillo de Windsor, con el afán de encontrar la entrada al "Underground" donde se reunían los miembros de "La Orden de la Medianoche". Al llegar, el área estaba clausurada, las vías del tren se encontraban oxidadas, incompletas. Al abrir forzadamente la puerta, sin resguardo, aquella que había sido víctima al igual que él, del pasar del tiempo, solo era un recuerdo de su ausencia. Ese gran salón donde la juventud se reunía para romper los límites de la ley y, por detrás, a puerta cerrada, la orden planeaba la sanación de daimōnes, se encontraba completamente vacía, abandonada.

—¡Nadie! —Dijo Niko.

—Han pasado más de cuarenta años, ¿qué esperabas?

—Bien, vayamos al centro de la ciudad.

La noche se hacía aún más profunda con cada momento que pasaba, mientras la distancia se acortaba al caminar. La gente en la calle, miraba con curiosidad a Niko, quien portaba el mismo atuendo que había sido testigo de la batalla en Abu Rawash, vestimenta de color negro con el arnés de cuero sobre su pecho, la empuñadura de su espada anunciándose en su espalda y una barba medio crecida.

Bajo la iluminación de arbotantes amarillentos, frente a un gran parque cercano a Picadilli Circus, observaba a cientos de personas transitar por la modernización, por ese bosque lleno de luces que aunados al bullicio lo hacían sentir fuera de lugar, en otro mundo al que el destino lo había empujado violentamente, sin piedad. Sus recuerdos de esa ciudad, la serenidad de la mano de Julia, solo estaban enterrados en su memoria.

—Por acá —dijo Markus—, internándose en las estrechas calles circunvecinas.

A la distancia, Niko observó el característico destello rojizo, la huella que dejaban los daimōnes al ser destruidos, mientras la apacible brisa de esa noche transportaba el desagradable olor a azufre. Se dirigieron a ese preciso lugar, encontrándose con dos daimōnes que rápidamente se aproximaron a Niko, quién al verlos acercarse, calmadamente sacó su espada del arnés y los destruyó sin esfuerzo alguno, de un solo tajo.

Dentro de una camioneta de color negro, sin marcas, los observaban detenidamente poco después de la explosión de los daimōnes. A la distancia, en la oscuridad, alcanzó a oír el sonido de radios de intercomunicación, seguido por rápidos movimientos. Markus, acercándose, le comunicó a Niko que estaban fuera de peligro, pero que sentía que los observaban. Continuaron caminando rumbo a la solitaria camioneta que era de gran tamaño, estacionada en la acera de la avenida.

Poco antes de llegar, descendieron de ella cinco personas vestidas con trajes de asalto, lentes de visión nocturna y extraño armamento. Se acercaron a ellos, Niko espada en mano, les pidió que se detuvieran. El líder del pequeño grupo, colocando su mano sobre su cído, en respuesta a órdenes superiores, bajó su arma al igual que los restantes cuatro, acercándose calmadamente, pidiéndoles que subiera a la camioneta. Al llegar, abrieron la puerta lateral, exponiéndose dentro de ella un sir. fin de aditamentos electrónicos, monitores, pantallas, y armamento. Al internarse en ella, escuchó un conocido tono voz proveniente de la parte trasera decirle:

—¿Quiénes son ustedes?, ¿eres tú... Niko?

—¿De qué se trata todo esto? —Apareciendo de la parte trasera, la cara de este hombre se iluminó con el resplandor proveniente de las pantallas de monitoreo. Al verlo, apenas reconoció el rostro de aquel apuesto oficial de policía, ahora con cabello entrecano y su cara sellada por el tiempo.

—Es... un placer verte de nuevo querido amigo, soy yo, Rupert Lewis —diciéndolo con voz entrecortada.

—¿Rupert?

—El mismo, el tiempo ha transcurrido para nosotros, por lo que veo, no ha sido tu huésped, eres el mismo de aquella noche en Abu Rawash hace ya casi medio siglo.

—Efectivamente, es difícil de explicar.

—No importa, nos dirigimos a la central de operaciones, estoy seguro que Yelena quedará impresionada al verte —descendieron de la camioneta y se dieron un fuerte y emotivo abrazo.

—Rick me indica que ahora vienes acompañado —limpiándose las lágrimas de sus ojos.

—¿Cómo es posible que lo vean?

—Nuestro equipo electrónico de detección de entes inter-dimensionales ha avanzado enormemente en los últimos años —Markus apareció de la nada, sorprendiendo a los miembros de la orden.

—Markus, bienvenido, me alegro de verte otra vez.

—El placer ha sido mío Rupert.

Al ir dentro de esta unidad de monitoreo móvil, Niko estaba verdaderamente asombrado de los avances tecnológicos con los que contaban. Rupert le explicaba que después de su desaparición en Abu Rawash, al regresar a Londres revitalizaron a "La Orden de la Medianoche", con asistencia del gobierno Británico. Después de unos años, Dawson presentó evidencia concreta al parlamento inglés, de la existencia de estos seres, a los que el gobierno les llama "entes inter-dimensionales". Después de variados atentados terroristas en suelo británico, se comprobó la complicidad de daimōnes con forma humana, en muy cercana relación con líderes militares en Irán, Corea del Norte y, sobre todo, en Rusia. Debido al temor de un enfrentamiento militar global, cinco años atrás se formó una coalición estadounidense con la Unión Europea creándose un grupo aún más numeroso, con increíbles recursos monetarios, con una meta determinada, la de contenerlos y eliminarlos, asimismo constantemente monitorear cualquier actividad de esta índole. Obviamente, el público en general desconocía su existencia.

Le comunicó que no hacía más de una semana, un daimōn fue capturado en Rusia, encontrándose en una posición privilegiada dentro del gobierno, asesorando al primer ministro con conexiones militares extensas. Al transportarlo e interrogarlo en la central de operaciones que está localizada en las afueras de Londres, mencionó el nombre de Agedon.

—Su próximo regreso será el primer signo de la gran batalla —decía Rupert—, al verte hoy por la noche, lo primero que vino a mi mente fue la posible reaparición de ese monstruo. Detectamos un marcado incremento de daimōnes en esta área, por eso estamos aquí.

Cuando atrapamos al daimōn en Moscú, tenía la posición de jefe de las fuerzas militares, muy allegado al primer ministro, logramos obtener información que fue extraordinariamente reveladora y al mismo tiempo inquietante. De acuerdo a lo que informó, Agedon había planeado su desaparición en Abu Rawash, con certeza, sabía que lo detendríamos. Años atrás, había plantado a sus seguidores, los "Hāru", en posiciones clave alrededor del mundo, para su pronosticado regreso e iniciar caos a nivel mundial. Al desaparecer ustedes en esa singularidad, viajarían en el tiempo, al futuro, mientras se posicionaban sus piezas estratégicamente.

La solución que Vogel nos dio en Washington, era el paso más lógico a seguir, una doble singularidad bloquearía el portal, pero crearía un horizonte de eventos, en pocas palabras, una máquina del tiempo.

Agedon claramente sabía que si la singularidad fallaba y no abría exitosamente el portal, su plan secundario estaba ya escrito, ejecutado a la perfección. Recientemente, después de llegar a estas conclusiones, viajé a Alemania encontrándome con Vogel, es un anciano, pero accedió a revisar, "de nuevo", las notas de Eranher en vista de los recientes hallazgos y concluyó que efectivamente, con la energía liberada después del choque de las singularidades creadas por los ditranes, se crearía un portal al futuro, sus cálculos estimaban su reaparición en aproximadamente cincuenta años. Han llegado siete años antes de lo espera-do Niko, no hemos podido eliminar a los Hāru.

Eranher, inconscientemente le ayudó a Agedon a crear un maquiavélico plan en el cual nosotros fuimos jugados como piezas de ajedrez.

—Agedon escapó de Aragus hoy mismo, con ayuda de uno de los Atrespitus. La situación en el *Conventum* es caótica, perdieron un gran número de ellos. Eryx, segu-ramente estuvo aliado con Agedon por siglos —Markus guardaba silencio ante los incipientes eventos.

Rupert recibió una inesperada llamada del general Arthur Lange, indicándoles que se dirigieran inmediata-mente a la central de operaciones alterna, que descendie-ran a la bóveda, al albergue localizado a cien metros bajo la superficie, donde se encontrarían con el primer mi-nistro y miembros del parlamento para proveerles ma-yor información. Les pidieron discreción absoluta y al mismo tiempo, les informaron que deberían regresar lo antes posible.

La camioneta se dirigía a gran velocidad a través de los suburbios de Londres, donde se encontraba este alber-gue a los pies de la montaña de Walbury. El viaje tuvo una duración de un poco más de una hora, al llegar, notaron helicópteros estacionados en la proximidad, al igual que múltiples vehículos militares. Inmediatamente, fueron escoltados por los guardias al ascensor que los llevaría al albergue. Al abrirse las compuertas del elevador, se encontraban el general Lange con el ministro de defensa, observando las gigantescas pantallas empotradas en las paredes donde claramente se identificaban los movimientos del ejército británico y norteamericano. Yelena, se acercó mirando a Niko con incredulidad, una sonrisa inmediatamente iluminó su rostro, se abalanzó sobre él, abrazándolo con gran ilusión. El general Lange, se dirigió a Rupert y le preguntó:

—¿Puedes comprobar que el líder de los Hāru se encuentra en la Tierra?

—Afirmativo general, hay evidencia concreta de que ha regresado.

—Bien —ordenó al Sargento Newman que pasaran a alerta roja.

—¿Qué ocurre General?

—Hace exactamente veinte minutos, una bomba termonuclear de aproximadamente cincuenta kilotones fue detonada en Nueva York. De acuerdo a los reportes norteamericanos, se cree que el misil fue lanzado por un submarino ruso en la zona norte del Atlántico. Lo peor de la situación es que el presidente se encontraba en la cumbre de las naciones unidas en el corazón de Manhattan. Hasta el momento, no se sabe nada de él, se teme que esté muerto junto a cientos de miles de personas. Los norteamericanos preparan una contraofensiva masiva, mientras Corea del Norte acaba de lanzar un misil que se encuentra en tránsito a Japón.

—No puede ser.

—De los entes inter-dimensionales identificados, ¿hay alguien en el departamento de defensa norteamericano?

—Así es general.

—¿Fue eliminado?

—El grupo encargado de esa misión se encuentra en Washington en estos momentos, no he recibido información de que haya sido eliminado.

—Si ese individuo activa los silos localizados en el sur de Estados Unidos, será imposible detener un contra-ataque por parte de Rusia. Los misiles se cruzaran en el aire.

—Inmediatamente me reportaré con el equipo en Washington —dijo Rupert.

—El impacto fue directo en Tokio, general —comentó Newman.

Rupert se alejó momentáneamente del área de control, dirigiéndose en compañía de Niko, Yelena y Markus a la central de comunicaciones al final del pasillo. Era casi imposible caminar, los soldados, técnicos y especialistas en informática, corrían desesperadamente tratando de establecer comunicación con las fuerzas navales, mientras con visión de satélite, observaban la destrucción masiva que había ocurrido en Nueva York y Tokio.

—Es solo cuestión de tiempo, el día que tanto temíamos ha llegado, está aquí, frente de nosotros —Dijo Rupert sentándose enfrente de una computadora tratando de contactar al grupo que se encontraba en Washington. Envió el mensaje y esperaba la respuesta, cuando Markus le dijo:

—Al entrar el invierno nuclear, Agedon cazará, uno a uno, a los sobrevivientes, hasta acabar con ellos, la humanidad en su totalidad será eliminada, para entonces establecer su reinado. Según dicen las predicciones.

—¿Es el día del juicio final, no es así? —Dijo Rupert.

—Es posible.

—Ya déjense de tonterías, saldremos adelante —dijo Niko.

Unos minutos después, recibió respuesta del grupo en Washington, notificándole que el daimōn ahora se encontraba en el avión presidencial en compañía del vicepresidente, temían que debido a esto, lo empujaría para que la respuesta norteamericana ocurriera lo antes posible.

Al escuchar que el general Lange ordenaba un ataque coordinado con los Estados Unidos, se dirigieron a la sala de controles. Un grupo de misiles, provenientes de los silos localizados en Texas y Nuevo México, el Mediterráneo y varios portaviones en el Atlántico, habían partido con destino a sus objetivos en Rusia y Corea del Norte. De la misma forma, la contraofensiva rusa… era inminente.

Pasaron dos horas, los integrantes de la sala de operaciones detenidamente observaban a través de los satélites militares, el horror de una destrucción masiva, casi total, de las grandes ciudades en Rusia y Estados unidos.

De pronto, un temblor de creciente magnitud se sentía en el albergue, las paredes se estremecían, crujiendo, dejando caer grandes pedazos de concreto al suelo para segundos después, repentinamente, perder completamente el suministro eléctrico.

— Pulso electromagnético — dijo Newman.

— ¿Cuál es el lapso mínimo para que se activen los generadores?

— Entre cinco y diez minutos, general, fue posiblemente un impacto directo a la ciudad de Londres.

— Bien, esperaremos para tratar de establecer comunicación.

Solo las luces de emergencia iluminaban la ahora lúgubre central de operaciones, un silencio aterrador, generalizado, cubría como una sábana invisible, a los contados testigos presenciales, de un holocausto nuclear.

Millones de vidas perdidas, un derroche de poder y destrucción por parte de la humanidad, aniquilándose con precisos protocolos, por aquellas mínimas diferencias que ahora se habían vuelto abismales, saldando el costo de evitar negociaciones, con el pago más alto, donde el mejor postor fue quién había ganado la batalla, la muerte, la desdicha, el mal, se habían finalmente proclamado victoriosos.

∞　∞　∞

Al amanecer del día siguiente, la energía eléctrica solo había regresado parcialmente, dejando deshabilitada a la central de operaciones, el gran pulso electromagnético había afectado las funciones de los avanzados sistemas de comunicación, computadoras, monitores y radares. Solo los instrumentos analógicos funcionaban adecuadamente.

El general Lange, decidió enviar un grupo de reconocimiento para asesorar el daño ocurrido en Londres, al igual que para la reparación de los generadores de electricidad. Rupert fue uno de los voluntarios acompañado por Niko y Yelena.

Equipados con trajes de aislamiento para partículas radioactivas, se dirigieron a la superficie. Eran pasadas las siete de la mañana, el sol no brillaba más que la luna en una noche nublada, no por la belleza de la humedad en el cielo, sino por la atrocidad nacida del hombre. Las temperaturas habían descendido considerablemente.

Al transitar por la carretera, la desolación, envuelta en una neblina de partículas flotando en el aire, habían sido el resultado de los impactos al corazón de una ciudad moribunda. A escasos kilómetros antes de llegar a Londres, se detuvieron, debido a que el camino había quedado completamente destruido, impasable. Niko descendió del automóvil y pausadamente se dirigió a una pequeña cima de donde podría observar con más claridad a la ciudad.

Markus lo seguía de cerca, Rupert y Yelena caminaban en lo que parecía un paisaje insólito, como si le perteneciera a un planeta desconocido. Se detuvieron al llegar al punto más alto. De ahí, observaban la destrucción, el fuego que ardía sin cesar, mientras el tiempo parecía pasar más lentamente, su único consuelo era el rítmico sonido de su respiración haciendo eco en el enclaustro de sus trajes, recordándoles que aún estaban vivos. Afuera, el paisaje era nada menos que devastador. La muerte de una gran ciudad estaba frente a ellos, silenciosa, sin una flor en las urnas, sin funeral ni procesión. La humanidad estaba de rodillas, esperando la última estocada para su ejecución final en ese invierno nuclear, la última estación, sin esperanza de una primavera.

Había sido esa dicotomía, la división eterna en el alma de los hombres, la que Niko veía claramente, el bien o el mal, un balance roto irreparablemente, causado por entes ajenos, influenciando cada momento, cada decisión, que al final los llevaría a la autodestrucción, a la gran batalla.

No derramó una sola lágrima, a pesar de que frente a él, estaba el desenlace de un error, algo que al haber estado tan cerca, tan difícil de no palparse, como una brisa de viento que pasó totalmente desapercibida. Niko soñaba con algún día ver, así es, volver a ver para cegarse de la obviedad, despojarse del regalo que le otorgaron en esa dimensión a la que no pidió visitar, a la que no le debía nada, la que inevitablemente atraía a su incorruptible alma y lo acogería con sus brazos abiertos en su momento, como lo hizo con sus padres.

Dentro de su corazón sabía que, no podía terminar así, en este afligido y álgido invierno.

Tenía que seguir luchando, saltar más alto, ver más lejos. Forjar un nuevo futuro, regresando al pasado, a ese preciso momento donde podría evadir el choque que causó su larga ausencia, usar ese regalo que se le otorgó en aquella dimensión de las diez compuertas, para vivir de nuevo, en el inevitable... eterno presente.

—Volteando a ver a Markus, Rupert y Yelena, les dijo:

—Creo que es tiempo... regreso ahora.

∞ ∞ ∞

Niko repentinamente desapareció de la escena al tocar su *ditrane*, como una hoja seca volando libremente en el aire, dejando atrás, una bellísima estela de luz azul, que rompía la tenebrosa oscuridad de esa mañana. Navegaría doblegando los confines del espacio y tiempo, dejándolos ahí, en la oscuridad del infierno terrenal que la humanidad había creado para sí misma.

Markus, miraba al cielo, implorándole a Dios que tomara la decisión correcta, en un viaje sin regreso, con una sola dirección, para poder llegar a esa divergencia de caminos en el pasado, que desde ese momento sería su presente, su aliado, para forjar un nuevo futuro.

Al abrir sus ojos, había regresado de nuevo a ese crítico momento en la cámara de los Hāru, frente a Agedon, con su mano en el *ditrane*, a punto de crear la segunda singularidad. Al observar la macabra sonrisa en su rostro, habiendo presenciado la aterrorizante apoteosis, dejó de sujetar el ditrane, tomando su espada, acercándose rápidamente a él, evitando a los daimōnes que lo resguardaban.

Fue en ese momento, cuando la expresión de su rostro cambió, el hierro pulido, brillante, de la espada de Niko, sirviendo su destino, su propósito en manos del *Eligium*, atravesó sin resistencia el mortal corazón del monstruo, dejándolo sin vida. Su cuerpo milenario inevitablemente se consumía en pausados pasos, disolviéndose su piel, hasta llegar a sus huesos, el paso del tiempo desde su creación, ahora, sin merced, tomaba posesión, poniendo punto final a su imperecedera mortalidad, hasta que solamente un delicado polvo flotaba inocentemente en el aire de la cámara de los Hāru.

Sus fieles seguidores se detuvieron al observar angustiosamente la pérdida de su malévolo líder. Niko, de una estocada desmanteló la pieza central de la cavidad, tomando el ditrane de Agedon en su mano, cerrando esa compuerta al infierno.

La batalla continuó, a pesar de que los daimōnes sintiéndose vencidos, conquistados, abandonaron la cámara en un acto de cobardía y confusión. Momentos después, el ejército de Atrespitus apareció finalmente, aniquilando a los restantes.

El *Eligium*, como le llamaban los daimōnes, había triunfado, el bien ahora sobre el mal, una vez más brillaba después de haber sido víctima sin testigos, anónimamente, en un futuro paradójico que jamás sería develado, la leyenda concluía en esa batalla sin banderas.

Al mirar a los ojos de Rupert, viendo su regocijo, no podía evitar recordar su triste mirada, al ver al mundo de rodillas, sin poder implorar, pagando por sus errores, por su soberbia. El futuro, ahora, aún no estaba escrito, era solo un pensamiento más, una imagen que fue borrada de las mentes de quienes lo vivieron, una nueva oportunidad nacía, un nuevo amanecer, una nueva primavera donde florecerían los sueños, donde al caminar, se forjaría un futuro incierto.

Niko se desabrochó el cinturón atado a su pecho, tomó su espada colocándola en la funda, aún brillante, manchada por la sangre de un fiel sirviente del mal. Ahora, serviría como un recuerdo más en el *Conventum*, de una triunfante batalla, en la interminable guerra contra la oscuridad.

Se acercó calmadamente a Zophiel, entregándosela en sus manos, el ángel, sorprendido entendió el claro mensaje que le daba, podía ver en sus ojos que había visto un futuro, donde siniestramente el protagonista había sido el enemigo, glorificándose con la muerte y sangre de la humanidad. En silencio, profundamente le agradecía su valentía.

Lentamente se retiró por los túneles, en compañía de sus amigos dejando atrás la arena de la batalla.

Al salir, el sol brillaba con gran esplendor, más que nunca, su hermosa luz iluminaba su nuevo camino.

**FIN**

www.ingramcontent.com/pod-product-compliance
Lightning Source LLC
Chambersburg PA
CBHW020327180626
46812CB00001B/77